Le gardien de nos frères

DU MÊME AUTEUR

Romans :

Sans oublier, Belfond, 2014 (prix Charles-Exbrayat)
Le Monde d'Hannah, Robert Laffont, 2011 ; J'ai Lu, 2014
Et le jour pour eux sera comme la nuit, Ramsay, 2009 ; J'ai Lu, 2010 (prix du Premier roman de la Ville de Dijon, prix de Combs-la-Ville, bourse Thyde-Monnier de la Société des gens de lettres)

Nouvelles :

Dernières nouvelles du front sexuel, L'Éditeur, 2012

Ouvrages collectifs :

Petit traité à l'intention des rossignols, Éditions lilo, 2014
Livres secrets – 18 écrivains racontent, Le Castor Astral, 2014
Lignes de vie, 18 écrivains disent leur rapport à la poésie, L'Atelier imaginaire, Le Castor Astral, 2015

Ariane
Bois

Le gardien de nos frères

ROMAN

Belfond

Belfond | un département **place des éditeurs**

place
des
éditeurs

À mon grand-oncle, le pasteur Robert Cook,
résistant de la première heure,
aumônier du maquis de Vabre,
Juste parmi les Nations.

« *S'il est minuit dans le siècle.* »

Victor SERGE

« *Il ne suffit pas de ne pas les oublier.* »

Simone VEIL

1

À 6 heures, lorsque le réveil sonne, Simon a déjà les yeux grands ouverts. Une habitude prise lors de ses années scoutes. Le New York qu'il préfère semble ainsi n'appartenir qu'à lui. Les taxis ondulant sous ses fenêtres éclairent la nuit, bientôt l'obscurité se trouera de rose, et les buildings, ces monstres tendus vers le ciel, illumineront leurs milliers d'écailles de verre. De Harlem à l'embarcadère pour Staten Island, il peut nommer chaque immeuble, chaque pièce de cette géométrie orthogonale. Apprenti architecte français plus habitué aux palais européens qu'à l'acier torturé américain, il a sillonné à son arrivée en 1948 les canyons de la ville, éprouvé l'immensité verticale. Un choc physique.

Dix-sept étages plus bas, Central Park s'étale à ses pieds. Une masse encore sombre et déserte, livrée aux écureuils et aux oiseaux. Simon a toujours aimé ces derniers avec passion. Leur poésie libre et folâtre, dont il décryptait les mouvements depuis l'enfance. Il y avait les solitaires, les timides, les intrépides, les chefs de bande. Peu de gens savent que New York constitue une halte

indispensable pour les migrateurs. Le tangora écarlate niche dans les chênes, la paruline à croupion jaune colonise les sommets et le cardinal rouge niche dans les bosquets. Grâce à des jumelles et à une longue-vue de compétition, Simon les observe régulièrement voler au-dessus de la mer hérissée de béton, tutoyer le *skyline*, cette ligne d'horizon qui fait comme un écrin au parc. Silencieux pour l'instant, celui-ci reprend son souffle après les bruissements de la nuit. « *Dans ce sein vert et frais d'un nouveau monde* » cher à Scott Fitzgerald, la douceur du printemps se mêle à l'air iodé de la ville.

Il habite 150, Central Park South, un duplex au dernier étage d'un immeuble gris surmonté d'un toit vert, l'une des plus belles adresses de Manhattan. Qui pourrait croire qu'en 1929 les victimes de la crise campaient sous ses fenêtres ? En ce mois de juin 1967, il n'y a pas âme qui vive. Dans quelques heures, les chemins seront parcourus par les touristes, les attelages bien astiqués des calèches à ciel ouvert stationneront devant chez lui, les coursiers à vélo feront tinter leurs sonnettes, les élégantes lécheront les vitrines de Saks ou de Bergdorf Goodman sur la Cinquième Avenue, la machine à mythes s'ébrouera. Un concierge en livrée obséquieux viendra glisser le *New York Times* sous sa porte, un autre rituel qui le faisait rêver lors de son arrivée, dix-neuf ans plus tôt. Comme il était pressé, alors, d'apprivoiser cette cité abrupte et minérale, d'imprimer sa marque dans ce vertige permanent, d'y être reconnu !

Et il avait réussi. En se penchant devant l'immense baie vitrée, il peut apercevoir la tour construite sur le

West Side. D'habitude, la vision de cette gaine de béton sur une peau d'acier, cette boîte à lumière surprenant les passants, suffit à l'apaiser. Elle porte son nom, *Mandel Tower*. L'adolescent qui rêvait de dessiner le futur, l'étudiant surdoué des Beaux-Arts et de l'université Columbia, avait eu de la chance. Il avait commencé par assister les célèbres architectes Philip Johnson et Mies van der Rohe pour la conception du Seagram Building, qui devait naître sur Park Avenue. Là, il avait tout appris de son métier, de l'aménagement de l'espace aux volumes, des poteaux métalliques à la façade rideau. « *Less is more* », expliquait l'Allemand Mies van der Rohe à la multitude de stagiaires qui l'écoutaient, impressionnés par sa vision, la simplicité des volumes et des formes, le mouvement de ses constructions. Aujourd'hui, le Seagram passait pour le bâtiment le plus cher du monde ! Après ces débuts passionnants, le jeune homme avait pu s'associer à plusieurs projets, ouvrir sa propre agence, lancer la construction de ce gratte-ciel qui lui avait valu plusieurs prix prestigieux. La *french touch*, comme le répétaient ses admirateurs, et ses admiratrices, sensibles à ses yeux verts, son sourire de géant à la Rock Hudson, la star du moment. L'alliance entre la sophistication du Vieux Continent et l'énergie du Nouveau Monde… Même s'il se méfiait des effets de mode et de la propension des New-Yorkais à brûler le lendemain ce qu'ils avaient adoré la veille, Simon pouvait se sentir fier du chemin parcouru.

Pourtant, en ce matin de juin, alors qu'il sirote son café, l'inquiétude domine chez Simon Mandel. À des

milliers de kilomètres, au Proche-Orient, la guerre menace. Imposant le blocus dans le golfe d'Aqaba, exigeant le rappel des Casques bleus dans le Sinaï, Nasser, le raïs égyptien, précipite les hostilités. Israël ne peut plus compter sur la France et semble en danger. À Paris, de nombreux Juifs ont manifesté leur soutien à l'État hébreu, et à New York aussi, on s'organise. On a besoin de fonds, de nourriture, de vêtements. Les plus téméraires parlent même d'aller se battre contre l'Égypte, la Jordanie et la Syrie. Simon a très mal vécu les récents événements. À l'angoisse du conflit inexorable s'est mêlée une terrible impression de déjà-vu, révolte doublée de dégoût envers tous ceux qui promettaient de tuer des Juifs. La chanteuse Oum Kalsoum n'entonnait-elle pas « *Égorge, égorge* » devant une armée égyptienne fanatisée ? Rayer Israël de la carte ou jeter tous les Juifs à la mer, la différence n'était que sémantique. Il cherche à retrouver un peu de sérénité en se risquant à quelques mouvements conseillés par le prof de gym qui lui donne un cours particulier le week-end. Ses bras sont lourds, son épaule, endolorie. Son ancienne blessure se rappelle souvent à lui, surtout lorsque le temps change.

Aujourd'hui, en cette fin de printemps 1967, Simon se sent vieux. Il n'a pourtant que quarante-trois ans. À cet âge, son père s'ennuyait sur la ligne Maginot, convaincu, comme tant d'autres, que l'armée française battrait les Allemands. « *Nous irons sécher notre linge sur la ligne Siegfried* », serinait la chanson. À cette pensée, Simon soupire lourdement. Les années pèseraient peut-être moins si quelqu'un partageait sa vie,

il est seul depuis si longtemps ! Depuis Léna, à vrai dire. Il y avait bien eu quelques filles avec qui aller au cinéma, partager des sandwichs au pastrami chez Katz, le fameux *delicatessen downtown*, ou des airs d'opéra au Metropolitan, à mesure qu'il s'embourgeoisait. Il les voyait en coup de vent, n'ouvrait pas son cœur ni ne racontait son passé, et les quittait avec soulagement. Parmi les prétendantes, on trouvait des *working girls*, ces filles pressées de réussir qui logeaient dans le New Jersey et usaient leur joli sourire à Manhattan, mais aussi des *jewish princesses* capricieuses, des débutantes à la voix haut perchée. Quand il avait commencé à enseigner à Princeton et à Columbia, quelques étudiantes s'étaient infiltrées dans son emploi du temps, mais ces flirts ne duraient jamais, comme si son cœur s'était figé à Paris, dans l'attente de Léna. Son quotidien laissait peu de place à une compagne. De multiples chantiers l'envoyaient aux quatre coins de l'Amérique, il travaillait sans relâche, enchaînait les projets pharaoniques, enfantait des bâtiments inouïs, qui dégageaient une émotion palpable. Il saluait les maisons de Frank Lloyd Wright qu'il aimait tant à Chicago, se perdait dans les cours privées du quartier français de La Nouvelle-Orléans, prenait le *redeye*, l'avion qui le ramenait des palmiers de la côte Ouest comme une navette. Mais il n'aimait que New York, cette ville-pays, cette ville-monde, où il lui semblait plus facile d'oublier l'Europe et ses douleurs. Ici était sa vie, avec ces dimanches passés dans des livres achetés chez Strand ou à jouer aux échecs avec des inconnus à Washington Square, quand il n'allait

pas rendre visite aux enfants au Village ou dans la banlieue chic de Newark, sur l'autre rive de l'Hudson. Les enfants… Un sourire colonise son visage. Ils sont heureux chacun à sa manière. Voilà sa vraie réussite, la seule qui compte. Celle qui aurait comblé ses parents.

Mais assez d'introspection pour aujourd'hui. Simon passe sous la douche, se frictionne en rythme avec la radio haïtienne toujours branchée dans la salle de bains. Ce français allègre et mélodieux le met de bonne humeur le matin. C'est fou le nombre de Haïtiens qui vivent à Manhattan. Soudain une phrase lui écorche les tympans.

« *De la chouette au merle blanc,*

Le chargeur n'a que vingt balles. »

Il croit avoir mal entendu… Mais le journaliste répète ces mots, les égrène, danse sur les voyelles.

« *De la chouette au merle blanc,*

Le chargeur n'a que vingt balles. »

En un éclair, il se revoit là-bas. Le causse, les herbes folles, le soleil brûlant de l'été 1944. Le visage des copains. La trouille et le courage de ses vingt ans. « Là-haut »… Au maquis.

2

— Simon, Simon ! Ça y est, c'est pour ce soir !

Paul arrive en courant, les yeux brillants, les joues rouges, le cœur battant sous sa chemise largement ouverte. Son visage rond retient des restes d'enfance.

— Belette a eu la confirmation, c'est ce soir, mon vieux.

Simon en a le souffle coupé. Cinq ans qu'il attend ce moment et le voilà enfin arrivé en ce mois d'août accablant. Il a souvent douté, parfois désespéré. Finiraient-ils par se battre eux aussi ? Lionel, « Belette » selon son totem scout, l'officier et frère symbolique, avait su calmer les ardeurs de Simon, de Paul, de Nathan, de tous ces jeunes qui s'entraînaient depuis quelques mois entre Vabre et Lacaune, dormant dans des fermes en ruine, marchant sous un ciel dilaté, unis dans une seule envie, affronter les Allemands à visage découvert. Le jeune homme observe le paysage autour de lui. Des champs d'une blondeur irréelle, des pentes couvertes de forêt, quelques chèvres occupées à brouter distraitement, des pies-grièches au sifflement musical. Dans ce coin du

Tarn, à quatre-vingts kilomètres de Toulouse, la chaleur fait vibrer la lumière dans la poussière dorée, la végétation semble brûlée par le feu. Un poudroiement de pollen lui rappelle un voyage familial en Provence juste avant la guerre. En un éclair passe le visage réjoui de sa mère devant la fontaine d'Espéluque, la plus ancienne d'Aix.

Il ne veut pas penser à ses parents aujourd'hui. Il va faire parler les balles, au nom des copains tombés, infliger un maximum de douleur aux envahisseurs nazis. En prenant les armes, il ne participe pas seulement à l'effort national – en cet été 1944, la France entière, semble-t-il, se révolte contre l'occupant –, il se venge aussi de l'humiliation ressentie à l'arrestation de son père, puis de sa mère. Il pense à Lucien, son aîné de cinq ans, qui avait rejoint Londres via Gibraltar après la bataille de 1940 ; ce héros se battait probablement en France en ce moment même. Son frérot, dont la complicité lui manquait tant. Même accaparé par sa préparation à l'École polytechnique, ce garçon sérieux et discret, toujours plongé dans ses livres ou en quête de ses clés qu'il égarait comiquement, prenait le temps de discuter avec lui. Il lui avait même appris à draguer les filles au lycée. Madeleine avait complété son éducation en riant. Où se trouvait sa grande sœur en ces heures fatidiques ? Après la guerre, elle s'inscrirait en fac de médecine. Très tôt, on avait décidé chez les Mandel que Lucien servirait l'État et que Madeleine soulagerait les corps. Si Lucien incarnait l'espoir de la famille, Madeleine, la cheftaine qui s'était promis d'accomplir une bonne action par jour, en était la fée. Quant à Simon,

impulsif et ombrageux, il entendait mener sa vie à sa guise. Élie, le plus jeune, n'avait pas encore eu le temps de choisir son camp.

Simon se tourne vers Paul, son copain parisien, fils d'un modeste droguiste de Belleville, surnommé « Mouton » dans la patrouille.

— Tu en es sûr ?

— Certain, fait Mouton, toujours essoufflé.

Simon attrape son arme et court écouter les recommandations de Lionel. Tout le maquis juif est réuni, sur le qui-vive. *Le maquis juif…* À son arrivée, il y a quelques mois, ces deux mots lui paraissaient antinomiques. Les rôles semblaient distribués : la lutte armée d'un côté, les victimes de l'autre. Pourtant, quelques jeunes scouts juifs, prêts à se battre jusqu'au bout et résolus à changer le cours des choses, s'étaient retrouvés dans ce coin perdu du Tarn.

À Toulouse, partir « là-haut », comme on disait, ça ressemblait à un roman, certains fanfarons s'en vantaient dans les bars. La réalité était moins glorieuse, les débuts difficiles. Ils n'étaient qu'une poignée, huit tout au plus, à dormir à la belle étoile ou sur de la paille. Des gamins de dix-huit à vingt-cinq ans, descendus d'un tortillard enfumé, dirigés par un « vieux » de trente-neuf ans, Robert Gamzon, dont le totem était « Castor soucieux ». Étudiants ou lycéens, ouvriers, représentants de commerce, instituteurs, ils venaient de toutes les classes sociales, de toute la France. Certains avaient sauté sur le quai en costume, d'autres en bleu d'artisan. Les plus jeunes n'avaient pas osé avouer à leurs

parents qu'ils avaient choisi l'illégalité et le combat armé. La plupart appartenaient aux Éclaireurs israélites de France, les EIF. À côté, coïncidence amusante, un autre maquis scout s'était formé, protestant celui-là. On s'envoyait des messages d'amitié en enjambant les collines. Gamzon, qui avait créé le mouvement en 1923, croyait en l'homme nouveau et au retour à la terre. Discipline, fraternité et tolérance permettraient de développer un judaïsme du muscle qui compléterait celui de l'étude. Avant la guerre, deux mille cinq cents jeunes avaient répondu présents. Quand il avait fallu se cacher, abandonner les fermes-écoles, certains s'étaient installés dans une ferme délabrée à Lamalquière, puis à La Roque, dans la Montagne Noire. On n'avait pas choisi le Tarn par hasard : difficile d'accès, éloignée des grands axes de communication, la région s'affichait antiallemande. Tout près, à Vabre, un bourg huguenot, on cachait des Juives allemandes sorties du camp de Gurs avec la complicité de la mairie et le soutien actif du pasteur Robert Cook... Jamais une dénonciation n'était arrivée à la gendarmerie. Il avait fallu procéder à un minimum d'instruction militaire. Marches de nuit, exercices physiques répétés. Au début, impossible de s'entraîner avec des armes : il n'y en avait pas ! De quarante-trois membres, l'effectif était passé à soixante, puis à cent trente-huit, dont quatre-vingt-sept Juifs, au début de l'été 44. Les recrues rongeaient leur frein, guettaient le ciel et les parachutages, qui n'arrivaient pas. Au moins ressemblaient-ils un peu à des soldats avec leurs casques récupérés dans un ancien

dépôt militaire datant de la Grande Guerre. Et tous les matins, Simon, alias Loup, hissait les couleurs avec les autres. Une parodie de guerre, en attendant la vraie.

Au début, les seuls ennemis s'appelaient le vent, le froid, l'ennui, l'impuissance. On avait appris l'assassinat de Georges Mandel, abattu de seize balles dans le dos en forêt de Fontainebleau. Le père de Simon, qui admirait l'homme politique, en serait inconsolable. Ils avaient manqué de nourriture, surtout les plus jeunes, en permanence affamés. Un vieux four leur permettait de cuire un gâteau le dimanche, mais encore fallait-il trouver des œufs. On les chapardait dans les fermes voisines. Un paysan les avait accueillis avec une bouteille et du fromage. Depuis, ils échangeaient leur tabac contre du beurre et du lait et mangeaient des vesces plus souvent que du mouton. Poussés par la faim, ils avaient procédé à des réquisitions comme les autres maquisards de la région. Au détour d'une route, la troupe était tombée sur une camionnette bourrée de charcuterie. Religion ou pas, ils avaient dévoré le chargement ! Français ou étrangers, leur judaïsme s'exprimait davantage à la veillée, lors des récits de la révolte du ghetto de Varsovie l'année précédente, des discussions improvisées à propos d'Edmond Fleg ou de Maïmonide, de la bénédiction du vendredi soir sur le pain aux shabbats de fortune qu'ils célébraient avec ferveur.

Quand Simon avait rejoint leurs rangs, les chefs s'étaient déjà liés avec les maquis locaux. Les ordres de la France libre circulaient, les parachutages se multipliaient. À la fin du printemps 1944, dans les collines

fleuries, le maquis EIF possédait pour tout arsenal une grenade, une poignée de fusils, dix mitraillettes et deux cents balles. On s'entraînait à monter et démonter les armes dans l'obscurité et Simon se montrait particulièrement adroit à ce qui n'était encore qu'un jeu. Il avait toujours aimé mettre les mains dans le cambouis, réparer les objets, comprendre la mécanique comment ceux-ci fonctionnaient. Il trimballait des balles dans des boîtes de confiture de cinq kilos et guettait inlassablement le moteur d'un avion annonçant une constellation de parachutes dans la nuit mauve. L'émerveillement ne durait pas, il fallait vite récupérer le butin dans les containers. Fusils-mitrailleurs, grenades Gammon, mitraillettes Sten anglaises en pièces détachées, mais aussi tracts, cigarettes, et même parfois, ô bonheur, du chocolat.

Le 6 juin, le débarquement allié en Normandie avait galvanisé les maquisards. À l'annonce à la radio de la phrase codée « Qui aime la viande saignante a bon goût », Paul, Simon, Raphaël et d'autres chics types avaient bondi de joie, rivalisé d'embrassades et de bourrades. L'arrivée des forces libres sonnait le tocsin pour les Boches. Partout dans le pays, les actions de guérilla se multipliaient. Les routes étaient coupées, les rails, les ponts, les lignes téléphoniques sautaient quotidiennement et les Allemands ne contrôlaient plus que les axes principaux du département. Épargné, le petit train continuait à circuler et prévenait des mouvements de l'occupant. La France serait libérée dans quelques semaines, quelques jours peut-être. La guerre

terminée, ils sableraient le champagne. Du vrai, pas du mousseux ! Et ils retrouveraient leurs proches, leurs études, leurs métiers, leurs amours.

En attendant, l'ennemi ne désarmait pas, au contraire. Le 10 juin 1944, à Marsoulas, en Haute-Garonne, la division *Das Reich* avait tué vingt-sept habitants, dont douze enfants et six femmes. Au nord de Toulouse, le 27, on avait fusillé quinze civils. Les Boches raflaient les gens dans les fermes isolées, traquaient communistes, résistants et Juifs. Le groupe avait pris le nom de compagnie Marc-Haguenau, en l'honneur d'un chef éclaireur arrêté à Grenoble qui s'était défenestré pour échapper aux nazis, et il relevait désormais du corps franc de libération 10, couramment appelé CFL 10. Les jeunes bloquaient des routes, coupaient les lignes téléphoniques tandis que les Alliés bombardaient les voies ferrées.

Mais le drame les avait rattrapés. Les Allemands avaient été informés qu'un parachutage aurait lieu le 8 août. La manne tombée du ciel ne passait pas inaperçue, et lorsque les grandes fleurs claires se déployaient dans les nuées, les gosses du coin se précipitaient pour récupérer leur lot de douceurs ou de cigarettes. Certaines nuits, on voyait même des jeunes femmes, attirées par la soie des parachutes dans laquelle elles taillaient des vêtements. La BBC l'avait annoncé en boucle : « Le chargeur n'a que vingt balles... » Or ils n'avaient même pas eu le temps de défourailler. Au détour d'un chemin, Lionel, Paul, Simon, Nathan le Marseillais et une dizaine d'autres s'étaient retrouvés nez à nez avec une automitrailleuse ennemie. Simon avait plongé dans

un fourré et plaqué Paul à terre. Après le départ de la colonne allemande, sept maquisards dont trois EIF étaient restés sur le carreau. Ce premier fait d'armes les avait tous marqués. La ferme de La Roque brûlée, on avait dû se replier, passer des nuits dans des abris de fortune, maisons abandonnées ou fourrés. Gamzon en plaisantait : « Mourir demain, d'accord, mais dormir cette nuit dans un lit. »

Quinze jours plus tard, la possibilité s'offrait de venger les martyrs de La Roque. Inséparables, Simon et Paul fixent Lionel, pour une fois inquiet. Belette est un homme vif et agile. Professeur de gymnastique dans la vie civile, c'est le premier à rigoler et lever le coude, mais la responsabilité de ces jeunes inexpérimentés lui pèse. Grabuge en vue.

— Nous avons appris par les cheminots que la Wehrmacht chargeait des armes dans un train spécial à Mazamet. Il ne faut pas qu'elles arrivent à destination. Le commandant Pierre Dunoyer de Segonzac, l'ancien patron d'Uriage qui dirige les maquis du Tarn, a demandé hier au commandement allemand de se rendre. Celui-ci ayant refusé, nous allons attaquer le convoi.

Tous acquiescent. Ça va chauffer, se dit Simon. Les armes brillent encore un peu dans le soir qui descend. Lionel poursuit :

— La gare de Mazamet est remplie de Boches. On déclenchera l'attaque à quelques kilomètres de là, dès que les mécaniciens se seront mis à l'abri.

Une heure après, chacun a rejoint son poste. Caché derrière un massif, Simon sent les herbes folles

lui caresser les mollets. Des grenouilles coassent à l'amour. La nuit recouvre presque tout d'un manteau violet égayé par la phosphorescence des lucioles. Les secondes s'écoulent lentement. Le jeune homme braque fermement sa mitraillette en direction de la voie ferrée. A-t-il peur ? Oui et non. Curieux mélange d'adrénaline et de sérénité, comme quand il montait sur un ring de boxe à Paris. Conscient du danger, mais impatient d'en découdre. Cette attitude lui valait souvent de battre des types parfois autrement plus baraqués que lui. Pas difficile d'être un héros, pense-t-il, suffit d'avoir assez de colère ou de haine en soi. Ces cinq années où sa famille et lui ont vécu comme des bêtes traquées lui ont procuré les armes mentales pour s'attaquer au Reich tout entier.

Soudain, un rougeoiement au loin. Le train monte poussivement la côte. Il lui a fallu plus de trois heures pour franchir huit kilomètres et pointer son museau d'acier sur le lieu de l'embuscade. Les cœurs se serrent, les corps se raidissent, des lèvres blêmes osent des prières. L'explosion des premières grenades Miller perce l'obscurité, suivie par la réplique des canons à tir rapide. Aux crépitements des mitraillettes répond le fracas du canon allemand. Soudain, dix-huit kilos de plastic posés par des saboteurs américains récemment parachutés font décoller la locomotive dans un éclair de chaleur. Curieux spectacle que la machine ouvrant sa gueule comme en apesanteur au-dessus des rails pendant quelques secondes qui semblent une éternité, avant de s'écraser dans un vacarme de feu et d'étincelles. Tout près, Simon entend les copains recharger

leurs armes. Ils tirent à tout-va. Soudain, à sa droite, une mitraillette s'enraye. Le jeune homme perçoit des ombres – Paul et Nathan, sans doute – qui courent vers le fossé en semant leurs grenades. Il se relève pour les couvrir quand un éclair blanc le projette de côté. Une décharge électrique cisaille son corps, fige son sang dans son cerveau. Sous une pluie de ferraille et de gravier, une écume vermillon bouillonne déjà sur ses lèvres.

« *Ce n'est pas drôle de mourir*
Et d'aimer tant de choses :
La nuit bleue et les matins roses,
les fruits… »

Par un fait étrange, le poème de Paul-Jean Toulet, qu'il aimait lire dans son lit douillet à Paris, lui revient à l'esprit. Sa poitrine serrée comme un poing retient ce qui semble être son dernier souffle.

3

Simon erre dans un pays blanc, ondoyant, une mer sans son ni lumière. Parfois il distingue des formes, ressent certaines vibrations, mais, très vite, tout s'estompe. Aucune douleur, nulle sensation d'habiter son corps ou d'être soumis à la gravité. Il flotte en âme libre dans un brouillard cotonneux. De temps en temps, il croit entrevoir la silhouette de son père, ses cheveux gris coiffés en arrière, son œillet à la boutonnière, son éternel étui à cigarettes en argent massif à la main. Après lui avoir gentiment tapoté l'épaule, celui-ci rejoint son bureau. Simon voudrait le retenir, mais il a perdu sa voix et sa liberté de mouvement. Et Henri Mandel retourne à ses dossiers d'avocat. Parfois Simon capte les effluves de Shalimar, ce parfum des années folles que sa mère aimait tant et dont le flacon bleu profond inspiré des jardins indiens ornait une tablette de la salle de bains. Elle se tient là, tout près, Marguerite Mandel, passant un mouchoir sur son front enfiévré ou lui lisant ses auteurs favoris, Goethe et Hölderlin, en langue originale. Lucien, Madeleine et Élie ne visitent

pas ces nuits sans fin, ces profondeurs de caverne rouge dont il n'émerge qu'à moitié. Des souvenirs de lycée arrivent par bribes. Le baiser heurté d'une fille, une bagarre pour un café renversé, une chanson de Trenet fredonnée à la sortie des cours. Un ours empaillé chez Deyrolles, rue du Bac, le pourchasse jusqu'ici. Mais le plus souvent, il n'y a rien qu'un désert blanc, ouaté, piqueté de taches sombres, comme le gravier où il est tombé face contre terre.

Coma, coma léger… En mauvais état…

Cette voix gutturale, péremptoire… Est-ce encore un rêve ? Simon ouvre péniblement un œil. On dirait qu'il tourne sur un manège, comme au Luxembourg de son enfance. Nausée. Visions d'ailes qui le frôlent. Couché, il ne parvient pas à fixer un point dans l'espace. Il ferme les yeux, les rouvre, se cabre, un spasme lui tord le ventre, un flot de bile brûle sa gorge, une cuvette bute contre ses lèvres. Une odeur de javel mêlée à celle d'un bouillon. Nouveau râle. Cette fois, une bonne sœur en cornette se matérialise, blanche comme un albatros.

— Bonjour, jeune homme. Vous avez été sérieusement blessé, mais on va s'occuper de vous.

Il retombe dans un sommeil perturbé, réintègre pour la première fois un corps saccagé par la douleur. Tête vrillée, bras mort, poitrine comprimée. Les jours défilent, rythmés par la ronde des seringues qui lui trouent la peau. Parfois la souffrance lui arrache des cris tant ses nerfs s'embrasent, comme si quelqu'un brûlait chaque partie de son corps. L'odeur de sanie imprègne des pansements que des mains fraîches changent régulièrement.

— Vous, le bon Dieu doit vous aimer très fort ! s'exclame un matin une voix féminine.

Cette fois, il dévisage celle qui se tient devant lui. Un regard généreux sous le voile, un sourire franc, des cils de faon.

— Où suis-je ? souffle-t-il d'une voix rauque.

Il sent la sueur et l'angoisse, la soif l'assaille. Mais il distingue enfin les murs nus, l'armoire blanche, et la croix en face de lui.

— À l'hôpital de campagne de Castres, répond la bonne sœur qui doit avoir son âge. Vous avez reçu une balle dans la mâchoire. Un vrai miracle qu'elle soit ressortie !

Simon tâte les bandages qui lui enserrent le visage.

— Je vous montrerai la balle si vous êtes sage, s'amuse-t-elle. En attendant, restez tranquille. Votre tympan a explosé. Votre épaule est criblée d'éclats de grenade, comme votre jambe. Votre thorax est perforé. Le repos s'impose.

Simon ne comprend rien au diagnostic de cette jolie religieuse. Il n'a aucun souvenir du combat. Juste cette sensation d'être étendu dans l'herbe, son arme contre lui, puis la brûlure sourde.

La religieuse apaise sa fièvre et son délire, le force à avaler un brouet insipide. Elle le trouve beau avec ses yeux émeraude, sa nuque solide, son nez régulier, ses cheveux bruns lissés en arrière. Mais il a l'air si pâle, si vulnérable entre les draps propres, démuni comme un gosse, tout entier tendu vers ses mains douces et légères. Le médecin passe inspecter les plaies, changer

le traitement. Depuis le début du conflit et peut-être pour la première fois de sa vie, Simon s'en remet à d'autres mains. Son enfance défile sous son front moite.

Les Mandel habitaient un vaste et confortable appartement au quatrième étage d'un immeuble de la rue de Chanaleilles, près du Bon Marché, dans le cossu VIIe arrondissement de Paris. Lucien et Simon partageaient une chambre, leur sœur Madeleine avait la sienne, proche de celle des parents. Quand Élie s'était annoncé – une divine surprise, Marguerite ayant déjà quarante ans –, on avait converti la buanderie en chambre d'enfant. En plus de la cuisinière bretonne et de la lingère, les parents s'étaient alors adjoint les services de Marie-Noëlle, une nounou au cœur aussi large que son tour de taille. Elle logeait au sixième étage, dans une chambre minuscule et sans eau chaude, où les enfants allaient dévorer les sucreries proscrites à l'étage bourgeois. Leur vie semblait réglée comme une des partitions rangées près du magnifique piano où Marguerite s'installait le soir. Des devoirs surveillés par leur mère, des sorties au Champ-de-Mars ou au parc Monceau, des vacances en Packard à La Baule ou au Touquet dans une villa qu'on louait ou à l'hôtel.

Henri Mandel, qui s'était découvert une passion pour le droit dès sa première année à l'École libre des sciences politiques, rue Saint-Guillaume, avait travaillé d'arrache-pied et se partageait entre un cabinet prospère, la chasse en forêt de Rambouillet et le sélect Automobile Club de France. Plus original dans leur milieu social, leur mère exerçait également un métier. Marguerite

avait choisi d'enseigner le français et l'allemand aux classes de filles du lycée Victor-Duruy, tout proche. Le couple sortait beaucoup, au théâtre, à l'opéra, menait la vie de son rang. Il y avait toujours du monde à la maison, les cousins Hirsch, des amis proches, des connaissances... Même si les enfants Mandel avaient à peine connu leurs grands-parents morts trop jeunes, la fratrie n'avait manqué ni d'amour ni d'attention.

Après deux enfants sages et raisonnables, Simon était apparu comme une énigme aux yeux de ses parents. Dès son plus jeune âge, au cours Hattemer, il se frottait à des garçons plus hauts que lui. Il revenait du petit square Boucicaut, devant le Bon Marché, les boutons arrachés, les genoux maculés, le visage parfois en sang. Le gamin collectionnait ecchymoses, points de suture, visites aux urgences. Et tentait, en vain, d'enrôler le placide Lucien dans ses bagarres. Simon pouvait exploser pour des motifs futiles, se montrait extrêmement pugnace, amusait sa classe par ses pitreries, essuyait les punitions avec une belle indifférence. Dans la fratrie Mandel, il détonnait aussi physiquement. Quand Madeleine et Lucien arboraient le maintien d'intellectuels, le cadet impressionnait par sa grande taille, ses épaules puissantes, ses cuisses musclées et un sourire « carnassier », comme disaient ses parents en plaisantant. Oui, Simon dévorait la vie, avalait les kilomètres de course au Stade français ou sur une plage atlantique, parlait fort, ne se plaignait jamais. Henri jouait honnêtement au tennis, Marguerite excellait sur les pistes de ski depuis son plus jeune âge, mais la folle énergie de leur

cadet les avait surpris, et même un peu inquiétés, en privé. Très jeune, Simon avait pratiqué la boxe anglaise, discipline qui lui avait affermi le corps et l'âme en lui donnant confiance en lui, même quand une méchante droite lui avait malencontreusement cassé le nez. Il ne craignait rien ni personne. Au lycée Buffon, quand on murmurait « sale Juif » sur son passage, les torgnoles tombaient vite et dru.

Pas étonnant qu'après de longs jours de silence à l'hôpital, son premier mot ait été « bâton » ! Gamin, il en taillait avec des couteaux achetés en cachette, qu'il dissimulait dans sa chambre, au grand dam de sa mère, facilement impressionnable.

— Vous parlez ! s'exclame la religieuse. Il est temps, on commençait à s'inquiéter…

— Comment vous appelez-vous ? demande-t-il d'une voix mal assurée en tentant d'éviter la cuillère de compote qu'elle veut lui enfourner dans la bouche.

— Lorraine, lance-t-elle dans un petit rire malicieux. C'est d'actualité, vous ne trouvez pas ? Allons, allons, ne vous fatiguez pas, vous êtes encore très faible.

Face à ses parents désemparés, sa grande sœur avait tranché : Simon serait scout. Cheftaine elle-même – « Hibou » était son totem –, Madeleine adorait s'occuper d'enfants, mener son petit monde à la baguette, s'enivrer de balades champêtres, chanter à tue-tête, participer à des *jamborees*, ces rassemblements géants où elle découvrait des garçons et des filles venus d'autres horizons. Le scoutisme ne pourrait que profiter à son diable de frère. Simon avait renâclé, mais on ne résistait

pas longtemps à Madeleine. Proches depuis toujours, le frère et la sœur vivaient dans leur bulle. Elle seule réussissait à lui faire entendre raison. Elle l'avait donc traîné aux réunions des Éclaireurs israélites de France, dont le siège se trouvait avenue de Ségur. Moqueur et arrogant, Simon avait commencé par refuser l'uniforme beige, le sac de couchage et la gamelle, le principe des « bonnes actions », les chansons trop bien-pensantes, bref, l'ordinaire scout, mais il avait rencontré Paul, devenu comme un frère lors d'une retraite, puis Lionel, le fameux « Belette ». Ce chef de patrouille long comme un fil avait su deviner dans l'adolescent de douze ans sauvage et révolté, un être intelligent, délicat, épris de fraternité. Contre toute attente, Simon s'était épanoui sous ses ordres. Il revenait exalté des sorties dominicales, ravi d'avoir monté sa tente sous la pluie, cuisiné sur le feu de camp, écouté des histoires effrayantes à la veillée. Il s'était fièrement baptisé « Loup », se roulait dans la boue et s'entraînait à hurler comme un loup, justement. Sans se douter que cette éducation scoute lui serait un jour si utile dans un maquis du Tarn.

Sa sœur avait aussi profité d'une singulière manière de ses années d'éclaireuse. Dès Noël 42, Madeleine avait convoyé pour la Sixième, la branche clandestine des EIF, son premier groupe de jeunes Juifs jusqu'en Espagne. Après l'épreuve du train, où la petite bande ne dormait que d'un œil et sans piper mot par crainte des soldats arpentant les wagons, ils avaient cheminé sur un sentier de contrebandier, alourdis par des sacs à dos contenant vivres et vêtements de rechange. Vingt-sept heures à

crapahuter dans le froid et le brouillard. Même en été, la neige obligeait parfois à rebrousser chemin. On marchait à plus de deux mille cinq cents mètres d'altitude en longeant des précipices. Certains enfants affrontaient les cimes en short et godasses trouées. Parfois, le passeur s'évanouissait dans la nature bien avant la frontière. Une chute dans un ravin avait même endeuillé un passage. Simon avait souvent imaginé les épopées de sa sœur et la peur qu'elle éprouvait. Les contrôles de gendarmerie se multipliant, le convoi progressait de nuit. Une fois, Madeleine avait croisé l'une des patrouilles allemandes qui sillonnaient la chaîne des Pyrénées. Elle en avait été quitte pour une grosse frousse et un urticaire géant ! Rentrée à Toulouse, elle en avait informé ses chefs. On avait abandonné la filière espagnole qui avait sauvé quatre-vingt-sept enfants et permis le transfert de jeunes volontaires vers les Forces françaises libres ou la Brigade juive de Palestine. Les Allemands encombraient les chemins d'évasion, à Luchon, Saint-Girons ou Ax-les-Thermes. Les abords de la frontière étaient devenus zone interdite. Il fallait se tourner vers la Suisse, même si la loi cruelle de ce pays prévoyait de remettre tout clandestin aux sentinelles allemandes.

Entre deux siestes comateuses, Simon tente d'imaginer les prairies helvétiques où gambade Madeleine en ce moment. Impressionné par l'étendue de ses blessures, le médecin lui a ordonné le lit pour un bout de temps. Mais la position couchée n'est pas le fort de Simon. Il donnerait cher pour sortir des draps, risquer quelques pas. Il tourne soudain la tête au bruit d'un martèlement

de bottes, un staccato qui contraste avec le pas feutré des bonnes sœurs glissant sur le linoléum, comme si elles s'égayaient déjà au paradis.

— Je suis venu plusieurs fois, mais tu dormais, lance Paul en guise de bonjour. Dis donc, tu es bien gardé ! De vrais bouledogues, ces religieuses...

La boutade aux accents de Belleville masque mal son inquiétude.

— J'ai une aussi sale gueule que ça, Mouton ?

— Tu es un peu amoché.

— Sacré Mouton, tu n'as jamais su mentir. Même à quatorze ans, quand on jouait aux caïds sous la tente. Cela fait combien de temps que je suis là ?

— Presque trois semaines.

— Pas possible ! s'exclame Simon. Raconte...

Paul s'assoit au bord du lit.

— Après l'attaque, on t'a évacué dans la seule bagnole disponible... Un corbillard qui apportait du ravitaillement.

Un corbillard... Elle est bonne, celle-là ! Simon rirait volontiers, mais ses côtes fêlées lui font trop mal.

— Continue...

— On a bombardé le train au mortier de tranchée. Plusieurs Chleuhs sont tombés, mais aucun mort chez nous. René, le maçon, a eu la moitié du pied arrachée, Lionel, le coude explosé. Nathan fanfaronne qu'il s'en est tiré sans une égratignure. Ah, ces Marseillais... Les Boches se sont rendus à l'aube. Le commandant est descendu sur la voie, dans une toile blanche, comme

une apparition au petit matin… On a vu sortir du train soixante types hagards, verts de trouille.

Simon jubile en imaginant la scène.

— Quand les Boches ont compris qu'ils avaient affaire à un maquis juif, ils ont cru qu'on allait les fusiller. Joseph, l'élève rabbin, a été sensas. Il comptait les prisonniers un à un, récupérait leurs armes et leurs havresacs, et à chaque fois leur annonçait, les yeux dans les yeux : « *Ich bin Jude.* » Tu aurais vu leurs tronches ! Lionel nous avait donné des consignes : pas de brimades. Les Boches qui nous prennent pour des sous-hommes n'en revenaient pas. On leur a montré qu'on pouvait être des soldats.

— Et après ?

— La garnison de Castres s'est rendue sans problème. Quatre mille soldats, quatre-vingts officiers. On a dû trouver fissa des uniformes, on n'allait quand même pas recevoir la reddition de l'ennemi en guenilles ! Lionel a réquisitionné des tenues de facteur, de pompier et même de garde champêtre, pour que les Boches ne fassent pas d'histoires. Mais on a gardé nos espadrilles ! Ce 21 août, c'est le plus beau jour de ma vie. On est entrés dans Castres et Mazamet sur des camionnettes. Le maquis et Dunoyer de Segonzac acclamés en vainqueurs…

Paul voudrait raconter les chants, les danses dans la rue, les baisers des filles, mais son copain s'est déjà endormi, épuisé, souriant. Il reviendra le voir avant d'aller se battre ailleurs, car cette guerre qu'il a commencée,

il la finira. Pour Simon en revanche, les combats sont bel et bien terminés.

Lorsque Simon se sent un peu mieux, que ses blessures à la jambe l'handicapent moins, il demande à se lever. Soutenu par deux robustes bonnes sœurs, sous l'œil de Lorraine, son ange gardien, il s'aventure au bord du lit. Odeur de métal dans la bouche, drôles de figures géométriques qui dansent devant ses yeux.

— Vous êtes tout pâlot, décrète l'une des matrones. On va attendre un peu…

Simon se laisse border comme lorsqu'il était gamin et que sa mère l'embrassait avant de sortir. Il revoit Marguerite, habillée en Rochas ou en Madame Grès, coiffée d'un coquin tambourin, refermer doucement la porte. Seul dans cet hôpital de campagne, sa famille lui manque terriblement. Au maquis, dès que l'un avait le bourdon, un autre le réconfortait. Les siens étaient-ils tous sains et saufs ? Aucune nouvelle depuis des mois. Et cinq années à se cacher et à vivre séparés en espérant la fin de la guerre.

Paul est revenu avec Lionel, un bras en écharpe, mais la langue toujours bien pendue, lyrique, intarissable… La libération de Toulouse, la pluie de bombes sur l'usine aéronautique, les accrochages près de la gare Matabiau, les camions transformés en torches, les Allemands qui tombent et les grilles du Capitole qui s'ouvrent, enfin. Des milliers de gens affluant sur la célèbre place, spectacle inimaginable un mois plus tôt.

Comme il ne peut ni marcher – sœur Lorraine veille – ni lire longtemps à cause de ses yeux brûlés, Simon a

réclamé du papier et des crayons. Depuis l'enfance, le dessin l'apaise, le rassemble. Son oncle Maurice lui avait offert son premier carnet de croquis. À six ans, Simon le suivait partout, au musée Rodin, à la Madeleine, dans le Marais. Le frère de Marguerite, qui se proclamait « peintre du dimanche », affectionnait ces virées avec son fils André et son neveu, il souhaitait former leur goût. Simon s'était pris au jeu, copiant étangs et nénuphars de Monet, esquissant les femmes alanguies de Rodin, dessinant maisons et palais avec un sens aigu du détail et de la composition. « C'est un artiste », avait déclaré Maurice. Les parents de Simon avaient souri, et rappelé qu'il lui faudrait cependant entreprendre des études sérieuses.

— Lorraine, quand vais-je pouvoir sortir d'ici ?

— Dites tout de suite que vous vous ennuyez avec moi !

Simon est intrigué par Lorraine. Une jolie fille, dans la vie qu'il avait mené jusque-là, c'était rare, et coiffée d'une cornette, encore plus exotique. Chez les Mandel, on était israélite, certes, mais comme d'autres étaient corses ou bretons. La famille se rendait parfois à la synagogue Chasseloup-Laubat, près de l'avenue de Ségur, plus par respect des conventions que par conviction religieuse. Circoncis comme il se doit, Simon avait célébré sa bar-mitsva, rituel vite expédié, conclu par un dîner en petit comité dans une brasserie des Champs-Élysées. Le garçon appréciait le son du chofar le soir de Kippour, qui l'inscrivait dans le Grand Livre de la Vie… Mais ça s'arrêtait là. Il ressentait d'ailleurs la même

émotion lorsqu'il visitait Notre-Dame avec sa classe, entre deux bourrades aux copains. Le père de Simon se présentait comme un parfait spécimen de « PIF » : un patriote israélite français. Il faisait sien le discours de Clermont-Tonnerre au moment de l'émancipation : « Il faut tout refuser aux Juifs comme nation et tout accorder aux Juifs comme individus. » Ses ancêtres avaient quitté Metz pour Paris sous la Révolution et fait fortune en vendant des cols de chemise place des Victoires. Ceux de Marguerite, négociants en tissu originaires de Strasbourg, avaient refusé le joug allemand en 1870 et choisi la liberté en France. Ils ne mangeaient pas casher et gardaient un goût marqué pour la choucroute et la quiche au jambon.

— Non, Lorraine, vous ne m'ennuyez pas. Mais je dois partir. La guerre n'est pas terminée, comme vous l'avez remarqué.

— Commencez par marcher tout seul, souriait la religieuse, après on verra.

À force d'insister, Simon a obtenu de passer devant le conseil médical militaire. Paul l'a emmené en le tenant à bout de bras. Plongés dans son dossier, les médecins l'ont à peine examiné. Son épaule est foutue, des migraines et des troubles de la vision rendent la position debout pénible, sa mâchoire, fracturée par une balle, refuse de s'ouvrir entièrement. Déclaré inapte au combat, Simon est revenu furieux à l'hôpital, où l'attendait une sœur Lorraine compatissante.

— Ce sera pour la prochaine fois. Reposez-vous…

Ses copains sont venus lui dire au revoir. Simon a dû cacher son chagrin, retenir ses larmes de rage, mais Paul, qui n'a jamais pu rien masquer, pleurait franchement. Incorporée dans l'armée de De Lattre de Tassigny à Dijon, la compagnie Marc-Haguenau allait combattre en Alsace, dans les Vosges et sur le Rhin, pendant que Simon moisirait sur ce lit métallique. Il bout, se consume dans le silence, ignore les médecins. Des incapables tout juste bons à l'abrutir de piqûres et de médicaments. Il ne supporte plus l'atmosphère confinée de l'hôpital, sa solitude depuis les départs de Paul et de Lionel, en convalescence chez sa sœur à Lyon. Nathan est parti s'entraîner pour devenir pilote de guerre, son rêve de gosse. Même le sourire de Joconde de sœur Lorraine ne suffit plus à calmer Simon. Il cognerait les murs s'il en avait la force. Trompant la vigilance des sœurs, il s'enfuit comme un voleur, fantôme glissant dans les couloirs d'éther. Si la guerre est finie pour lui, il part retrouver sa famille. Il n'emporte que quelques croquis, souvenirs d'un temps hors de ses gonds.

4

Simon a boité jusqu'à la route, puis fait du stop vers Castres. En novembre 1944, cela reste le moyen le plus simple de se déplacer dans le Tarn et ailleurs. Les trains sont aléatoires et bondés, et même si l'essence reste un luxe, les Français se découvrent une âme de résistant au volant, convoyant les jeunes combattants avec enthousiasme. À Castres, il a attrapé un autocar pour Toulouse, intriguant les passagers avec ses cheveux rasés d'un côté, sa joue balafrée, et ses vêtements trop amples fournis par Paul avant son départ. La prochaine épreuve qui l'attend : tenter de s'endormir sans médicaments. Il récupérera à Toulouse. Embrasser Élie, quel meilleur remède ?

Ce dernier n'avait pas vu le jour que Madeleine, du haut de ses treize ans, jubilait déjà à l'idée de pouponner. Plus passionné par les tours du bois de Boulogne à vélo ou les sorties du lycée Janson-de-Sailly avec ses copains, Lucien s'amusait des rondeurs de sa mère. À dix ans, marquant une nouvelle fois sa différence, Simon jugeait l'affaire dégoûtante. Cette naissance imminente

ne signifiait-elle pas que ses parents l'« avaient fait » ? À leur âge, c'était obscène et ridicule. Pas question d'endurer les moqueries des copains à l'école et les cris d'un bébé à la maison. Pourtant, dès qu'était apparu ce petit être rose dans une robe beurre frais héritée de son grand-père et conservée comme une relique, il avait fondu. On ne pouvait résister à ce nourrisson joufflu et gazouillant, encore moins au garçonnet qu'il était devenu, au sourire si tendre, rayé de fossettes. C'était le chouchou de la famille. À lui, les plus beaux jouets, les habits princiers et les séjours à la montagne pour fortifier sa constitution fragile. Marie-Noëlle, qu'il surnommait « Babar » sans qu'elle s'en offusque, le pourchassait dans le long couloir de l'appartement pour lui faire ingurgiter son huile de foie de morue et ses vitamines. Les Mandel l'avaient engagée à la stupéfaction de leurs relations. Pourquoi avoir choisi cette provinciale mal dégrossie plutôt qu'une chic nanny anglaise ? Marguerite s'était prise d'affection pour cette quadragénaire célibataire, rustique certes, mais au cœur immense. Très tôt, elle lui avait confié Élie. Et n'avait eu qu'à s'en féliciter, la guerre et les rafles venues.

Simon s'engage dans les venelles du centre de Toulouse, presse le pas sous une pluie fine jusqu'à la rue des Couteliers, près du Pont-Neuf. L'odeur putride émanant du fleuve se disperse au souvenir du parfum des beignets à la fleur d'oranger que Marie-Noëlle cuisinait encore au printemps 1943, en économisant les tickets d'alimentation. L'escalier grinçant lui coupe le peu de jambes qu'il lui reste. Il reprend son souffle sur le palier.

Sonne une fois, deux fois. Il n'a pas la clé, restée dans des affaires que personne n'a songé à lui apporter après l'attaque. Il tambourine à la porte. Marie-Noëlle et Élie ne répondent pas. Assis sur les marches dans l'obscurité, il écoute la pluie tomber et songe à leur arrivée dans cet immeuble étroit.

À Paris, la situation s'était aggravée. La famille avait échappé aux grandes rafles de l'été 42 en trouvant refuge pour quelques jours à Neuilly, chez un ami d'Henri, avocat. Mais l'on pouvait désormais se faire arrêter n'importe où à cause d'une étoile jaune mal cousue, parce qu'on n'avait pas emprunté la dernière voiture du métro ou respecté le couvre-feu. Ou juste parce qu'on se trouvait au mauvais endroit au mauvais moment. Une amie leur avait rapporté que les Allemands avaient profité d'un enterrement à Bagneux pour embarquer tout le monde, devant la fosse ouverte. Et la Gestapo rôdait désormais à la sortie des écoles. Dans leur quartier, à l'école Camou, près du Champ-de-Mars, et à celle de l'avenue de La Motte-Picquet, on s'était emparé de trois petits. Pour les envoyer où ? Les Allemands déportaient vers l'Est, soi-disant dans des camps de travail. Simon et Madeleine en doutaient : comment des enfants et des vieillards pouvaient-ils être utiles au Reich ? Il fallait décamper en zone non occupée, en zone « nono » comme on disait, tant que c'était possible, et vite encore. Mais Marguerite refusait de quitter l'appartement familial et Paris. Et si Henri revenait ? Le père de Simon était interné à Compiègne. Après quelques lettres arrivées au début de sa détention, on

était sans nouvelles de lui depuis neuf mois. Et puis partir sans signaler son changement de domicile était illégal, « *verboten* ». Simon avait allégué qu'il laisserait une lettre pour son père chez la concierge. Marguerite se jugeait trop vieille pour jouer les Juives errantes, redoutait le voyage compliqué, l'installation dans une ville inconnue avec trois enfants. À bout d'arguments, il s'était emporté devant son visage fané et résigné. Un soir, Marie-Noëlle avait su trouver les mots. Elle avait de la famille à Toulouse, ils seraient à l'abri dans l'anonymat d'une grande ville. Là-bas, ni rafles, ni étoiles jaunes, et l'on trouvait à se nourrir plus facilement. Marguerite avait fini par acquiescer, le menton tremblant au souvenir de son mari qui évoquait souvent l'idée d'une balade le long du canal du Midi.

— On ira tous ensemble, maman, quand on sera réunis, avait plaidé Madeleine avec sa tranquille autorité. Fais-nous confiance, tout va bien se passer.

Mais il ne suffisait pas de se rendre à la gare d'Austerlitz avec ses valises siglées pour arriver dix heures plus tard en « citoyens libres » sur la terre d'élection du radicalisme. Tous les déplacements étaient risqués, surtout pour les familles juives. Franchir la ligne de démarcation signifiait d'abord traverser huit cents kilomètres contrôlés par les Allemands. Cela demandait des contacts, de l'argent. Au lycée Buffon, Simon s'était lié avec le fameux « pion rouge ». Delthier distribuait des tracts sous le manteau, glissait *L'Humanité* clandestine dans les pupitres, appelait les jeunes à manifester contre l'occupant. Il avait d'ailleurs défilé le 11 novembre 1940

avec trois cents lycéens et étudiants en chantant « La Marseillaise » sur la tombe du Soldat inconnu. Il y avait eu près de deux cents arrestations, des échauffourées avec de jeunes pronazis et même des tirs de l'armée allemande. Depuis l'invasion de l'URSS, Delthier s'était rapproché des FTP. Et il avait Simon à la bonne. Ils couraient souvent ensemble dans le quartier et s'entraînaient sur un ring rue Blomet. En quelques jours, Delthier leur avait trouvé un camion à gazogène qui partait la semaine suivante de la place d'Italie pour Toulouse. Ils voyageraient tous les quatre de nuit entre les bonbonnes de gaz. La nounou Marie-Noëlle les rejoindrait plus tard, histoire de ne pas alerter les voisins. Le voyage coûtait deux mille francs, à payer d'avance. La mort dans l'âme, Marguerite avait préparé un sac pour chacun, vidé le compte bancaire, emporté ses bijoux de petite taille. Les autres, les belles pièces de Cartier et de Chaumet que son mari aimait lui offrir à Noël ou à ses anniversaires, resteraient au coffre de la banque en attendant son retour. À Élie, d'un naturel inquiet, on avait présenté le périple comme une aventure, une sorte de jeu. En réalité, le bruit de la clé tournant dans la serrure de l'appartement parisien avait été un crève-cœur. Les Mandel avaient la douloureuse sensation de s'exiler de leur propre pays. Le voyage avait été long, inconfortable au possible, et marqué par un pic d'angoisse au passage du poste de contrôle. Mais le chauffeur, un gros type imperturbable, avait présenté ses papiers sans ciller et on l'avait laissé passer. Élie dormait, la tête contre la bâche. Le cœur battant, Simon serrait la main de sa

mère dans la sienne. Heureux de quitter le *Gross Paris*, les Allemands qui se faisaient photographier devant les Invalides ou buvaient du champagne au Lutetia en plastronnant devant les filles.

Simon s'éveille brusquement. L'accent chantant qui les avait séduits dès leur arrivée à Toulouse rebondit dans l'escalier : ce n'est ni Marie-Noëlle, ni Élie. Où peuvent-ils être à cette heure ? Il fait nuit depuis longtemps. Ankylosé, le jeune homme se relève, époussette sa veste de fortune, un chandail qui sent le mouton, et carillonne chez les voisins. Personne non plus. Beaucoup d'appartements semblent vides. Parfois il perçoit des bruits derrière une porte, les gens se méfient. Au troisième, un couple occupé à se disputer ne l'entend même pas frapper. Épuisé, Simon décide de passer la nuit à la pension de famille en face. Demain, il fera jour. Demain, il retrouvera Élie.

À leur arrivée rue Delpech, à Toulouse, ils avaient trouvé un pauvre studio, un taudis aux murs suintant d'humidité, mais sans eau courante. Il fallait aller la chercher à la fontaine de la place Dupuy. Madeleine et Simon dépliaient un lit dans la cuisine, un rideau les séparait de la petite pièce où dormaient leur mère et Élie. La ville rose craquait sous le nombre de réfugiés. La population était passée de 260 000 à 500 000 âmes ! Après l'afflux d'Espagnols et de Belges, le Midi toulousain avait accueilli une diaspora de réfugiés de la zone Nord et nombre de Juifs interdits de retour en zone occupée depuis septembre 1940. Les hôtels étaient pris d'assaut et tous les appartements disponibles, les

mansardes, les greniers, les caves, loués en quelques jours. Écoles, théâtres et stades servaient de dortoir aux nouveaux venus sans pouvoir tous les abriter. On dormait sur les pelouses, dans les squares, les rues ou à la gare Matabiau. Les Mandel s'estimaient chanceux d'avoir trouvé un toit, même si leur mère se réveillait chaque matin fripée et le cœur en lambeaux. Quel contraste avec leur appartement décoré d'objets d'art, de tableaux et d'ottomanes ! Quand Marie-Noëlle les avait rejoints dix jours plus tard, elle s'était effondrée. « Ah non, madame Mandel, ce n'est pas pour vous cette porcherie ! » Son énorme poitrine hoquetait dangereusement. Marguerite avait dû la consoler.

Une semaine après, la nounou avait retrouvé le sourire. Grâce à un oncle viticulteur qui abreuvait quelques notables du coin en rosé, elle avait déniché un deux-pièces certes « riquiqui » mais « plus correct », rue des Couteliers, près du Capitole. On avait tout de suite déménagé. Simon et Madeleine continueraient à dormir ensemble tandis que leur mère et Élie se blottiraient dans le salon-salle à manger-bureau. Simon se moquait bien de se cogner partout, de devoir étudier avec ses livres et cahiers étalés sur son lit. Il sortait humer l'air de la liberté dans Toulouse, charmé par cette ville revêtue de brique « foraine », ses ruelles médiévales, ses cafés bondés, ses hôtels particuliers dont les façades rougeoyaient au soleil. Cette ville qui chantait haut et fort l'occitan, même si l'école l'interdisait aux enfants. Il flânait du côté de la cathédrale Saint-Étienne, dont les murs roses s'étiraient comme un accordéon. En fin de

journée, il s'accoudait à la pierre d'un parapet, contemplait le ruban gris-vert de la Garonne, les murailles qui s'y reflétaient. Muni de jumelles, il épiait les martinets noirs ou pâles (moins communs) et les sternes pierregarins, qui nichaient dans les briques ébréchées. Il notait leurs habitudes, croquait leur fuselage de plumes dans un carnet, et pensait à son père qui lui avait transmis sa passion de l'ornithologie. Que d'excursions au bois de Boulogne ou sur les rives de la Marne pour observer fauvettes à tête noire et faucons crécerelles. À la maison, Henri Mandel lui faisait lire Coppée, Hugo, Eluard, qui tous avaient chanté la beauté des petites créatures ailées. Une cité qui accueillait autant d'oiseaux ne pouvait que leur porter chance !

La ville lui apparaissait comme un refuge. Pas d'étoile jaune, ni de couvre-feu ou d'horaires réservés aux Juifs. Sautant dans le tramway, le jeune homme retrouvait l'insouciance de ses quinze ans, lorsqu'il hélait le bus 82 pour rejoindre les copains au Trocadéro ou son père à son cabinet. Sa mère l'avait vite inscrit au lycée de garçons Pierre-de-Fermat, parvis des Jacobins, réputé pour sa discipline. Il avait deux bacs à passer, l'histoire-géo et le français, avant la philo et la physique-chimie. Simon aurait préféré se mêler aux quatre mille ouvriers de la Société des constructions aéronautiques du Midi implantée à Saint-Martin-du-Touch : il fallait vite gagner de l'argent… Mais Marguerite et Madeleine s'attendaient à cet argument et l'avaient vite balayé. Même si la guerre hypothéquait l'avenir, pas question de renoncer à ses études, son père ne l'accepterait pas. Simon s'était alors

préparé à une rentrée difficile. Il avait manqué les trois premières semaines de cours et l'on ne verrait sans doute pas d'un bon œil l'arrivée d'un Parisien au parler pointu. Mais il s'était plu à Fermat, surpris par la liberté de ton qui régnait dans l'établissement. Le portrait de Pétain avait tendance à tomber tout seul du mur, on l'avait plusieurs fois retrouvé affublé d'un cache-col et d'un faux nez. Les élèves de première imprimaient régulièrement des tracts antigouvernementaux. Simon s'était vite fait des amis, Marcel et Olivier, surnommés « Laurel et Hardy » en référence à leurs silhouettes comiquement opposées. Ensemble ils allaient au Plaza ou au cinéma des Variétés, place Wilson, quand il faisait trop froid – la Garonne avait gelé l'hiver 1942. Aux beaux jours, ils se rendaient à la piscine municipale. Là, entre les rocailles artificielles, Simon flirtait avec des filles du lycée Saint-Sernin. Son sourire et ses longs cils faisaient fondre les « pépettes », comme on disait là-bas. Avec les sorties en bande, le jeune homme découvrait la séduction, les flirts, les baisers volés. Pour un peu, il se serait cru en vacances : on pagayait sur la Garonne, on assistait à des spectacles dans les loges du théâtre du Capitole appelées « paradis », on suçait des glaces à la violette avec un café, qui, même coupé à l'orge grillé, avait presque le goût d'avant.

À la piscine, Simon avait eu l'honneur de rencontrer le mythique Alfred Nakache, quinze fois champion de France de natation, recordman d'Europe, quatrième aux Jeux de Berlin en relais 4 × 200 mètres nage libre et recordman du monde du 200 mètres brasse papillon

à Marseille en 1941. Un ancien du Racing Club de France, courageux et obstiné, juif comme lui. Né en Algérie, « Artem » (poisson en hébreu) avait été déchu de la nationalité française par Pétain, puis viré de son poste de prof d'éducation physique. En Nakache, qu'il admirait, Simon retrouvait un peu du caractère de Lionel. On le disait lié à la Résistance, formant même des jeunes au combat. Simon rêvait de s'enrôler sans oser lui en parler.

Car la guerre faisait rage. Bachelière avec mention à son arrivée à Toulouse, Madeleine n'avait pu s'inscrire en médecine, à cause du *numerus clausus*, fixant à trois pour cent le quota d'étudiants juifs. Elle s'employait comme secrétaire à mi-temps chez un riche négociant en vins. Leur mère donnait des cours particuliers de français à des enfants de la bourgeoisie locale. À cette occasion, Marguerite avait retrouvé des connaissances d'avant-guerre. Les Tenenbaum et les Weil, de riches familles alsaciennes qui tenaient des commerces rue d'Alsace-Lorraine et rue du Languedoc, les artères principales de la ville. On l'invitait de temps en temps, mais elle déclinait poliment. L'absence d'Henri lui avait fait perdre le goût des mondanités. Et puis, impossible de rendre un dîner dans le réduit de la rue des Couteliers… Afin d'améliorer l'ordinaire, Simon pêchait dans la Garonne. Près des abattoirs de Saint-Cyprien, le fleuve regorgeait de sandres, de gardons, de brochets attirés par les déchets animaux. On guettait des jours meilleurs en écoutant la « bibici ».

À l'aube, Simon retourne à l'appartement. Frappe de nouveau à la porte, quand il aperçoit une voisine âgée dont il avait à maintes reprises porté le sac de charbon…

— Vous n'avez pas vu la femme qui habitait là ? Marie-Noëlle…

— La dodue ? couine la vieille avec une grimace d'or jaune. Ça fait bien longtemps ! C'est votre fiancée, jeune homme ?

— Non, s'exclame-t-il, gêné (la « dodue » avait plus du double de son âge…). Elle s'occupe de mon petit frère, Élie…

— Peut-être partie à la campagne. Ça a bougé dans l'immeuble, vous savez ?

Simon ne sait rien. Six mois qu'il a quitté la rue des Couteliers.

— Le collabo du dessus a disparu, continue la voisine. Bon débarras. Et en face, la Jacqueline qui avait fricoté avec les Allemands, on l'a tondue !

La vieille pie n'en finissait plus… Les bombardements, le mari de la fleuriste tué par une balle perdue au moment où les Boches se retiraient, la ruée des femmes le 19 août vers la prison Saint-Michel pour libérer leurs hommes à coups de pioche… Simon avait éconduit la bavarde avant de se rendre chez le boucher où la nounou achetait des steaks deux fois par semaine.

— Elle me doit de l'argent, votre Marie-Noëlle, c'est peut-être pour ça qu'on ne la voit plus, maugrée le commerçant pansu, boudiné dans sa blouse bleu ciel

et rouge sang. Visiblement, les restrictions n'ont pas touché tout le monde.

Simon règle la modeste facture et réfléchit. Un plan, il lui faut un plan. Comme lorsque les arrestations se multipliaient et qu'il avait imaginé un scénario avec Madeleine. Si l'on sonnait à la porte, Élie devait répondre de sa voix flûtée : « Ma mère n'est pas là et je n'ai pas les clés. » Avec un peu de chance, cela dissuaderait les sbires de la Gestapo ou de la Milice. Au pire, on filerait par l'escalier de service. Moindre à Toulouse que dans la capitale, le danger n'en est pas moins réel. L'été 1942, une rafle vide les camps de Récébédou et de Noé, pourtant situés en zone libre. Mille six cents Juifs « apatrides » pris au piège, des scènes d'épouvante comme au Vél' d'Hiv, des vieux qui titubent, des enfants agrippés à leurs parents, des femmes hurlantes, des tentatives de suicide. À Gurs, quinze décès par jour, la plupart dus à la tuberculose. Huit mille internés croupissent à Rivesaltes, les nourrissons succombent à la faim et au froid. Au Récébédou, aux portes de la ville, on parquait de vieux Juifs allemands ou polonais, satinés de vermine, pieds nus, malades. La maigre pitance – bouillon d'orties, trognon de chou, un dé de confiture – finissait d'affaiblir les détenus de ce mouroir en plein air.

Cet été-là, toute la ville bruissait de ces horreurs. L'archevêque, Mgr Saliège, avait réagi le premier en donnant une lettre à lire en chaire et en chargeant les catholiques de la distribuer à pied ou à vélo dans les églises du département. « Les Juifs sont des hommes, les Juives sont des femmes. Tout n'est pas permis contre

eux. Ils font partie du genre humain. Ils sont nos frères comme tant d'autres. Un chrétien ne peut l'oublier. » Simon se souvient de leur émotion à la lecture de ce texte. Ainsi, ils n'étaient pas seuls. Les plus hautes autorités de l'Église mesuraient le crime qui se commettait presque sous leurs yeux. Pour les Mandel, une lueur jaillissait dans la nuit qui était la leur depuis le funeste armistice. Le préfet Cheneaux de Leyritz avait eu beau traiter l'archevêque de « bavard à calotte » et tenter d'empêcher la diffusion de sa lettre, d'autres figures ecclésiastiques, comme Mgr Théas à Montauban et Mgr Moussaron à Albi, avaient à leur tour condamné la violence de ces départs vers l'inconnu. La presse clandestine, *Combat*, *Franc-Tireur* et *Libération*, avait amplifié ces cris. Soudain l'air des quais de Toulouse en semblait modifié. La ville qui avait acclamé Pétain en novembre 1940 et en juin 1942 retrouvait sa nature frondeuse et ses racines radicales en défiant l'occupant.

Pourtant l'inconcevable avait eu lieu. Comme tant d'autres à Toulouse, les Mandel avaient à peine eu le temps d'ouvrir une bouteille de mousseux – le champagne n'était plus qu'un souvenir vaporeux. Au moment où les Alliés débarquèrent en Afrique du Nord, les Allemands passèrent la ligne de démarcation. On avait vu les uniformes vert-de-gris déferler sur la caserne Caffarelli et la place du Capitole, l'état-major s'installer au Grand Hôtel de la Poste, rue d'Alsace-Lorraine, et dans celui, tout en longueur, de L'Ours blanc, à l'angle des rues d'Austerlitz et Victor-Hugo. La Wehrmacht paradait

place Wilson. Rue Maignac, des dizaines d'agents de la Gestapo astiquaient leurs armes.

— Cette fois, nous sommes perdus.

Pour Marguerite, le cauchemar recommençait. Comment survivre dans la ville aux mains des nazis ? Les envahisseurs poursuivraient leur sale boulot. Traquer, arrêter, séparer les innocents. L'irruption de l'ennemi, si rapidement après leur fuite rocambolesque de Paris, l'avait accablée. Elle refusait de sortir, pour ne pas entendre l'accent qui avait changé, ne plus lire les panneaux dans la ville. Déjà la rue parlait allemand et on avait décrété le couvre-feu.

Simon en est convaincu : Marie-Noëlle et Élie n'habitent plus le studio. Peut-être même se sont-ils séparés. Il faut se renseigner. La file qui s'étire à la mairie, derrière le Capitole, le désole. Ces mois au maquis l'ont durci envers la foule plus ou moins résignée. Toujours son orgueil d'acier, cette « nuque raide » dont parlait son père avec une fierté mâtinée d'exaspération. L'employé qui le fixe d'un œil éteint a l'air aussi buté qu'épuisé. De mauvais augure.

— Vous recherchez quelqu'un, monsieur ? Comme les autres... Regardez-moi ce bordel !

Le type avait quand même noté sa demande. Trois heures plus tard, on l'appelait au guichet. Les noms de Marie-Noëlle et d'Élie ne figuraient pas dans les lourds classeurs.

— Essayez à l'Hôtel-Dieu, vous aurez peut-être plus de chance.

Là-bas, près du Pont-Neuf, le plus vieux de la ville, comme à Paris, c'était pire. Les salles de soin de l'hôpital envahies, les rares infirmières, débordées. On ne voyait pas les médecins. Mais Simon avait fini par entendre ce qu'il espérait.

— Aucun blessé du nom de Mandel.

Quand les murs de sa chambre à la pension de famille l'oppressent, Simon replonge dans le labyrinthe de pierre toulousain. Il se souvient de son arrivée dans la ville, cette terre cuite au feu, tous ces ocres… Il s'était passionné pour Jacques-Pascal Virebent, l'architecte qui avait conçu la place du Capitole et la place Wilson sous Louis XVI en s'inspirant des palais italiens. Le dimanche, il crayonnait au fusain les hôtels particuliers dont Toulouse détenait le record national. Les cariatides de fleurs de corail, les rosaces, les médailles… Tatouée par le soleil, la brique en renvoyait les rayons, nappant le paysage urbain d'un miel éblouissant. *Tu me dessines une maison ?*

Simon entend encore le timbre admiratif d'Élie. À huit ans, ce garçon timide adorait se nicher contre son frère, se jeter au cou de sa sœur. Tendre et délicat, il retenait ses questions sur son père ou Lucien, de crainte de voir Marguerite défaillir. Où peut-il se trouver en ce moment ? Cette absence dévaste Simon. Il aurait dû mieux le protéger, lui dire combien il comptait pour toute la famille.

À la Croix-Rouge, une bénévole lui suggère de passer une annonce dans *La Dépêche*. Pourquoi pas ? Au journal aussi, il y a foule, une foule inquiète, à cran,

agressive. En cette Toussaint 1944, tout le monde semble avoir perdu un proche. Les nazis ont presque tous quitté la France, la guerre vit ses derniers soubresauts. À la préfecture, une fonctionnaire souriante semble pour la première fois s'intéresser à son cas, pose des questions précises, remplit soigneusement un dossier. Non, il ne connaît pas la famille de Marie-Noëlle. Il sait juste qu'elle avait une sœur mariée quelque part en Haute-Garonne…

— Vous devriez essayer au « Château ». Une centaine d'enfants isolés y séjournent en ce moment.

Le Château… Le nom de l'ancien siège de la Gestapo à Toulouse, une demeure cossue. Le cœur de Simon bat un peu plus vite.

5

Hiver 1943. Les Mandel s'étaient habitués à une existence rythmée par les bruits de bottes nazies. Dès la fin 1942, il y avait eu l'obligation d'apposer la mention « juif » sur leurs cartes d'identité et d'alimentation, comme dans la capitale. Marguerite entendait se plier à cette mesure, tout comme Madeleine, qui lui faisait confiance. Seul Simon s'y était opposé. Obéir aux ordres pouvait coûter cher. Qu'est-ce qui empêcherait la police française de venir les cueillir quand bon lui semblerait ? Il avait tempêté, brandi un poing face à sa mère, avant de se reprendre, rouge de honte et de fureur.

— Maman, comprends-moi ! Rien de bon ne peut nous arriver avec ce genre de papiers ! Tu as bien vu pour papa ! Mes copains du lycée disent que la clandestinité est notre seule chance.

— Simon, c'est toi qui vas m'écouter. En l'absence de ton père, je décide, et nous resterons dans la légalité.

Tous trois s'étaient rendus au commissariat, Élie étant trop jeune pour disposer de papiers. Mais Simon, sur un tuyau d'Olivier, un ami du lycée, avait discrètement

rencontré un commissaire de police du VIIe arrondissement toulousain. Un certain Jean Philippe, que l'on savait résistant. Après s'être renseigné sur le jeune homme, Philippe lui avait fourni deux fausses pièces d'identité, pour lui et Madeleine. Le même avait refusé un peu plus tard d'établir des listes de Juifs, puis basculé dans la clandestinité avant d'être fusillé, en chantant « La Marseillaise » à pleins poumons et en exhibant un tissu rouge à l'emplacement du cœur, le 1er avril 1944 à Karlsruhe. Sa femme, également résistante, avait été déportée par les nazis.

En vue du bachot, Simon privilégiait comme toujours ses matières favorites. Il détestait la physique-chimie, mais excellait en maths. Ses nombreuses lectures – Loti, Chateaubriand, Keats, Morand – lui valaient de bonnes notes en français. Sa passion pour le dessin ne l'avait pas lâché. Madeleine s'était liée avec une jolie Russe, une brune aux cils immenses. Nièce du ministre soviétique Molotov, mariée au poète David Knout, convertie au judaïsme par amour et résistante de la première heure, Ariane Scriabine attendait son quatrième enfant et promenait partout son gros ventre, une cache idéale pour des tracts et des armes. Elle avait emmené sa nouvelle amie suivre des cours de philosophie chez un certain Vladimir Jankélévitch. Juif exclu de la faculté, cet homme à l'intelligence vive, aux cheveux noir corbeau, excellent musicien, réunissait chez lui des étudiants avides de métaphysique et d'action. Madeleine en revenait la tête pleine de marxisme révolutionnaire et de psychanalyse, exaltée de rencontrer ces intellectuels,

futur noyau du réseau de résistance dirigé par le poète Jean Cassou, ex-conservateur révoqué depuis 1940 du musée d'Art moderne de Paris. Elle retrouvait le monde des idées dans l'arrière-salle d'une petite librairie toulousaine, sise au 46, rue du Languedoc, tenue par Silvio Trentin, un socialiste italien contraint à l'exil par Mussolini. L'excitation de Madeleine n'avait pas échappé à sa mère, qui n'en laissait rien paraître, tout occupée à corriger les copies de ses élèves ou à détricoter d'antiques chandails pour en faire de nouveaux qu'on enfilerait les uns sur les autres pour avoir chaud. Certes ils étaient dépareillés, mais c'était toujours mieux que de tisser les poils de chien comme certaines Toulousaines ! Les Allemands confisquaient jusqu'au caoutchouc pour les chaussures. Dès qu'il pleuvait, les semelles en bois glissaient et cela sentait l'animal mouillé. « Normal pour un temps de chien », plaisantait Simon.

Et puis, c'était arrivé. Un après-midi glacial de janvier 1944, Élie avait eu envie d'un chocolat chaud, et sa mère avait cédé en l'emmenant au Florida. La chaleur de ce grand café très fréquenté sous les arcades leur avait donné l'impression fugace d'appartenir à la foule insouciante, et d'être comme sous sa protection. Depuis quatre ans, ils vivaient aux aguets, mesuraient leurs paroles, limitaient leurs déplacements. Généralement, Marie-Noëlle, qui louait leur studio à son nom, se chargeait des courses et des démarches. Ce jour-là, Élie était à croquer dans sa veste bleue et sa culotte noire. Ses boucles châtaines tombaient sur ses yeux, il faudrait les couper. Le gamin s'était presque brûlé

la langue en avalant un chocolat « crémeux comme avant ». Évidemment, à un moment, il avait eu envie de « faire pipi ». Marie-Noëlle l'avait accompagné au sous-sol. C'est aux lavabos que la nounou et le môme avaient entendu des bruits de tables, des éclats de voix. Une femme les avait poussés dans la cabine téléphonique : « Ne remontez pas, ce n'est pas le moment ! » Quand ils étaient revenus dans la salle, tous les clients se tenaient debout, s'indignant, gesticulant. Une rafle. Les Allemands avaient embarqué trois hommes, dont un vieil infirme, et une femme en chignon. Marguerite ! Marie-Noëlle avait ramené Élie choqué au studio. En cet hiver impitoyable, après une pause stratégique, les Allemands avaient pris en main contrôles et rafles. On bouclait des rues et des places, on poussait des gens à coups de pied dans des voitures noires. Des agents de la Gestapo en civil arpentaient les rues, vérifiaient les papiers. La Milice, forte de six cents membres, paradait dans les rues, contrôlait, surveillait, filait les résistants. Voleurs, maîtres chanteurs et maîtres en sévices, les hommes à l'insigne gamma de la rue Alexandre-Fourtanier terrorisaient la population. Simon avait d'abord couru au commissariat. On l'avait éconduit en lui riant au nez. Qu'il s'adresse au siège de la police, place Saint-Étienne… Là, un autre fonctionnaire l'avait reçu assez mollement. On arrêtait les gens pour résistance, faux papiers ou marché noir, mais sa mère n'était coupable de rien… Alors, pourquoi ? « Pourquoi, vous m'entendez ? » Le flic léthargique avait replongé dans *La Dépêche*, qui n'évoquait jamais ces rafles… Simon

avait fini par apprendre que Marguerite se trouvait à la prison Saint-Michel, une forteresse de brique rouge plantée de deux tours crénelées, en plein centre-ville. Impossible de voir Marguerite, elle était détenue avec les « droits-co », les criminels. La prison comptait deux quartiers, l'un pour les prisonniers français, l'autre pour les soldats allemands. On entassait les premiers à six dans des cellules prévues pour deux, on les nourrissait mal – quand il n'y en a pas pour deux, il y en a encore moins pour six.

— Maman ne tiendra pas longtemps, répétait Simon. Il faut la sortir de là.

— Que proposes-tu ? avait lancé Madeleine. D'attaquer la prison ?

Comme son frère, elle redoutait les rigueurs carcérales pour sa mère. On parlait d'étranges suicides, de disparitions inquiétantes dans les forêts du Tarn. Les Boches se vengeaient sur leurs prisonniers. Depuis décembre 1943, les attentats se succédaient à Toulouse. Les soldats allemands n'osaient plus aller au cinéma le soir. Place Wilson, on avait édifié un enclos pour que ces messieurs de la Wehrmacht puissent prendre un verre sans risquer leur peau. Les habitants qui l'avaient baptisé le poulailler passaient devant en caquetant. On s'amusait comme on pouvait. Madeleine s'était tournée vers les écrivains de la librairie Trentin. En contact avec la Résistance et les Anglais, ils avaient lancé le mouvement « Libérer et Fédérer » et un journal clandestin. Mais comme cela ne bougeait pas assez vite de ce côté-là, Simon avait continué à remuer ciel et terre.

Un soir, Ariane Scriabine était accourue, bouleversée. On avait conduit les Juifs de la prison Saint-Michel à Matabiau. Douze personnes en tout. Montées dans un train en direction de Paris ou de l'Est, on ne savait pas.

6

La nouvelle avait terrassé les enfants Mandel. Marguerite, qui disait toujours que « l'important, c'est de rester ensemble », leur avait été arrachée. Le cauchemar continuait. Reverraient-ils un jour leurs parents, leur grand frère ? L'idée les avait traversés de se rendre pour retrouver leur famille, mais c'était impossible. Simon devait assumer son nouveau rôle de chef de famille, mettre Élie à l'abri. Le petit resterait avec Marie-Noëlle, qui avait tout de suite accepté. La nounou aimait cette famille comme la sienne et ne comprenait pas la folie qui s'était emparée des hommes. Simon et Madeleine iraient se cacher ailleurs.

Devant l'ancien siège de la Gestapo, une grande bâtisse à moitié éventrée par les grenades, le jeune homme hésite. Finit par gravir les quelques marches, pousse la porte. Des enfants de tous âges courent, s'interpellent, se bousculent dans le hall, avant de se mettre en rang pour l'école improvisée par deux adultes. Il paraît loin le temps où la rue résonnait des cris des suppliciés pendant les interrogatoires. À la Libération,

on avait retrouvé des corps de résistants torturés et enterrés à la hâte dans le jardin. On avait obligé les détenus allemands à creuser des sépultures décentes, punition dérisoire en comparaison de leurs crimes. À l'accueil du service d'évacuation et de regroupement des enfants, Simon tire une photo de son portefeuille et la tend à la jeune réceptionniste qui paraît débordée.

— Il s'appelle Élie Mandel. Il aura dix ans dans un mois…

— Regardez par vous-même, monsieur… Je n'ai pas ce nom sur ma liste, mais on ne sait jamais. Ils sont presque cent ici. Des orphelins, des déplacés, d'autres encore dont les parents sont dans les camps.

Simon a passé la journée au Château, dévisageant un à un tous ces bambins, ces gamins, ces adolescents. Des timides, des intrépides, des affligés, des souriants, tout le kaléidoscope de l'enfance. Il est revenu le lendemain, le surlendemain. Toujours pas d'Élie. Espérant une piste ou une lettre de sa mère, il est passé rue Ozenne, à l'ancien siège régional du sinistre Commissariat général aux questions juives. Rien, rien pendant des semaines. La nuit, les cauchemars l'assaillent. Sa mère partie pour l'inconnu. Sa sœur avec les enfants en France, puis en Suisse. Il attend une lettre d'elle. Tous les matins, il guette le facteur devant l'immeuble de la rue des Couteliers. Grâce à Andrée, une ancienne cheftaine rencontrée dans une rue de Toulouse, Madeleine avait rejoint le circuit Garel, un réseau clandestin de l'Œuvre de secours aux enfants, l'OSE. Comme pour la Sixième des EIF, il s'agissait d'abord de disperser les petits Juifs

placés dans des maisons d'enfants en les « planquant » à la campagne, avant d'envisager un départ hors de France pour les plus exposés d'entre eux. On mettait les gars aux champs et les filles à la cuisine et à la lessive. Munie de faux papiers et se prétendant assistante sociale, Madeleine prospectait, démarchait les familles, sans toujours leur révéler l'identité juive de leurs pensionnaires. Parfois le réseau passait même des annonces dans le journal local : « Enfant malade recherche papi et mamie pour l'accueillir à la campagne. » Le bouche à oreille fonctionnait et l'on trouvait souvent des paysans prêts à ouvrir leurs portes contre rémunération. Tenace mais sympathique, Madeleine avait le chic pour les convaincre. N'hésitant pas à trinquer autant de fois qu'il le fallait pour gagner leur confiance, elle rentrait à Toulouse un peu grise, mais fière d'avoir encore réussi à cacher un frère et une sœur ici, une gamine ailleurs. Sa mission ne s'arrêtait pas là. Il fallait revenir tous les mois avec des cartes d'alimentation et de l'argent – 200 francs par mois et par enfant –, s'enquérir du moral et de la santé des pensionnaires, transmettre des nouvelles, quand on en avait. Madeleine avalait les kilomètres à pied ou à vélo en chantant du Suzy Delair ou du Charles Trenet. Et répondait aux angoisses des enfants comme elle le pouvait. « Qu'est-ce qui se passe si j'oublie mon vrai nom ?… » « Et alors, je ne m'appelle plus Rebecca ?… » Elle ne s'ouvrait de ces activités qu'à Simon et Marie-Noëlle, ne s'attardait pas dans les gares et savait trouver des solutions si l'argent de la pension venait à manquer. Dans le train, elle se

dissimulait derrière *Le Grand Écho du Midi*, organe officiel du pétainisme régional. Qui aurait soupçonné cette grande fille toute simple, aux joues rebondies, toujours occupée à lire, de cacher une quarantaine d'enfants dans le département ? Un jour qu'on l'avait interpellée avec une bande de gosses près de Saint-Affrique, elle avait rétorqué en s'esclaffant qu'il s'agissait d'enfants de son quartier. Ils avaient bien le droit de prendre l'air, non ? Et la liste qu'on avait trouvée sur elle ? Celle de ses élèves, pardi ! Elle donnait aussi des cours de danse pour gagner sa vie, et rêvait de s'installer à Paris. D'un air canaille, elle avait fait mine de remonter sa jupe. « Le french cancan, vous connaissez ? » Des étoiles dans les yeux, le soldat allemand n'avait pas entendu une gamine tout juste sortie de Gurs claironner : « Tu as vu, il n'y a pas de fils de fer barbelés, ici ! »

Simon comprend qu'il ne retrouvera pas son frère seul. Il a sonné, cherché partout où il le pouvait. Ses lettres à l'American Red Cross, au Comité international de la Croix-Rouge, au ministère des Anciens Combattants et des Victimes de guerre, à l'OSE, qui regroupe des milliers de petits, ont toutes reçu la même réponse administrative... *Désolé de vous faire savoir que toutes les recherches concernant l'enfant...*

On ne perd pas une femme et un gamin ainsi, même en temps de guerre. Alors, un jour, il prend un billet pour Moissac, à cent kilomètres de Toulouse. Dès 1939, la petite ville est devenue une plaque tournante pour les enfants juifs. Au 18, quai du Port, dans une maison aux allures de grand hôtel – en fait d'anciens entrepôts

datant de l'époque où l'on transportait des marchandises sur le Tarn –, les Éclaireurs israélites abritent des enfants de toute nationalité, de parents internés ou que l'on a réussi à extraire des camps sous un prétexte quelconque. Par une sorte de miracle comme il s'en ménage dans les pires moments de l'histoire, les autorités ont toujours cru qu'il s'agissait d'une maison scoute œuvrant pour la révolution nationale. Et cela a duré ainsi, sous la protection du portrait de Pétain dans le réfectoire, jusqu'à la grande dispersion. À l'été 1942, aidé par le maire, le directeur a commencé à cacher les pensionnaires, devenus des cibles faciles. Quelque cinq cents scouts sont passés par « Le Moulin ». Et dès la Libération, Moissac est redevenu un « home », sous la férule affectueuse de Shatta Simon, qui considère ses protégés comme ses enfants. Dans ce phalanstère où tout le monde se tutoie palpitent l'âme du scoutisme et le cœur des éclaireurs : ateliers de menuiserie, de reliure et de couture, réunions culturelles, fêtes, prières en hébreu et en français…

— Ah c'est toi, Simon… Quel plaisir !

L'homme qui l'aborde a la trentaine solide et moustachue.

— Chameau ! Cela fait longtemps !

Avec « Kiwi » à Paris et « Cigogne » à Beauvallon, Frédéric Hammel dit « Chameau », professeur de chimie et cadre des EIF à Strasbourg, avait été l'un des premiers à créer une ferme-école, à Taluyers dans le Rhône, avec sa femme (« Fourmi »), suivant la doctrine de Gamzon : « Travailler la terre, c'est se travailler

soi-même. » En formant des jeunes à des activités physiques et manuelles, on leur apprendrait des métiers riches en débouchés. Simon et lui se sont connus avenue de Ségur avant la guerre. Chameau voulait que Simon apprenne la menuiserie ou l'électricité, pour l'enseigner ensuite au sein d'ateliers. Mais Henri, qui voyait son fils au moins normalien, ne l'entendit pas de cette oreille. Une scène mémorable avait tranché la question, en faveur de l'avocat, bien sûr. Mais les deux hommes étaient restés en contact.

— Tu n'as pas un Mandel parmi les enfants ?

— Tu penses bien que cela m'aurait mis la puce à l'oreille…

Simon évoque brièvement l'embuscade du maquis, le retour à Toulouse, la disparition d'Élie.

— Ne t'inquiète pas. Je vais envoyer un télégramme aux chefs. On va le retrouver, ton frangin !

À la veillée, après avoir chanté « Nous, de l'espérance » avec les enfants, les deux hommes se sont isolés pour faire le point. Chameau évoque cette terrible année 1944 passée dans le Tarn-et-Garonne à planquer des gamins, et surtout le guet-apens qui avait coûté la vie à Ariane Knout, rue de la Pomme à Toulouse. Le 22 juillet, les Allemands avaient « logé » la jeune femme dans un appartement qui servait de boîte aux lettres. Abattue d'une balle dans le cœur. Blessé, un autre résistant, Thomas Bauer, avait été rattrapé par les miliciens. Mort à l'hôpital. Seul un troisième homme, Raoul Léons, touché lui aussi, avait pu s'échapper. À son tour, Simon raconte sa guerre : après l'arrestation

de sa mère, il n'avait pas suivi sa sœur qui cornaquait des gosses dans la région, il voulait se battre pour de bon, saboter du matériel ennemi, faire sauter des grues et des trains, prendre les armes. Marguerite lui avait interdit toute prise de risques, mais maintenant qu'elle leur avait été enlevée, il bouillait de passer à l'action. Il avait d'abord pris contact avec les gens de « Libérer et Fédérer » et Silvio Trentin, l'ami de Madeleine. On n'avait rien voulu lui confier d'important : trop jeune. Il n'avait pu se rapprocher du réseau de Jean Cassou, ancien membre du groupe du musée de l'Homme et journaliste à *Résistance*, alors il s'était mêlé à un groupuscule qui se réunissait dans les caves du café du père Léon, place Esquirol. Une copine de sa sœur, Viviane de la rue Matabiau, qui fournissait des vêtements à ceux qui partaient vers l'Espagne, l'avait introduit dans le mystérieux cénacle.

Ce groupuscule s'était crânement baptisé l'« Armée juive », l'AJ. Ses chefs historiques, Aron Lublin et Léon Zupraner, sionistes socialistes, se battaient contre les Allemands mais voulaient aussi inciter les Juifs à s'établir en Palestine. Ariane Knout, la copine de Madeleine, qui se faisait appeler Sarah Fixman, avait vécu les rigueurs de la Révolution russe. Pour elle et les autres, le salut du peuple juif passait par l'installation en Eretz Israël et le strict respect des règles religieuses. Simon n'avait jamais soupçonné l'existence d'une résistance spécifiquement juive en France. Encore moins la présence à Toulouse d'une nébuleuse de groupes se revendiquant tous du judaïsme ! Voilà qui battait

en brèche l'opinion courante selon laquelle les Juifs ne se battaient pas, se laissaient arrêter par familles entières, comme des moutons. Et certains avaient un idéal sioniste, en plus ! Dans la famille et l'entourage de Simon, la Palestine était une fiction. Bien sûr, on donnait de l'argent pour la cause lors de dîners annuels, mais personne n'imaginait s'installer un jour sur cette terre aride. Les Mandel aimaient trop leur pays pour en choisir un autre. Simon avait assisté avec Viviane à quelques réunions de l'AJ. Le slogan « Partout présent, faire face » l'avait séduit, comme la présence du fameux nageur Nakache, qui prenait tous les risques. Surveillé par la police, honni par la presse collabo, le champion avait été interdit de bassin aux championnats de France à Toulouse. Mais la cérémonie de l'AJ, ce serment qu'on devait prêter sur une bible les yeux bandés dans une salle obscure, avait un peu refroidi le jeune homme. Trop grandiloquent, trop mystique à son goût.

Il s'était donc naturellement tourné vers sa famille d'adoption, les scouts. Les gars de la Sixième lui avaient confié la fabrication de faux papiers pour les clandestins du mouvement et ceux qui devaient porter l'inscription infamante sur leur carte d'identité depuis la fin 1942. Au début, il procédait juste à des retouches sur un coin de table, grattait, découpait à la lame de rasoir, recollait des photos d'identité, changeait un Cohen en Colin ou un Lévy en Leroy. Un jeu d'enfant pour lui qui avait grandi le crayon à la main, au point de l'appeler son « sixième doigt ». À force d'imiter à merveille cartes d'alimentation, permis de conduire et laissez-passer,

il avait vu plus grand et fini par installer dans une chambre de bonne de la rue des Paradoux un véritable labo pour le compte de la Sixième. On trouvait du papier et de l'eau oxygénée dans les bureaux de tabac ou les épiceries. Les tampons, on les volait – plus précisément, on « récupérait » ceux qu'avaient « égarés » les employés de mairie. Après avoir effacé à l'eau de Javel les noms et prénoms sur les papiers d'identité, Simon laissait libre cours à ce qu'il nommait, un sourire aux lèvres, son « art ». Ses « biffes », autrement dit ses faux papiers, étaient fameux. Il recevait des commandes de Grenoble ou de Nice ! Un gars, jamais le même, venait les récupérer. Plus tard, des faussaires de talent avaient même pu fabriquer des tampons. Il fallait se montrer minutieux, avisé, ingénieux, des qualités de guerrier. La plupart du temps, Simon choisissait comme lieu de naissance une ville du Nord dont les archives avaient été bombardées ou un village corse, département réputé inaccessible. Sous sa main, les Alsaciens renaissaient en Allemands, les séfarades en Arabes. Il nationalisait à qui mieux mieux. Il avait presque honte de s'amuser autant dans sa mansarde quand d'autres risquaient leur vie. Les gars des FTP-MOI, les Francs-tireurs et partisans-Main-d'œuvre immigrée dirigés par Joseph Epstein, avaient été les premiers à tomber. À Toulouse, ces jeunes Juifs communistes, polonais ou roumains, ces Italiens antifascistes, ces républicains espagnols évadés de Gurs, livraient une véritable guérilla urbaine. La 35e brigade, qui devait son nom à la division de mitrailleurs des Brigades internationales,

perpétrait deux à trois attentats par semaine et sabotait les infrastructures sur le canal du Midi. Mais, en février 1943, par une journée polaire qui avait gelé la Garonne, l'ouvrier fraiseur Marcel Langer, un ancien des Brigades internationales, s'était fait prendre dans les parages enneigés de la gare Sainte-Agne avec à la main une valise remplie d'explosifs. Interné, torturé, condamné à mort en juillet par la section spéciale de la cour d'appel de Toulouse. Le lendemain, ses copains, redoublant d'ardeur, avaient abattu un colonel allemand rue Bayard. D'un courage inouï, ces gars d'à peine vingt-cinq ans avaient réservé le même sort à l'avocat général Lespinasse qui avait réclamé la mort de leur ami. L'attentat de mars 1944 contre le cinéma Variétés qui projetait *Le Juif Süss* et d'autres films de propagande, c'était eux aussi. L'explosion prématurée de la bombe avait coûté la vie à deux membres du groupe, en blessant grièvement un troisième. Les autres avaient été anéantis par un vaste coup de filet organisé deux mois avant le débarquement. Au total, huit cent vingt-six opérations militaires et quelque deux cent vingt soldats et officiers allemands avaient été éliminés.

7

Au matin, Simon prend congé de Chameau. Même infructueux, cet intermède l'a ragaillardi. Il rentre à Toulouse rempli d'une énergie nouvelle. Grâce aux EI, il va retrouver Élie. Pour explorer toutes les pistes et fatiguer sa peine, il parcourt la ville en tous sens. Quand il entre dans un café, c'est pour réclamer un verre d'eau, les mandats de sa tante à Paris suffisent à peine à lui assurer gîte et couvert. Il devrait retourner à la capitale, au moins pour un temps, y attendre ses parents et sa sœur, mais il veut revenir chez lui en adulte, en vainqueur, c'est-à-dire avec Élie. Parfois ses pas le mènent jusqu'au quartier de la Colombette qui peine à se relever de la guerre. Certains magasins israélites restent sous scellés, d'autres se disloquent en attendant le retour de leurs propriétaires. La petite synagogue de la rue Palaprat est restée ouverte pendant presque tout le conflit. On avait tant souffert derrière ces colonnes de grès qui avaient vu l'arrestation du rabbin résistant Nathan Hosanski, envoyé en déportation. À l'été 1943, après un attentat contre leur chef Louis Mas, des miliciens

avaient investi ce lieu de culte où des jeunes étudiaient le soir clandestinement. La prise d'otages avait duré vingt-quatre heures, avant que le préfet et les forces de l'ordre n'interviennent. Chercher Élie ici est absurde. Né de parents peu pratiquants, le petit n'a pas dû entrer deux fois dans une synagogue. Madeleine s'amusait parfois à choquer sa mère à ce sujet : « Finalement, sans Hitler, nous n'aurions même pas su que nous étions juifs. » Pas tout à fait vrai, mais pas entièrement faux non plus, même si Marguerite appréciait modérément l'ironie. Une chose était certaine : les Mandel étaient tout sauf des bigots.

Au cours d'une de ses marches forcenées, Simon entend un jour claquer son nom au vent de la place Jeanne-d'Arc.

— Simon Mandel !... Hé, Simon, c'est toi ?

Il se retourne, plein d'espoir.

— Laurel et Hardy !

Marcel, le fil de fer dégingandé, et Olivier, le petit râblé, le dévisagent, hilares. Il a bien changé, leur ami, depuis son arrivée au lycée. Plus viril avec son crâne rasé, plus marqué avec cette cicatrice rouge et boursouflée balafrant sa joue. Autrefois rieurs, ses yeux verts sont empreints d'une gravité nouvelle. Simon a gagné en densité.

— Comment allez-vous ? Vous m'avez manqué...

Retrouvant ses camarades de lycée, Simon mesure sa solitude. Et réalise que depuis l'attaque, cinq mois plus tôt, il n'a vraiment parlé qu'à sœur Lorraine et à

Chameau. On s'échange les nouvelles. Marcel exulte, son père va bientôt rentrer de captivité.

— C'est ma mère qui tord le nez et se pose des questions...

Compliqué, le retour d'un homme que l'on n'aimait déjà plus avant la guerre. Marcel s'était ouvert à ses amis de l'atmosphère familiale, les disputes, les cris, les coups parfois... Il s'est inscrit dans une école de commerce à Bordeaux, le plus loin possible de la maison. Olivier, fils de chirurgien, ambitionne, lui, d'entrer dans l'aviation civile.

— Maintenant que la guerre est finie, les gens vont avoir envie de voyager.

À les entendre, Simon ressent un léger pincement au cœur. Pour eux, l'avenir semble dégagé, la guerre n'a été qu'un intermède. Depuis quatre ans, lui vit sous la menace permanente. Quand les Mandel se retrouveront-ils tous pour reprendre eux aussi une existence normale ?

— Simon, tu as su ce qui s'est passé au lycée ?

— Non, j'étais là-haut, avec les gars.

« Là-haut »... Marcel regarde son ami avec envie et respect. Il aurait aimé se battre, lui aussi, mais sa mère le lui a interdit, le menaçant de venir le chercher au maquis et le tirer par le fond du pantalon s'il le fallait !

— C'est elle, la terreur !

— Deux lycéens ont été pris comme otages et fusillés, poursuit Olivier. Tu te rends compte ?

— Et M. Nakache, à la piscine, tu te souviens ?

Et comment ! Autour du bassin, tous applaudissaient Artem, cette force de la nature aux muscles longilignes.

— Quoi, Nakache ? s'inquiète Simon.

Il craint une autre disparition. Tous ceux qui peuplaient son monde ont tendance à s'enfoncer dans l'obscurité.

— Arrêté par la police chez lui et déporté avec sa femme et sa fille, dit Marcel. À l'Est, on ne sait pas où.

Simon revient sur sa situation, sa vaine recherche d'Élie.

— On va t'aider, promet Olivier. J'ai un oncle très copain avec le commissaire Bertaux. Tu vois qui c'est ?

— Évidemment. Je lis les journaux, tu sais !

Bertaux, normalien, spécialiste de littérature allemande, ami de Trentin, responsable des renseignements vers Londres avec son groupe avant d'être arrêté par Vichy. Libéré en 1943, il s'était illustré dans la Résistance et venait d'être nommé commissaire de la République, en remplacement de Jean Cassou, victime d'un coup de crosse allemand dans la nuit du 19 août et laissé pour mort, depuis plongé dans le coma.

— Ce serait chouette, un appui comme celui-là, lance Simon.

— Nos cours ne commencent qu'après les fêtes, tout est désorganisé. On a le temps.

Dans sa quête éperdue, Simon avait oublié l'approche de Noël.

Seul titulaire du permis, Marcel a emprunté la voiture de son oncle. Les trois copains ont exploré d'autres pistes, parcouru des kilomètres, des photos d'Élie dans

les mains, le nom de Marie-Noëlle sur les lèvres. Simon sent renaître son optimisme. À trois, ils y arriveront. À force de coller des affichettes et de questionner les gens, ils étaient tombés rue Valade, près du fleuve, sur le père Montet, un curé affable et rondouillard.

— Je l'ai connue, votre Marie-Noëlle...

— Savez-vous où je peux la trouver, mon père ?

— Au ciel, mon garçon. Je l'ai enterrée il y a quelques mois. Une crise cardiaque, je crois. Elle faisait le bien autour d'elle, elle est aux côtés du Seigneur maintenant.

Simon blêmit. Comment Marie-Noëlle, qui n'avait pas cinquante ans, avait-elle pu mourir si brusquement ? Et où se trouvait Élie, privé de son ange gardien ?

— Je vais me renseigner, a promis le père Montet.

Le cœur lourd et l'esprit embrumé, Simon est allé se recueillir sur la tombe au cimetière de Lardenne. Une simple croix dans la terre battue, que personne n'avait fleurie. Marie-Noëlle incarnait l'âge d'or, les goûters pantagruéliques au retour du lycée Buffon, les parties de petits chevaux, tout un univers tendre et rassurant. Le monde d'avant. Elle ne verra pas la fin de la guerre, ni les retrouvailles des Mandel.

La semaine suivante, le père Montet confirmait la triste nouvelle à Simon. Un abbé qui connaissait Marie-Noëlle – elle offrait des cadeaux aux sœurs afin d'améliorer leur ordinaire – lui avait assuré que celle-ci était bien morte d'une attaque cardiaque chez elle. Aucun enfant n'avait été signalé en sa compagnie. Montet suggérait aux garçons de visiter les couvents de la ville pour tenter d'en apprendre davantage. Flanqué

des inséparables Marcel et Olivier, Simon se rend chez les sœurs de Marie-Réparatrice, en face du palais de justice. La mère supérieure les rejoint aussitôt dans le patio ombragé.

— Ici, nous avons recueilli des Juifs allemands et polonais...

Et de détailler longuement les deux entrées reliées par un couloir sombre, la porte donnant sur la ruelle et l'immeuble Manrèze abritant les « hôtes », les conversations nocturnes en allemand avec la mère économe, quand le danger semblait passé. Simon la coupe.

— Mais il y avait aussi des petits Français ?

— Non. Uniquement des adultes.

Chou blanc, une fois de plus.

— Si vous cherchez un enfant, jeune homme, enquêtez dans les couvents de la région. Son Excellence, Mgr Saliège, a ordonné de les ouvrir. Et il a failli le payer cher...

Le 9 juin 1944, la Gestapo s'était emparée de l'homme d'Église. Son grand âge et sa santé fragile l'avaient sauvé de la déportation.

C'est encore Marcel qui escorte Simon jusqu'à Notre-Dame-de-Massip, à Capdenac, à cent kilomètres de Toulouse, à la frontière de l'Aveyron. Un endroit paisible, environné de bois, dont la majesté impressionne Simon.

— Je ne sais pas si je dois vous parler, hésite sœur Perpète, les mains posées sur son ventre replet.

Simon insiste.

— Quatre-vingt-trois enfants juifs sont passés chez nous, précise la religieuse. On les cachait avec sœur

Denise, la directrice du pensionnat, quand les Allemands venaient fouiner par ici. Vous voulez visiter ?

Sœur Perpète s'engouffre dans un souterrain long de cinq à six mètres et haut d'un mètre. Simon recule à l'entrée du boyau sombre.

— Vous êtes claustrophobe ?

Il a toujours détesté les caves. S'il devient architecte un jour, il construira des pièces ouvertes à la lumière et au vent, des endroits où l'on peut tutoyer le ciel.

— Élie Mandel, ça vous dit quelque chose ? Il est français. C'est mon frère.

— À part Markus, un petit Allemand, nous n'avions que des filles. Mais je prierai pour que vous retrouviez votre Élie.

Elle note l'adresse de la pension de Simon sur un petit carnet.

Sur le chemin du retour, Simon ne desserre pas les lèvres. Marcel l'ouvre pour lui, en croquant dans un énorme casse-croûte.

— Ne te laisse pas abattre. On a encore pas mal de couvents à visiter. Regarde, j'ai fait la liste. Paroisse Saint-Michel, communauté des Clarisses, Petites Sœurs des Pauvres… Demain, je passe te chercher à 9 heures.

8

D'un pas lourd, Simon sort de la voiture pour regagner sa chambre. Il en a par-dessus la tête de se retrouver seul dans cette cambuse le soir, coincé entre le lit en fer au matelas trop mou et l'armoire fissurée. Il évite les autres pensionnaires, dîne rapidement, s'esquive au café. Dans l'entrée, un homme lui tourne le dos. Il s'apprête à le dépasser quand le profil de l'inconnu le fait sursauter. Lionel ! C'est Belette ! Sans son plâtre au bras, mais avec sa vareuse élimée en cuir marron qu'il lui connaît depuis toujours. C'est si bon de le revoir. Il est sur le point de l'étreindre quand soudain il recule, glacé par l'expression sinistre de son ami. Il le regarde fixement et serre les mâchoires.

— Tu as des nouvelles ? Tu as retrouvé Élie ?

Un mauvais pressentiment lui griffe la nuque.

— Il ne s'agit pas d'Élie, murmure Lionel. C'est Madeleine…

— Madeleine ? (Sa voix lui échappe, monte dans les aigus.) Elle va bien ?

— Elle a été arrêtée près d'Annemasse. On vient de retrouver son corps.

Lionel aurait tellement voulu épargner ce choc à ce garçon grandi trop vite. Mais l'on ne peut protéger les autres contre la barbarie. Il lui ouvre ses bras. Simon s'y jette, sans voix, ni souffle.

— Montons dans ta chambre. Je te dirai ce que je sais.

Simon s'est posté à la fenêtre ouverte, les yeux dans le vide. Il tourne le dos à Lionel, qui explique :

— Elle convoyait vingt-huit enfants ce jour-là, des petiots et des plus grands, quand elle est tombée sur une patrouille allemande avec des chiens.

Simon ferme les yeux, revoit le doux visage aux traits réguliers de Madeleine.

— Elle n'a pas parlé, elle a refusé de s'évader par peur de mettre les enfants en danger, nous ont dit les FFI. Elle n'a pas parlé, tu m'entends, Simon… Tu peux être fier de ta sœur, mon gars.

Lionel fait un pas vers le jeune homme qui le repousse presque.

— Et les enfants ? demande Simon, la voix cassée.

— Tous sains et saufs. Le chef de la Gestapo les a laissés passer en Suisse. C'était du menu fretin pour eux, ils voulaient surtout remonter la filière.

Lionel a parlé encore un peu, puis laissé Simon à sa tristesse insondable. Il n'a pu lui dire que Madeleine, extraite de sa cellule avec d'autres résistants, avait été torturée à coups de botte et de pelle, avant d'être jetée dans un charnier. Il n'a pu lui confier cette nuit

d'épouvante près de Lyon, ni l'enterrement à Grenoble au cimetière du Petit-Sablon. Les FTP ont accompagné la dépouille de la jeune fille, des enfants revenus de Suisse ont veillé sa tombe toute la nuit. Au même instant, Simon luttait contre le coma.

Affalé par terre, le teint crayeux, Simon repense à ses dernières conversations avec sa sœur :

« On a trouvé un système ingénieux pour franchir la frontière. Un certain Georges de l'OSE emmène les enfants jouer sur un terrain de foot en lisière de la Suisse. À la tombée de la nuit, chacun s'éclipse à tour de rôle et on se retrouve de l'autre côté. Avec le ballon, qui contient tous les papiers officiels des garçons. »

Cela ressemblait à un conte. Madeleine avait éclaté de rire.

« Et ce n'est pas tout, Lilou, il y a encore plus fort ! »

Lilou. Elle l'avait surnommé ainsi à sa sortie de la maternité. Du haut de ses trois ans, elle l'avait pris sous son aile et cajolé. Elle voulait même se faire appeler « maman », comme Marguerite !

« On organise de faux enterrements dans un cimetière qui jouxte la frontière, à Douvaine. Les adultes éplorés se recueillent avant de passer par-dessus le mur grâce à l'échelle du fossoyeur et de se retrouver en Suisse ! »

Tous deux jubilaient en imaginant les couronnes mortuaires et les toilettes qui resservaient à chaque « cérémonie ».

« La tête du garde suisse quand il découvre ces drôles de paroissiens ! »

La guerre pouvait aussi être un jeu. Madeleine possédait ce don rare de rendre tout plus aérien, plus drôle. Pourtant, rien ne l'avait préparée à cette vie périlleuse. Première de la classe, studieuse, opiniâtre, elle voulait devenir pédiatre, s'installer en ville pour soulager la douleur des plus petits. Sa gentillesse naturelle la faisait aimer de tous. « Il y a plus de gens formidables que tu ne penses », répétait-elle à son frère, plus sceptique sur la question.

Maintenant, Madeleine était morte, et enterrée sans lui. Cette sœur avec qui il avait découvert le monde des femmes, qui l'emmenait voir *Les Visiteurs du soir* et Arletty au cinéma, lui donnait à lire *Trois hommes dans un bateau* de Jerome K. Jerome, déambulait avec lui sur les boulevards. Jupe plissée, chemise claire, chandail autour des hanches, elle trottait vite, Madeleine… L'occupation allemande n'avait pas modifié le rituel de ces promenades. Leurs destinations fétiches : la bibliothèque Mazarine, le quai de la Mégisserie où les soldats agaçaient les hamsters en cage, le marché aux fleurs, les cafés de Montparnasse. Les images le submergeaient. Il étouffait, éclatait en sanglots.

Leurs parents ne s'en remettraient jamais. Comment se comporter ? Il ignorait ce qu'on attendait de lui, c'était la première fois que la mort venait le narguer. Il ne se souvenait pas du décès de ses grands-parents. Sous le choc, il ne se rappelait aucune prière. À vingt ans, il se découvrait aussi démuni qu'un enfant, aussi seul qu'un paria.

Les heures passent, les lendemains aussi, dans la chambre aux volets tirés. Les copains des EI se relaient auprès de lui. Lionel vient matin et soir, Olivier et Marcel tentent de le persuader de sortir un peu, au moins de prendre l'air. Mais il s'arrime à son lit. Rester immobile, ne pas bouger, endormir la douleur. Madeleine, sa confidente, sa meilleure amie. Elle devinait ses révoltes, calmait ses colères. Comment pourrait-il vivre sans elle ?

Quand il ferme les yeux, il lutte pour chasser les images de Madeleine prisonnière des Allemands, convoque son sourire éclatant, son corsage blanc immaculé et sa cravate verte de scout. Cette façon qu'elle avait de lui ébouriffer les cheveux avant de prendre congé. Sa sœur, son enfance arrachée. Plus jamais leurs corps et leurs âmes ne connaîtraient telle fraternité.

Les visites des copains ont duré une quinzaine de jours. Simon n'a pas senti le temps passer mais doit maintenant prendre une décision. Il n'a pas réussi à localiser son frère. Ses recherches auprès des organismes et des couvents sont restées infructueuses. Il lui faut rentrer à Paris. Il ne renonce pas, il ne renoncera jamais, mais il a besoin d'aide. Lionel et les autres lui promettent de continuer à chercher Élie dans la région. Le départ est rude. Simon a la sensation terrible de s'éloigner de sa sœur et d'abandonner celui qu'il devait protéger.

9

Il est arrivé à Paris par un après-midi radieux. Quel choc de revoir sa ville deux ans et demi après son départ ! Le printemps a rhabillé les arbres, les artères semblent revivre sous la lumière rieuse. Purifiée des croix gammées et des camions allemands, la place de la Concorde a retrouvé sa splendeur. Le pont Alexandre-III scintille sous le soleil, la Seine coule, couleuvre grisée si familière, indifférente aux tourments des hommes. Le dôme des Invalides paraît un astre supplémentaire. Simon se souvient des balades entre uniformes chamarrés et vieux canons avec son père et Lucien. Paul, dont les parents travaillaient même le week-end, les accompagnaient souvent. Ils s'amusaient à mimer des combats imaginaires. Le tombeau de Napoléon les impressionnait autant que le silence des bâtiments. Devant les lieux de son enfance, dans la douceur du retour chez les siens, il sent l'excitation monter même si ses parents ne sont sans doute pas encore rentrés. En ce printemps 1945, la presse demeure muette sur le sort des déportés, on ne parle que du retour triomphal des prisonniers

d'Allemagne, qui débarquent par milliers dans les gares, regards tendus vers leurs proches, sourire aux lèvres.

La rue de Sèvres et ses commerces ont retrouvé leur train-train familier malgré la dureté des temps et les queues qui s'allongent devant les magasins. On vit encore sous la tyrannie des BOF, la recherche effrénée du beurre, des œufs, du fromage. Quand, en 1942, les Allemands avaient obligé les Juifs à faire leurs courses en fin de journée, à l'heure des rayons vides, certains commerçants n'avaient pas hésité à mettre des vivres de côté pour les Mandel.

Le cœur battant, négligeant l'ascenseur, Simon monte l'escalier monumental, couvert d'un épais tapis grenat orné de lis du XIXe siècle. Il engage dans la serrure la clé de l'appartement, conservée comme une relique. Bloquée. Après plusieurs tentatives, il fait un pas en arrière, regarde stupidement le palier. C'est pourtant bien là, au quatrième étage, avec les lettres HM en doré. Des bruits de pas de l'autre côté de la porte. Une moustache inconnue apparaît dans l'entrebâillement.

— Qu'est-ce que vous voulez ? grogne le type.

— Rentrer chez moi, s'exclame Simon, stupéfait.

— Vous rigolez ou quoi ? Je l'ai obtenu légalement, cet appartement.

L'homme entrouvre la porte. Simon l'attrape au collet et le pousse dans le vestibule.

— Dégagez. Sinon je vous fais avaler votre moustache…

Affolé, l'homme rassemble quelques affaires, aidé par Simon qui jette vêtements, journaux, boîte à tabac, à

la volée sur le palier. Un imperméable plane dans la cage d'escalier... Un moment, Simon repense aux parachutes... L'occupant fuit sans demander son reste. Resté seul, il évalue le désastre. On dirait qu'un obus a éclaté dans l'appartement. Plus de meubles, ni de rideaux, les murs tendus de damas bleu et blanc souillés. Disparus, les bibelots, les tapis orientaux, les tableaux dont on voit encore l'empreinte plus claire sur les murs. Il marche sur du verre brisé. On a dérobé la vaisselle, abîmé le parquet, arraché le grand lustre, un morceau de baguette pend du plafond. Nues et sales, les pièces puent le renfermé. Plus d'eau, ni d'électricité. Dans la chambre des parents restent un matelas et une commode, trop lourds pour les bras des pillards. Il ouvre un tiroir au hasard. Les turbans de sa mère. Sous l'Occupation, elle en changeait souvent, à défaut d'aller chez le coiffeur ou de s'offrir une nouvelle robe. Ici un châle déchiré, là un flacon vide de Shalimar. La bibliothèque paternelle jadis fière de centaines d'ouvrages reliés en cuir rare n'est plus qu'un trou noir. Seuls ont survécu les poèmes de Ronsard et les *Essais* de Montaigne. Dans la penderie gisent deux chemises orphelines, exhalant des senteurs d'enfance. Les boules de cèdre que sa mère plaçait entre les piles impeccables disposées par la lingère.

Les jambes coupées par ce spectacle, Simon serre contre lui une vieille couverture récupérée dans la chambre d'Élie. Là-bas, sous le radiateur, l'antique paire de lunettes que son père gardait dans son bureau, « au cas où ». Lucien et Simon se moquaient de lui : avec ses bésicles rondes cerclées de métal sur le nez et ses

cheveux gris ébouriffés, il ressemblait au savant Cosinus des bandes dessinées. Imperturbable, Henri avait beau jeu de leur rappeler que le créateur de Cosinus, Georges Colomb alias Christophe, avait été un homme remarquable dont Marcel Proust, son professeur au lycée Condorcet, louait les mérites. Et l'écrivain avait pris parti pour le capitaine Dreyfus, un vrai titre de gloire aux yeux de l'avocat, membre de la Ligue des droits de l'homme et de la Ligue contre l'antisémitisme depuis sa création en 1928. Cette paire de lunettes, c'était l'œil du passé.

Il s'était assis dans le canapé avec son père, avait chahuté avec Élie près du fauteuil crapaud, partagé les confidences de Madeleine sur son lit. Tout cela n'existait plus. Enroulé dans la couverture de son jeune frère, il réfléchit à la situation sous l'angle le plus heureux. Le voilà chez lui, dans un appartement saccagé, mais habitable. Les siens ne seront pas à la rue, comme les grappes de mendiants qu'il a croisées depuis la gare d'Austerlitz jusqu'ici. Les familles juives qui reviennent de leurs cachettes ou d'exil trouvent souvent leurs serrures obstruées par de la cire rouge, leurs biens sous scellés. Depuis l'automne 1944, des acheteurs de logements et de magasins juifs avaient même créé un « comité d'acquéreurs de bonne foi » et manifestaient dans Paris. Ils détenaient ces biens en toute légalité ! Le retour de leurs propriétaires, c'était le problème de l'État, pas le leur ! L'indécence frôlait l'ignominie.

Simon se réveille affamé. Il engloutit le pain trop rare et trop cher de la boulangerie du coin, fait un tour chez

les commerçants dont certains le reconnaissent, puis va sonner chez la concierge, Mme Lebrun. Les Mandel l'évitaient tant elle était bavarde, mais revoir une tête connue lui fait du bien.

— C'est vous, monsieur Simon ? Vous avez bien grandi...

Elle, elle n'a pas changé. Toujours ce regard torve, le même qu'elle lui jetait quand il dévalait l'escalier, en retard pour le lycée.

— Et la famille ? Vous êtes tous rentrés ?

— Pas encore, répond Simon qui ne souhaite pas entrer dans les détails. Vous avez gardé notre courrier ?

— Évidemment, monsieur Simon ! J'ai tout conservé précieusement, comme votre maman me l'a demandé.

Mme Lebrun lui remet une pile d'enveloppes de toutes tailles. Les Mandel comptaient des amis dans de nombreuses villes d'Europe. Madeleine aimait s'installer à son écritoire pour rédiger des missives parfumées à la rose.

— Il n'y a plus rien, là-haut. Qu'est-il arrivé à nos meubles ?

La concierge prend un air penaud.

— Des gars sont venus un soir et ont tout embarqué. J'ai essayé de les en empêcher, je vous assure, monsieur Simon, mais impossible. J'ai quand même réussi à vous garder deux fauteuils. Regardez...

Simon fronce les sourcils, entre dans la loge qui empeste le civet. Lapin, chat de gouttière ou rat ? En ce moment, les Parisiens mangent ce qu'ils trouvent. Sans un mot, il soulève les deux fauteuils garance et les

pose dans l'entrée. Du coin de l'œil, il repère une soupière en porcelaine à fins liserés d'or, qu'il se souvient d'avoir vue dans l'armoire familiale. Elle venait de sa grand-mère qui, disait-on, en possédait toute une collection dans sa résidence secondaire d'Enghien-les-Bains. Il s'en empare rageusement, ainsi que d'une lampe à l'abat-jour perlé.

— Vous faites bien, monsieur Simon, couine la concierge. Avec tout ce qui nous tombe dessus, j'avais oublié de vous parler de ces trucs-là. Ne vous fatiguez pas, je vais tout vous remonter par l'ascenseur.

Combien d'objets dérobés ont atterri chez les voisins ? Il devrait consulter un avocat, faire appel à un huissier pour récupérer leurs affaires, mais n'a pas le cœur à ces démarches. Son père s'en chargera.

Comment leur vie avait-elle pu se déliter à ce point ? Les Mandel avaient senti venir le danger, sans jamais se montrer naïfs. Démocrate dans l'âme, Henri se définissait comme un pur produit de la IIIe République, radical-socialiste et laïque. L'avènement du Front populaire l'avait transporté de joie. Quel autre pays aurait permis à un Juif comme Blum d'accéder à un poste aussi prestigieux que celui de président du Conseil ? Il s'était bagarré contre les ligues d'extrême droite place de la Concorde le 6 février 1934, journée terrible où il avait failli être blessé. Il s'inquiétait d'un climat toujours plus délétère. À la table des Mandel, chacun commentait l'actualité avec passion, et le petit Élie n'en perdait pas une miette. Henri vantait le courage de son homonyme, Georges Mandel, l'un des premiers hommes

politiques à élever la voix contre l'Allemagne nazie, et l'humanisme moderne du ministre Jean Zay, dont les racines croisaient les siennes. Ses grands-parents étaient aussi des Juifs lorrains ayant choisi la France en 1871, ils se plaçaient sur la même ligne humaniste, dreyfusarde. Les diatribes de l'extrême droite, l'infect « Je vous Zay » de Céline, puis l'emprisonnement du même Zay à l'été 1940 l'avaient profondément attristé. Marguerite tentait d'enrayer les ardeurs des uns et des autres, de raisonner Lucien et ses amis qui provoquaient et filaient souvent une correction aux nervis d'extrême droite, aux cagoulards, aux militants du Parti populaire français de Doriot, à tous ceux qui condamnaient la démocratie au nom de la patrie pour mieux se plier, dès 1938, aux diktats allemands.

En matière de patriotisme aussi, les Mandel n'avaient de leçon à recevoir de personne. L'arrière-grand-père d'Henri avait combattu dans les armées de Napoléon et son grand-père, contre la Prusse en 1870. Interrompant ses études de droit, le père de Simon s'était lui-même engagé dans l'infanterie à dix-neuf ans. Lors d'une attaque en Champagne, il avait été blessé au genou par des éclats de grenade, dont les explosions l'avaient laissé un peu sourd d'une oreille. Enfin, il y avait Charles, le frère d'Henri, lieutenant d'infanterie trois fois blessé en dirigeant un service de liaison sous le bombardement en 1916, avant d'être tué à Verdun, sur la cote 304, la même année. Bardé de médailles, de sa croix de guerre et de sa Légion d'honneur, son portrait trônait dans le salon. Simon portait comme

deuxième et troisième prénom Charles et Émile, en l'honneur de son oncle et de Zola. Depuis l'enfance, les noms évocateurs de Mort-Homme et de Samogneux, près de Verdun, où son oncle s'était illustré, lui étaient familiers. Chez les Mandel, défendre cette France qui leur avait tout donné allait de soi. Ainsi, Lucien avait été reçu dans les premiers à l'X. Fier de ce fils qui paradait en bicorne et capote, Henri avait essuyé une larme lors de la « tangente », la cérémonie de remise des épées. Intégrer Polytechnique, c'était encore servir la France, illustrer la réussite d'une intégration sociale, apprendre à se défendre si la guerre revenait.

Grands lecteurs de journaux, Henri et Marguerite suivaient avec inquiétude les événements outre-Rhin. Des familles restées en Alsace les renseignaient sur la nature du régime du chancelier Hitler et ses exactions. Aux meetings de la Lica, où Henri emmenait Lucien et Simon (quand il n'avait pas classe le lendemain), on détaillait les multiples atteintes à la liberté en Allemagne. À la différence de certains notables israélites français qui tordaient le nez devant l'afflux de réfugiés étrangers et les surnommaient les « Polacks », Henri faisait son possible pour soulager la misère de ces gens chassés de chez eux. Au sein du comité d'accueil aux réfugiés, l'avocat aidait à trouver papiers et argent nécessaires à leur séjour en France. Quant à Marguerite, elle consacrait un après-midi par semaine à enseigner des rudiments de français aux enfants de l'exil. Elle avait engagé comme couturière une femme originaire de Francfort : là-bas, Frau Kleinmann était médecin,

et ce qu'elle racontait sur les nazis faisait froid dans le dos. Oui, les Mandel étaient aussi informés qu'inquiets. Mais rien n'avait pu les préparer à l'horreur de la Nuit de cristal, en novembre 1938. On parlait de deux mille cinq cents morts, d'un saccage sans nom. Qui pouvait croire que le régime nazi s'arrêterait là ? Cette nuit avait sonné le glas de leurs dernières illusions. Henri Mandel refusait le pacifisme intégral, après le démembrement de la Tchécoslovaquie, il savait la guerre inévitable, même si le gouvernement s'était encore incliné face aux nazis. Les accords de Munich resteraient lettre morte. À ce sujet, Madeleine et Lucien se disputaient sans cesse. La cheftaine optimiste voulait encore croire en la paix quand le polytechnicien avisé fustigeait la lâcheté des puissances occidentales et se préparait à la guerre. Bientôt, il ne serait plus un civil, un « pékin », comme il le répétait à Simon qui singeait ses discours, éperdu d'admiration. Henri se taisait et montait le son de la radio : la guerre s'avançait dans un nuage de mort, et il cherchait en vain des raisons d'espérer.

10

Dans le tas de courrier remis par la concierge, Simon a tout de suite remarqué l'écriture fine et volontaire de Lucien. Une lettre non affranchie, déposée. Dans l'entrée, il s'empresse de déchirer l'enveloppe.

« *Chère Marguerite, cher Henri* »… Son frère se devait d'être discret pour protéger les siens.

« … *De passage pour une courte période à Paris, j'aurais voulu venir vous embrasser. Votre gardienne m'a dit que vous étiez partis vers le Sud. Vous reconnaîtrez sans doute mon écriture et comprendrez que je ne vous appelle pas par des noms plus doux.*

« *Depuis ce 20 juin 1940 où nous nous sommes dit au revoir, j'ai beaucoup voyagé pour mon nouvel employeur. Il m'a formé à un nouveau métier dont j'ai peu à peu acquis la maîtrise. La compagnie que nous avons créée s'est spécialisée dans les livraisons aériennes. Je suis devenu l'un de ses dirigeants et me suis employé au Levant et en Afrique du Nord. Renvoyé au siège pour des raisons médicales, je suis désormais rétabli et supervise nos opérations florissantes. Je regrette vivement vous avoir manqués et*

j'espère qu'en ces temps cruels pour notre belle France, vous trouverez à occuper vos multiples talents et votre courage. Embrassez fort vos enfants de ma part. Je serai de retour bien vite et espère vous retrouver tous. Avec toute mon affection,

« Votre Jacques. »

Lucien avait signé de son deuxième prénom et codé sa lettre. Entre les lignes, Simon comprend que son frère s'est battu avec les parachutistes des SAS britanniques en Égypte, en Libye et en Tunisie. Revenu en Angleterre après une blessure, il a été parachuté en France pour diriger des opérations de sabotage.

Ragaillardi et fier de son aîné, Simon court chez tante Béatrice. Deux ans qu'il ne l'a pas vue. Il savoure la joie de fouler à grands pas le macadam parisien, longe l'hôpital des Enfants malades, prend le métro aérien. L'odeur familière de mica chaud et de caoutchouc le ramène à l'adolescence, l'époque où il achetait un billet pour le plaisir de traverser le tunnel de frondaisons de la station Pasteur, de voir danser la lumière sur le pont de Passy et les arches de la tour Eiffel, jusqu'à l'avenue Paul-Doumer où habitaient ses cousins Hirsch. Marguerite, qui adorait son grand frère Maurice, les invitait les dimanches autour d'un gigot aux flageolets. Simon appréciait son cousin André, qui avait deux ans de plus que lui et l'impressionnait par sa maîtrise des échecs. Il s'entendait tout aussi bien avec ses cousines, Eugénie et Geneviève. À quinze ans, Eugénie lui avait fait l'aumône d'un baiser parfumé à la cannelle. Avec Geneviève, il s'en tenait à des discussions sur le cinéma,

quand ils ne se battaient pas comme des chiffonniers autour d'un plateau de Monopoly.

N'ayant choisi ni le droit ni la médecine, l'oncle Maurice passait pour un original aux yeux des Mandel. Né cancre mais avec la bosse du commerce, il tenait la plus grande boutique de la rue de Passy, la clientèle aisée du XVIe s'arrachait ses jupes et ses robes. Pendant la guerre, après une dénonciation, le magasin avait été « aryanisé » et Maurice, mis à l'écart. Chargé d'administrer la florissante affaire, un commissaire-gérant au nom d'apéritif, un certain Dubonnet, signait les factures et s'appropriait les recettes. Henri avait ciselé en vain une note de protestation au Commissariat général aux questions juives : on avait ordonné la liquidation. Une indignité de plus. Aujourd'hui, la boutique devait faire pitié. Comme Maurice, qui n'y passait plus, disait-on, que quelques heures par jour.

— Bonjour, ma tante !

Béatrice ouvre doucement la porte. À part quelques fils blancs dans son chignon brun, elle n'a guère changé, la « tata » de son enfance. Toujours ce grand sourire.

— Enfin, Simon… Tu es là !

Geneviève et Eugénie accourent en criant de joie. Il avait oublié la douceur d'être en famille.

C'est vrai, Simon le reconnaît, il n'a pas beaucoup écrit. À quoi bon coucher sur le papier les déceptions, les difficultés successives ? À table, on évite d'évoquer la guerre et les absents, même si tout le monde y pense. Le jeune homme ne peut s'empêcher de jeter des coups d'œil à la place vide d'André.

Au dîner, Maurice n'est toujours pas apparu. Simon n'ose mentionner cette étrangeté. Homme massif à la rondeur affable, son oncle aimait festoyer de gibiers, siroter un dé de whisky avant le dîner, chasser en hiver, régater au Touquet et s'installer devant ses aquarelles dès que le magasin éteignait ses lumières. Peut-être était-il resté dans l'atelier qu'il louait rue Raynouard, afin de terminer une toile ? Au début de la guerre, Maurice avait été déclaré inapte pour cause d'emphysème et d'un rein perdu dans son enfance. Cette réforme l'avait propulsé à la tête de la famille. Lucien était mobilisé dans le 3e régiment de dragons et, malgré ses quarante-cinq ans et ses quatre enfants, Henri s'était porté volontaire pour rejoindre son régiment, le 31e d'infanterie. Les choses avaient paru se calmer après l'effrayante invasion de la Pologne. Ses lettres régulières rassuraient. Il ironisait sur la tambouille du mess des officiers ou chroniquait sa nouvelle amitié avec un certain Lelouche, opticien à Périgueux.

L'offensive de mai et la débacle française avaient affolé Maurice et Béatrice. Devaient-ils rester à Paris ? Ils redoutaient l'exil, l'embouteillage de malheurs sur les routes. Finalement, ils étaient partis vers Bordeaux en conduisant à tour de rôle. L'essence n'avait pas manqué, mais le voyage avec malles et valises avait été éprouvant. On craignait les bombardements sur les files de voitures qui se traînaient comme des escargots. Les vivres s'étant vite épuisés, Béatrice avait dû quémander du pain. Après une nuit dans l'automobile, une autre sous un grand tilleul odorant, on avait rejoint Bordeaux,

où le gouvernement s'était installé. Dans toute la ville, on vivait l'oreille collée à la radio. Fallait-il s'embarquer pour l'Angleterre ou l'Afrique du Nord ? Rester à Bordeaux ? On hésitait, conjecturait. Et puis, un après-midi, Henri et Lucien, démobilisés, étaient apparus. Dans la joie des retrouvailles, la famille avait opté pour le Cap-Ferret, où les Mandel louaient une villa certains étés. Étranges vacances. Simon et Maurice s'appliquaient à reproduire les nuances du vert océanique et les cabanes tchanquées du bassin d'Arcachon. Eugénie voulait aller danser, Simon la repoussait gentiment, trop grand maintenant pour ces enfantillages. Il plaisait aux filles et son goût le portait vers les brunes piquantes, plus âgées et expérimentées que lui. Mais le répit n'avait pas duré. Pressé de se battre, Lucien avait sauté dans un bateau polonais à Bordeaux, direction l'Angleterre. À dix-sept ans, André était trop jeune pour le suivre. Après des adieux déchirants, Simon s'était reclus dans la villa, fabriquant des maquettes de voitures, lisant la série des *Thibault* d'un Roger Martin du Gard fraîchement couronné du prix Nobel. Tout juste sortait-il le soir pédaler dans la pinède avec André. Il faisait si chaud, si lourd. Marguerite et Béatrice se retranchaient dans la cuisine, les volets clos.

À 21 heures, en pleine partie de cartes avec Eugénie, Simon entend une voix. L'oncle Maurice. Qui s'avance, les épaules rentrées, le teint gris, les cheveux filasse, clairsemés. Envolé l'homme au regard d'azur, le fier marin qui sortait son voilier par gros temps. À la vue de son neveu, ses traits s'éclairent un peu.

— Je t'ai apporté un cadeau, oncle Maurice !

Simon sort de sa poche un carnet de croquis, des esquisses des monuments de Toulouse, entreprises pour tuer le temps, dans sa recherche d'Élie.

— C'est bien, mon garçon, soupire l'oncle sans ouvrir le cahier.

Simon brosse à grands traits sa situation.

— Et Madeleine ? lance Béatrice. Tu ne nous en as pas parlé… Tu l'as vue dans le Sud ?

Simon fixe sa tante, incapable d'évoquer la fin de sa sœur, d'authentifier sa mort.

— Laisse-le, lâche l'oncle. Il nous racontera quand il le voudra.

Maurice ne veut pas laisser entrer une nouvelle fois le malheur dans la famille, au moment où ils retrouvent Simon. Deux ans après un houleux et dernier entretien avec son père.

11

Face aux événements, les deux beaux-frères n'étaient en effet d'accord sur rien. Le statut des Juifs, par exemple. Le texte d'octobre 1940 avait terrassé Henri Mandel. Lui qui s'était toujours senti français se découvrait soudain exclu de la nation. Une véritable trahison. Quand il avait lu le texte à la une du *Matin*, le père de Simon avait fait un malaise cardiaque. Marguerite l'avait trouvé inanimé sur son bureau plat en acajou Louis XVI. Après s'être assuré qu'il respirait normalement, un voisin, le Dr Lemarchand, l'avait envoyé à l'hôpital Cochin pour une batterie d'examens. Sur son lit d'hôpital, Henri ne décolérait pas. Il se sentait persécuté, certes, mais comme Français. Comment pouvait-on l'exclure de la communauté nationale pour ses origines juives ? L'idée d'une communauté juive lui était parfaitement étrangère, odieuse même. S'il devait mourir, expliquait-il à sa famille réunie autour de lui, ce serait pour sa patrie, la France, comme les autres ! Maurice n'avait pas été affecté comme son beau-frère par ce texte scélérat qui faisait des Juifs des parias. Il ne se sentait pas concerné !

Il refusait qu'on le considère comme juif. Comme toutes les autres religions, le judaïsme était selon lui à reléguer aux oubliettes de l'histoire, et il ne laisserait pas les gens de Vichy décider de son sort. Cette désinvolture rendait fou Henri, le légaliste. Quand il avait fallu se faire recenser au commissariat du VIIe arrondissement, Henri n'avait pas hésité tandis que Maurice avait refusé tout net. Pas question de se plier aux diktats d'un gouvernement imbécile ! Simon, qui prenait davantage part aux conversations depuis le départ de Lucien, avait donné raison à son oncle.

— Papa, tu ne vas pas leur donner ton nom et notre adresse. Autant se jeter dans la gueule du loup !

— Je n'ai rien à me reprocher. Je suis décoré de la Légion d'honneur à titre militaire et de la croix de guerre avec trois citations. Que veux-tu qu'il nous arrive ? En n'obéissant pas, nous contrevenons à la loi. Je ne suis pas prêt à cela.

Dans le bureau, la dispute avait duré près d'une heure. Derrière les portes capitonnées, Marguerite et Madeleine captaient des bribes de phrases.

— On s'en moque de désobéir ou pas ! tonnait Maurice. Se signaler se retournera contre nous. Tu crois qu'ils ne vont pas en profiter ?

Simon avait renchéri.

— Papa, tu ne comprends rien. J'en ai marre d'être traité comme un gamin, je veux partir pour Londres ! Me battre contre les Boches, voilà mon devoir ! Comme Lucien !

— Tu es trop jeune, avait calmement martelé Henri. Tu dois passer ton bac. Avec tes notes, ce n'est pas gagné d'avance. Je ne te laisserai pas gâcher ton avenir.

Ce n'était pas la première fois que Simon tenait tête à son père. Petit, il refusait de porter des culottes courtes, comme les garçons de son âge. À huit ans, il avait exigé un aquarium qui sentait mauvais, puis une termitière, au grand dam de sa mère et de Lucien qui détestaient les insectes et l'odeur de pourriture. À douze ans, il se montrait frondeur, rebelle à tout modèle. À quoi bon travailler en classe, perdre son temps avec le grec et le latin ? Il serait un autre Marcel Cerdan, « le Bombardier marocain », ou rien. Des enfantillages. Mais en cet hiver 1940, Simon s'opposait à son père sur un tout autre terrain, une affaire de vie ou de mort. Il lui reprochait ses « arguties juridiques », il fallait se faire oublier, passer entre les mailles d'un filet qui allait se resserrer sur eux. Henri Mandel avait campé sur ses positions. Résultat, leur nom figurait désormais sur une liste d'« indésirables ». Henri avait écrit à Pétain, comme Pierre Masse, membre du conseil de l'ordre des avocats et du Conseil d'État, pour protester, rappeler les galons et décorations gagnés par sa famille au front, les morts au champ d'honneur, les pleurs, les sacrifices pour la France. Israélite de religion, il expliquait que les Juifs ne formaient ni une race ni un peuple, mais « une partie intégrante de la nation dont rien ne saurait nous séparer ». Pétain n'avait pas répondu. La situation avait empiré. Le père de Simon avait dû signaler son origine juive à un rapporteur du conseil de l'ordre des avocats,

puis prouver qu'il était citoyen français depuis la Révolution. Grâce à un généalogiste, un métier en vogue sous Vichy, il était remonté jusqu'en 1740. Le quota limitant le nombre d'avocats, médecins et professeurs de confession israélite l'avait contraint à fermer son étude. Marguerite n'avait plus le droit de s'inscrire à la faculté pour préparer son agrégation. Elle en ressentait une honte terrible, comme si elle avait failli, comme si tout cela était sa faute. Elle se sentait sale, indigne, une usurpatrice. Elle continuait quand même cependant à enseigner sous son véritable nom à Victor-Duruy, où certains parents lui témoignaient leur sympathie. Pour combien de temps ? D'autres professeurs avaient été chassés, privés de leur salaire. Son tour arriverait aussi. La famille vivait sur ses économies, Henri avait vendu des actions, retiré de grosses sommes en liquide que Marguerite cachait sous des piles de vêtements dans sa chambre, fermée à clé quand elle s'absentait. Malgré les vexations et les brimades, les Mandel s'estimaient chanceux. À part Lucien parti pour Londres, ils demeuraient ensemble, s'épaulaient, se remontaient le moral.

Et puis le sort les avait frappés. Deux fois à un an d'intervalle. Ils dormaient encore quand on avait frappé à la porte le 12 décembre 1941. Un Allemand – un *Feldgendarm*, apprendraient-ils plus tard – flanqué d'un fonctionnaire français et d'un homme effacé qui traduisait, avait demandé Henri Mandel. Il disposait de quinze minutes pour s'habiller et devait prendre ses papiers et sa carte d'alimentation. « Ils veulent papa », avaient chuchoté Madeleine et Simon à Élie, accroché à leurs

jambes comme à une bouée. Leur père avait emporté un peu de linge, ses cigarettes et les deux livres qu'il lisait à ce moment-là. Livide, leur mère avait gardé le silence. L'Allemand tenait secrète la destination de l'avocat. Gêné, le policier regardait ses chaussures. Il ne pouvait s'agir que d'une simple vérification. Henri était monté dans un autobus, avec d'autres avocats juifs, un président de chambre à la cour d'appel, un conseiller à la Cour de cassation. Cinquante hommes, pour la plupart dans la cinquantaine, victimes de ce qu'il fallait bien appeler une rafle. Une rafle de Français qui touchait aussi Pierre Masse, sénateur de gauche de l'Hérault, ancien sous-secrétaire d'État à la Guerre, héros de 1914. Sept cent quarante-trois personnalités juives issues des beaux quartiers, docteurs, ingénieurs et journalistes, parqués derrière la porte à vantaux, dans le manège Commandant-Louis-Bossut de l'École militaire. Avec des mitraillettes pointées sur leurs Légion d'honneur ou leurs médailles militaires.

— Il faut tirer papa de là, avaient imploré Madeleine et Simon entre deux pleurs d'Élie.

Marguerite avait téléphoné partout, couru les ministères, où des amis tentaient d'en savoir plus, obtenu un rendez-vous avec le directeur de cabinet du préfet. Humiliation vaine. Interdiction de voir les prévenus. À imaginer Henri bouclé dans ce manège poussiéreux si près de chez eux, Simon ne décolérait pas.

— Ça ne se passera pas comme ça… Il ne peuvent pas s'en prendre à des innocents !

Et pourtant. Les innocents étaient arrivés sous une pluie battante à la gare du Nord, puis embarqués pour Compiègne. Deux kilomètres à pied, en compagnie de trois cents prisonniers de Drancy, jusqu'au camp de Royallieu. Trente par chambrée. Sans rasoir, ni savon, ni brosse à dents, les pieds gelés dans la boue, une soupe par jour. Tout cela, on l'avait appris par une lettre, parvenue Dieu sait comment, le courrier étant interdit à ces hommes mis au secret comme des criminels. Des prisonniers de guerre russes acceptaient de faire suivre des missives en échange de nourriture. Heureusement qu'on pouvait envoyer des sardines, du chocolat, des biscuits, sinon ils seraient morts de faim. Royallieu était en effet un camp de représailles, à cause des attentats commis à Paris contre des officiers allemands. Dans ses lettres, Henri restait optimiste : il parlait de parties de cartes avec René Blum, le frère de Léon, de concours de poésie, de « conférences improvisées sur le romantisme allemand ». Les avocats internés entretenaient « leur moral et leur morale » en rejouant de grandes affaires criminelles, plaidant les cas Stavisky, Landru, Bonnot ou Caillaux dans « des baraquements transformés en cours d'assises ». Il y avait là des chefs d'industrie, des économistes, des historiens, et l'on improvisait une sorte d'école où chacun était tour à tour maître et élève. Henri demandait des nouvelles de chacun, évoquait les oiseaux qu'il aimait voir passer au-dessus de lui, libres et fiers. Il tiendrait le coup, « qu'on ne s'inquiète pas », écrivait-il dans sa dernière lettre.

Puis les hommes avaient été transférés à l'Est, et l'on n'en savait pas plus. Pour Simon, qui entendait Radio Paris répéter les âneries des collabos, c'était une évidence : la déportation de son père, modèle de l'Israélite français républicain, intellectuel et patriote, prouvait que plus rien ne pouvait les protéger de la démence nazie. Le monde tel qu'il l'avait connu venait de s'effondrer. Marguerite avait perdu dix kilos en un mois, une vraie tringle. Élie faisait de nouveau pipi au lit. Seule Madeleine tenait bon. Elle avait réussi son bachot, avec mention.

12

Chez les Hirsch aussi, le quotidien était difficile. Maurice avait refusé de porter l'horrible étoile, sans parvenir à convaincre Béatrice qui souhaitait avant tout protéger les enfants. Furieux, Maurice avait alors quitté la maison. À son retour, trois jours plus tard, l'insigne était épinglé sur la poitrine des siens. Il en avait pleuré. Dire qu'un journaliste avait proposé d'équiper les Juifs d'une sonnette ! Pour certains, les Juifs étaient des chèvres ou des moutons. Le Moyen Âge, en 1942. Les Hirsch déclinaient désormais les invitations de Marguerite, le trajet en métro depuis le Trocadéro les effrayait. André avait été contrôlé un matin : coupable de ne pas être monté dans la dernière voiture, on l'avait emmené lui aussi. Maurice et Béatrice s'étaient alors cloîtrés chez eux avec leurs filles, avant d'aller s'installer dans une maisonnette à Bernay-en-Brie, un village de Seine-et-Marne, dans l'attente de la fin de la guerre et du retour d'André. Pas question de partir pour Toulouse comme les Mandel, ils resteraient près de Paris, au cas

où l'on libérerait les déportés. De retour chez eux, la guerre terminée, ils tremblaient encore.

« Quand tu reviendras, fiston, sonne deux fois, c'est plus sûr », lui demande l'oncle Maurice avant d'aller se coucher, des cailloux d'inquiétude dans la voix. Soudain Simon se sent très las. Un accès de migraine, comme souvent le soir. Il devrait leur parler de Madeleine, mais il n'en a pas la force. Le miroir du couloir lui renvoie un visage bouffi, une éponge à larmes. Il entre dans la chambre d'André, parcourt les étagères. *Michel Strogoff*, *Sans famille*, *Le Comte de Monte-Cristo*... Les belles histoires de leur enfance qu'ils s'échangeaient. Où dort son cousin maintenant ? Le lendemain, une fois les cousines parties pour l'école, il raconte à son oncle et sa tante l'engagement et la mort de Madeleine. Il leur arrache le cœur, mais ne peut garder cette peine qui le déborde, emplit son âme d'une vague noire et nauséabonde. Il entend encore la voix de sa sœur :

« Simon, si tu savais ce qu'on m'envoie ! La dernière fois, j'ai eu droit à des soi-disant frères... nés à quatre mois d'intervalle ! Et des enfants de cinq ans, si petits qu'ils m'ont demandé pendant tout le trajet s'ils devaient donner leurs vrais ou leurs faux noms. Imagine la tête des gens dans le compartiment ! »

Et elle avait ri. Elle ne rirait plus, assassinée par les Boches. Laissant son oncle et sa tante dévastés, Simon sort marcher dans le quartier. Que faire sinon attendre ? Le retour de ses parents ou celui de ses

cousines de l'école. Toujours attendre. Il dort et mange beaucoup, reprend des forces, se rassemble après tant d'épreuves. Il dessine, rien que du noir, des silhouettes fantomatiques, tordues par l'effroi. Au bout d'une semaine, il décide de rentrer rue de Chanaleilles. Il ne supporte plus de voir son oncle errer dans l'appartement, se consumer en espérant le retour de son fils. Plus rien ne retient Maurice au magasin. Des commerçants ont racheté des lots bradés, qu'ils revendent à prix d'or dans des boutiques de Passy. Jadis toujours occupée dehors, Béatrice passe désormais ses journées à tricoter, le nez dans ses mailles. Seules Eugénie et Geneviève, qui ont bien grandi, apportent un souffle de vie, de séduction. Mais il doit repartir, s'acclimater à cet appartement vide. Le cafard le rattrape au tournant de la rue. Quand il revenait du lycée, les lumières étaient déjà toutes allumées. Marie-Noëlle les attendait avec un cake encore tiède ou une jatte d'île flottante. Cela sentait le cigare de leur père, les fleurs que Marguerite s'offrait par brassées. Parfois, elle corrigeait ses copies sur la grande table du salon, une tasse de Earl Grey de chez Fortnum et Mason fumant à ses côtés, tandis que ses enfants s'agitaient autour d'elle.

— Monsieur Simon, j'ai du courrier pour vous.

Mme Lebrun l'arrête dans le hall, lui tend quelques lettres. Des factures, les impôts… Le fisc, lui, n'a pas connu la guerre ! La concierge l'observe sans gêne. La main de Simon se crispe sur une enveloppe à en-tête

du ministère de la Guerre, affranchie le 3 avril 1945, adressée à ses parents. Il grimace, plante la mère Lebrun au seuil de l'escalier, stoppe sa course sur le palier du deuxième.

« *Chère Madame, cher Monsieur,*

« *Nous sommes au regret de vous annoncer la mort glorieuse au combat pour la libération de la France du capitaine Lucien Mandel dans la nuit du 10 juin 1944 en Bretagne. Officier d'un très grand courage et d'une très grande valeur morale, il s'est illustré aux côtés des troupes de l'air britanniques en Cyrénaïque, en Libye et en Tunisie. Blessé et ramené en Angleterre, il a souhaité dès son rétablissement reprendre le combat. Il a été parachuté en France en juin 1943 pour commettre des actes de sabotage sur les défenses allemandes dans la région de Dieppe. Évadé par l'Espagne, il a rejoint le deuxième régiment de chasseurs parachutistes. Il fut parachuté à la tête de sa compagnie dans la nuit du 5 au 6 juin 1944 dans la région de Saint-Marcel en Bretagne. Sa mission, comme celle de son régiment, était d'empêcher la division allemande de Bretagne de rejoindre la zone de débarquement. Dans les combats pour défendre Saint-Marcel, le capitaine Mandel qui, avec quelques hommes seulement, repoussa l'offensive de deux bataillons ennemis, trouva une mort glorieuse à la tête de ses hommes.*

« *Le capitaine Lucien Mandel a été fait chevalier de la Légion d'honneur, compagnon dans l'ordre de la Libération, croix de guerre 39/45 avec palme, médaillé de la Résistance avec rosette, Military Cross.*

« *Au nom de la France libre, veuillez accepter, chère Madame, cher Monsieur, toute la reconnaissance de la patrie pour les combats et le sacrifice ultime de votre fils.*

« *André Diethelm, ministre de la Guerre.* »

13

Simon est tombé à genoux là où, enfant, il imaginait des circuits avec son frère pour leurs autos. Lucien, Madeleine… Un vertige le prend, désormais il est l'aîné. Il se tient courbé tel un vieillard, prostré dans sa douleur.

Il est resté cloîtré des jours, ne sortant que pour acheter un peu de pain et de jambon. La bouteille de whisky, il l'a trouvée dans un placard. Il n'a pas l'habitude, l'alcool lui monte à la tête, aiguise et cravache sa douleur. Vivre sans Lucien et Madeleine ? Comment ses parents supporteront-ils cette abomination ? Deux deuils, c'est trop pour une famille. Il divaguait, croyait entendre la voix enjouée de Madeleine, le ton docte de Lucien. Mais il était seul rue de Chanaleilles. Un jour, la femme du Dr Lemarchand a rapporté des assiettes et une photo de mariage de ses parents, prise sur les marches de la mairie du VIIe, dans un cadre en argent.

— Ils avaient laissé la porte ouverte, a-t-elle balbutié. Je les ai gardées…

Il a pris les objets en silence. Mme Lemarchand a refermé la porte. Quand Béatrice a frappé une semaine

plus tard, elle a dû reculer. Simon est effrayant, des cheveux comme des serpents noirs dressés sur sa tête, des yeux caves, des jambes amaigries, interminables. Il se blottit dans ses bras, géant revenu en enfance, transi de nuit, bégayant la terrible nouvelle. Ils pleurent ensemble, larmes mêlées.

— Pas Lucien…

Le timbre de sa tante lui rappelle l'époque où Béatrice le promenait avec son fils. Il s'efforçait déjà de dominer son monde, se cognant aux objets et aux autres. Les garçons n'avaient que deux ans d'écart, ils se ressemblaient tellement qu'au jardin du Ranelagh, on prenait ces chenapans pour des jumeaux. Simon revenait calmé de ces après-midi, Marguerite lui ouvrait la porte. Elle avait profité de ce répit pour faire quelques achats au Bon Marché, son magasin préféré, infréquentable avec un Simon turbulent et touche-à-tout.

— Que vas-tu faire, Simon ? Retourner à Toulouse, pour Élie ?

Elle veut lui proposer d'occuper la chambre d'André en attendant son retour, mais sait qu'il refusera. Il a besoin d'être seul pour amadouer la douleur, comprendre ce brusque départ des êtres aimés, et comment la mort a fondu sur ses proies, le laissant assommé.

— Pas tout de suite, ma tante. J'ai des lettres à écrire aux copains sur place, au sujet d'Élie. Et je veux remettre en état l'appartement avant le retour des parents.

Avec l'argent de son oncle, il se procure un lit, des ustensiles de cuisine, du charbon pour réchauffer les lieux fantômes. Il n'ose imaginer la peine de sa mère

qui collectionnait les verres de Murano, les tableaux en paille. Tout est parti ou détruit, sauf le piano, trop lourd pour les pilleurs de tout poil qui se sont succédé pendant deux ans. L'état de l'appartement avive son désespoir. Il ne fréquente pas les antiquaires comme ses parents, l'utile suffira. De quoi dormir et manger, des couvertures, une table… Il n'a ni le goût ni la sophistication de sa mère, qui pouvait retourner voir trois fois la même pièce avant de l'acheter aux brocanteurs du village Suisse. Marguerite, dont la famille alsacienne s'était enrichie dans le commerce des soieries, avait vécu boulevard Malesherbes dans l'appartement de ses parents qui ressemblait à une galerie d'art. Elle s'était efforcée de transmettre ce goût du beau et de la grande musique à ses enfants. Bach, Haendel, Beethoven… « La sainte trilogie ! » raillaient-ils en chœur. Seule Madeleine prenait des leçons et jouait quelques valses à quatre mains le soir avec sa mère. Les bras croisés, Simon attendait que l'on passe à table en battant du pied, ou massacrait un morceau, selon son humeur. Lucien, lui, chantait si faux qu'on l'avait dispensé de chorale à l'école. Aujourd'hui, le piano a un pied brisé et les touches ont été arrachées.

Quand Simon ne supporte plus le silence, il va se promener sur les quais avec Eugénie. Petite et fine, elle paraît plus que ses dix-sept ans avec son sourire à fossettes et son menton volontaire. Simon apprécie le babil de sa cousine. Les histoires du lycée, les flirts, les cours de philo, cet univers paraît lointain au jeune homme catapulté si vite dans l'âge adulte, mais

le distrait. Avec sa joie naturelle et sa confiance en la vie, Eugénie l'apaise, lui transmet un peu de son optimisme. Elle ne doute pas du retour de son frère et des parents de Simon, il faut être patient. Quand Simon desserre les dents, il raconte le maquis, des prés verts semés de narcisses, les siestes au pied des chênes et cette folle envie de bifteck qui les tenaillait, le soir, lui et les copains. Pas la peine de l'inquiéter avec les pans les plus tragiques de son histoire. Sa « haine douce comme le miel » chère à Homère, la jeune fille ne la comprendrait pas. Cette guerre a fait des victimes qui gardent le silence, ouvert des blessures invisibles pour les autres.

Marchant avec Eugénie, Simon se réapproprie l'île Saint-Louis, Saint-Germain-des-Prés, le Quartier latin... En ce printemps 1945, doux et tendre, ils s'enivrent de Paris. Il paraît loin, le temps où certains endroits étaient peuplés de soldats en goguette et interdits aux Juifs, comme les Champs-Élysées. Simon offre une glace à Eugénie, qui la déguste avec des mines de chat. Elle dresse des plans pour l'avenir, l'école vétérinaire de Maisons-Alfort, des voyages en Afrique à la découverte des éléphants. Simon se laisse bercer.

Un jour, la raccompagnant, Simon tombe sur un Maurice surexcité.

— Tu as entendu, Simon ? Ils vont rentrer ! Ça y est, ils vont rentrer !

La rumeur s'était amplifiée pour devenir réalité. Les camps de concentration libérés, les déportés commençaient à arriver. On les attendait à l'hôtel Lutetia, afin

de les identifier, les secourir, retrouver leurs familles. Simon en est bouleversé. Le Lutetia ! Le palace de la nuit de noces de ses parents avant leur escapade à Venise. Ils aimaient s'y retrouver, si près de chez eux, y boire une coupe de champagne ou un cocktail sophistiqué avant d'aller dîner chez des amis.

Dès le lendemain, Simon attend rue de Sèvres un Maurice extatique, coiffé d'un panama et vêtu de son plus beau costume pour accueillir son fils. La foule massée devant l'hôtel les surprend. Des familles entières, des femmes qui crient, des hommes qui jouent des coudes. Les gens s'agglutinent, se bousculent devant des panneaux de listes. Soudain Simon et Maurice, interdits, aperçoivent les premiers déportés des camps de Bergen-Belsen et de Buchenwald. Décharnés, regards vides, visages de cendres. Ils fendent lentement la foule pressée, indifférents au vacarme. Sous les ors du grand salon, ces êtres blafards semblent revenir d'une autre planète. Maurice s'agite, questionne les jeunes bénévoles – des scouts souvent – qui cherchent à canaliser le flux des arrivants. Simon reste planté au milieu du hall, les pieds foulant l'épaisse moquette, bousculé par les serveurs. Il n'y a pas si longtemps, ceux-ci servaient des liqueurs aux Allemands. Le premier jour, l'oncle et le neveu n'ont reconnu personne dans ce défilé si calme au milieu de la pagaille. Ils reviendront demain, le surlendemain, avec des photos, pour faciliter les recherches. Plusieurs fois, Simon croira reconnaître la silhouette de son père, le profil de sa mère. Les camps semblent n'avoir rejeté qu'un seul homme, qu'une seule femme,

tous les mêmes, remodelés à l'identique sur la chaîne du malheur. Terrible impression. Il s'efforce de ne dévisager personne, d'avoir l'air sûr de lui, mais, au fond, il est terrifié. Comment ces ombres glissant sous le lustre de cristal du Lutetia pourraient-ils avoir quelque chose en commun avec ses parents ? Comment reconnaître les siens ? Et surtout, leur dire ce qui est arrivé ?

14

Chaque matin, Maurice et Simon sont venus consulter les listes des personnes disparues boulevard Raspail, afficher leurs photos, questionner les dames des services sociaux. Les jours passant, il devient de plus en plus difficile de croire au retour des absents. Aucun enfant, aucun vieillard parmi ces rescapés de l'enfer. Seulement des hommes et des femmes dans la vingtaine, et déjà vieux. Il manque des générations entières, dont celle de ses parents. Simon en a assez de croiser ces visages ravagés, de se faire arroser de DDT à la sortie comme s'il était contaminé, du sourire forcé des demoiselles de la Croix-Rouge qui désormais, faute de nouveaux arrivants, se tournent les pouces et papotent. Il décide de ne plus y retourner, de s'épargner cette torture.

Au carrefour Sèvres-Babylone, une voix familière le cueille :

— Eh bien, Simon. Tu ne me dis pas bonjour ?

Un jeune homme d'une maigreur effrayante. Les yeux enfoncés dans les orbites, les pommettes saillantes,

tranchant presque la peau. Habillé comme un soldat russe, il flotte dans une tunique trop large, et lui ouvre les bras.

— André !

Son cousin a gagné cinq centimètres et perdu vingt kilos, mais il a conservé son sourire espiègle. Simon se précipite.

— On t'a attendu tout le mois... Tes parents vont être fous de joie.

André se laisse embrasser, toucher, les yeux embués. Simon songe à ces rallyes mondains dont ils se moquaient, mais que Marguerite estimait nécessaires à leur éducation. Ils buvaient beaucoup, embrassaient les plus belles, provoquaient souvent des bagarres. Il fallait tout l'entregent des Mandel pour qu'on les réinvite, mais comme ils étaient séduisants tous les deux, et dotés d'une situation familiale enviable, les douairières du VIIe arrondissement leur pardonnaient.

— Tu as vu mes parents, là-bas ? demande Simon d'une voix blanche. Ma mère a-t-elle pu retrouver papa à son arrivée ?

— Ta mère ? répond André, interloqué.

Le peu de sang qui lui reste se retire de son visage. Le choc, sans doute. Comment pourrait-il savoir que Marguerite a été raflée à Toulouse ? André recule, s'éloigne à grandes enjambées. Surpris, Simon tente de le rattraper, puis renonce à courser ce fil de fer sur le boulevard. Rentré chez lui, il s'installe à sa fenêtre favorite et réfléchit à l'étrange attitude de son cousin.

Le lendemain, Simon se rend chez sa tante. Qui lui ouvre, rayonnante.

— André est arrivé hier. Il est là ! Tu te rends compte ? Il dort encore. Par terre. Il n'a pas pu s'endormir dans son lit. C'est dire s'il a souffert là-bas.

Simon entre dans la chambre d'André, qui sursaute et bondit, le poing fermé.

— Tu ne crains rien, André, tu es chez toi, à la maison. Mais pour maman et papa… Dis-moi… Tu les as vus ? Tu sais quelque chose ?

Apeuré, André, se réfugie dans la salle de bains. Simon fuit l'appartement. Ce n'est pas le moment. Il ne veut pas gâcher les retrouvailles de la famille.

Mais cet après-midi-là, repensant à l'attitude de son cousin, Simon comprend enfin. Ses parents ne rentreront pas. Au fond de lui, il le sait, il l'a toujours su. Dès qu'on avait évoqué ces wagons à bestiaux partant pour une destination inconnue, il avait pressenti que ses parents ne survivraient pas à ce voyage. Sa mère, si sensible au froid, ne pouvait endurer les rigueurs d'un voyage vers l'Est, dans des conditions aussi dures. Malgré sa guerre dans les tranchées, son père restait un intellectuel qui privilégiait les joies de l'esprit et ne serait là-bas d'aucune utilité aux Allemands. Il n'avait pas su pour la Pologne, encore moins pour ces chambres à gaz dont parlaient maintenant les journaux avec un luxe de détails horrible, mais il avait senti que les siens ne s'en sortiraient pas. Le lendemain, il retourne chez son oncle, tenaillé par le besoin de savoir, la peur au

ventre. Maurice l'entraîne à l'écart dans la cuisine et lui parle doucement.

— André a trouvé ton papa, ils étaient ensemble, presque jusqu'à la fin. Mais on les a fait marcher, marcher à crever… Ton père voulait avancer coûte que coûte. Il vous aimait tant. Malgré ses efforts, il n'a pu aller jusqu'au bout. Pour ta maman, épuisée à son arrivée, la sélection a dû être immédiate, elle n'a pas souffert.

Simon acquiesce, comme s'il comprenait, mais il ne comprend rien. Son père est-il mort de fatigue, de maladie ? Les nazis l'ont-ils achevé d'une balle dans la tête quand ils se sont enfuis, poussant devant eux cette pauvre horde ? Sa mère a-t-elle étouffé dans une chambre à gaz ? Qu'en sait son oncle resté dans son confortable appartement parisien ? Des images affreuses naissent derrière son front. André les a rejoints. En silence, il prend la main de son cousin et la pose sur son cœur. De grosses larmes coulent sur son visage émacié. Et là, Simon sait, sans l'ombre d'un doute. Désormais, il est orphelin.

Il se lève, chancelle, se cogne à la porte et sort de l'appartement, sans que les deux hommes cherchent à le retenir. Son grand calme l'étonne. Le pire est arrivé. À la fin de cette guerre, lui, Simon Mandel, a perdu tous les siens. La catastrophe qu'il appréhendait a englouti sa famille. Un sentiment monstrueux l'étreint, il en serait presque soulagé. Il n'aura rien à expliquer pour Élie, Madeleine et Lucien, il n'assistera pas à l'épouvante et au désespoir de ses parents. Dans l'obscurité de l'appartement dévasté, une longue plainte sort de sa bouche,

il tombe, secoué de sanglots. Après des mois d'attente et d'interrogations, sa famille était comme effacée, happée par le néant. Tous morts, impossiblement morts. Rien n'a préparé Simon à cette déflagration. Dans son enfance, la Faucheuse ne l'avait jamais approché. Bonne-Maman s'était éteinte dans son lit, entourée de ses enfants. Bon-Papa ne s'était pas réveillé d'une opération du cœur. Mais on avait tenu les petits éloignés. Pour ses parents, il n'y aurait ni cérémonie ni tombe, aucun endroit où se recueillir. Recroquevillé par terre, Simon croit entendre leurs voix qui l'appellent, à la fois si proches et si lointaines. Les heures, les jours passent. Il mange à peine, se lave encore moins. Il pense à ces quatre êtres arrachés au monde et a la sensation de voguer sur une mer de cendres.

À la synagogue de la Victoire, il ne sait où déposer sa peine, ne se rappelle aucune prière en entier, mais vient chercher un apaisement. Dans ce lieu pareil à une cathédrale, profané par une bombe en 1941, il lit les noms des prophètes sur la voûte du chœur. « L'Éternel est ma bannière. » Il voudrait le croire, mais son cœur est empli de colère et d'impuissance. Tués, parce qu'ils étaient juifs. Son père s'est trompé, il croyait qu'être français les protégerait du désastre, qu'avoir tant donné à leur pays depuis plusieurs générations ferait d'eux des citoyens comme les autres. La destruction de sa famille se double de celle d'un mythe sur lequel les Mandel avaient bâti leur prospérité et leurs idéaux, celui d'appartenir pleinement à la communauté nationale. Il sait bien que, dans l'opinion publique, en cette difficile

année 1945, le martyr des Juifs compte assez peu. On parle d'« absents », de « portés disparus ». Après tout, les preuves manquent pour l'instant, et l'on préfère évoquer les prisonniers politiques à Buchenwald plutôt que la déportation raciale. À la radio, dans les journaux, la doctrine gaulliste d'une France unanimement résistante règne en maître. L'heure est désormais à la reconstruction. Il faut aller de l'avant, sans se retourner. Laissons les morts enterrer les morts, entend-il partout. Si au moins les morts avaient une tombe… Simon se réfugie dans la pensée des siens, dort la journée et sort la nuit respirer l'air de Paris. Il devrait entreprendre des démarches, récupérer les comptes de son père à la Caisse des dépôts, obtenir un certificat de décès, repartir pour Toulouse chercher Élie, mais ne peut s'y résoudre. Il longe les avenues et, dans la dentelle noire, se sent devenir une ombre. Parfois, il lui faut du bruit, des lumières criardes, des corps qui se frôlent. Sa peine ne s'endort jamais. Il erre dans le quartier de Montparnasse, devient un habitué du Tabou, des Assassins, de l'hôtel Montana, de bars plus interlopes, aussi. Il boit seul, s'anéantit dans un mauvais whisky. Parfois il suit une fille jusque chez elle et la quitte à l'aube sans avoir échangé trois mots avec elle. La plupart du temps, il n'attend qu'une chose, qu'on ose lui adresser la parole ou le bousculer. Alors, l'injure fuse, les coups partent. Les occasions ne manquent pas. Un ricaneur éméché qui lui demandait s'il appartenait à « la confrérie du sécateur » s'est retrouvé avec quatre dents en moins. Une autre fois, un malabar avait lancé à la cantonade :

« Les Allemands n'ont pas eu assez de charbon pour brûler tous les Juifs. » Simon s'est rué sur le salaud en renversant des tables, une arme a brillé dans la lumière crue, les femmes ont hurlé, le jeune homme était prêt à tuer, on les a séparés dans un tumulte inouï. Il retrouvait les sensations de ces combats de boxe, le sang qui battait aux tempes, le voile rouge devant les yeux, qui exorcisaient sa rage. Le regard de son oncle Maurice, venu le chercher au commissariat, avait suffi à le dégriser. Son neveu échevelé, la chemise déchirée, un énorme coquard sur la pommette.

— Mais enfin, Simon, que se passe-t-il ? Qu'aurait dit ton père ?

Henri ne sera plus jamais là. Pas de date de décès ni d'explication… Juste le silence. Alors, malgré les inquiétudes de sa famille, Simon poursuit ses fantômes chéris et se bat contre des types de chair et d'os. Béatrice l'invite à la maison ? Il annule au dernier moment ou s'éclipse avant le dessert, prétextant une migraine. Une famille réunie autour d'une table lui rappelle trop cruellement ce qu'il a perdu.

André essaie pourtant de veiller sur son cousin, malgré le silence qui règne entre eux. Le jeune homme a été le dernier de la famille à voir Henri et Simon ne le lui pardonne pas. Il ne l'a jamais interrogé sur le camp, sur le calvaire de ses parents. Il ne veut pas savoir, il chasse les images qui le harcèlent. Avec sa pauvre tête ravagée par l'expérience concentrationnaire, André incarne tout ce que son cousin veut fuir. Une fois, une fois seulement, ce dernier a accepté son invitation. Il s'est

retrouvé au sous-sol d'un café de la place Voltaire avec une bande de types qu'il n'a pas su cerner au premier abord. Des garçons encore jeunes, marqués, efflanqués, aux dents mauvaises, à la démarche incertaine, comme s'ils flottaient entre deux mondes. Ils parlaient à voix basse. Des histoires de là-bas, des histoires de camp. Un homme plus âgé avait raconté d'un ton monocorde, d'outre-tombe, ce qui lui était arrivé à Auschwitz. Sur la rampe du train, dans ce tumulte d'angoisses, de cris de femmes et d'aboiements de chiens, il avait serré contre lui son fils de cinq ans et imploré le SS de le laisser rejoindre sa mère. Le nazi avait accepté avec un rire gras. L'homme n'avait plus revu sa femme ni son fils, et s'accusait d'avoir tué ce dernier aussi sûrement que s'il l'avait étranglé dans le wagon plombé. Simon s'était enfui, l'estomac retourné par tant d'horreurs, avant de vomir sur le trottoir, à sa grande honte. Son cousin allait devenir fou à ressasser ce cauchemar. Lui veut l'écarter, mais ce serait trop simple. Simon se sent rejeté par les morts qui s'éloignent de lui et par les vivants qui cherchent à réintégrer la société, comme Maurice qui échafaude des projets grandioses depuis le retour de son fils. Le dernier appel des copains de Toulouse l'avait laissé froid. Olivier et Marcel se disputaient le combiné pour lui donner des nouvelles d'Alfred Nakache. Leur champion, leur héros était revenu d'Auschwitz !

— Les Allemands l'obligeaient à rapporter entre ses dents un poignard qu'ils jetaient dans une sorte de bassin. Quand il est revenu, il pesait quarante kilos. Mais il a déjà repris l'entraînement.

— Des nouvelles d'Élie ?

— Aucune, Simon. On continue à chercher. Fais-nous confiance.

Simon avait abrégé la conversation.

Pas envie non plus de continuer des études. Il est encore en guerre, même si elle s'est officiellement terminée en mai 1945 pour l'Europe meurtrie. Comment pourrait-il se réjouir avec les autres ? Peu après le 8 mai, dans les rues en fête, il est tombé par hasard sur des amis de Buffon. Joseph va tenter Sciences-Po. Jacques, fils et apprenti d'un boulanger du XVe arrondissement, voit l'avenir en rouge : les tracts du Parti sur les marchés, les ouvriers de Boulogne-Billancourt, les ministres communistes appelés au gouvernement gaulliste, le parti des 75 000 fusillés et des lendemains qui chantent. Jacques sent le pain chaud et les certitudes qui permettent de tenir debout. Simon a perdu l'appétit et traîne sa peine.

— Les tracts, très peu pour moi. Mais je passerai te voir à ton fournil.

Des paroles en l'air, cette période de sa vie est terminée, comme tant d'autres. Occupant encore sa tête et son corps, la guerre le condamne à la solitude. Durant cet été 1945, elle a gagné, et il a perdu.

Un coup à la porte, puis deux. Sans doute Béatrice et ces satanés plats qu'elle persiste à apporter, enveloppés dans un torchon à carreaux, ou, pire encore, la voisine, curieuse de ce jeune homme qui se terre le jour dans un appartement vide et qui revient titubant à l'aube. En ce pluvieux matin de septembre, Simon tente se

rendormir, il n'est pas 11 heures, mais les coups se font insistants. La bouche sèche, la tête dans un étau, Simon s'avance à moitié nu dans le couloir.

— Ça va, j'arrive..., maugrée-t-il.

Lionel se tient dans l'embrasure, en civil, il sourit doucement.

— Belette ! Tu as retrouvé Élie ?

— Non, pas encore...

À Toulouse, Lionel a cherché partout, interrogé tous ceux qui voulaient bien l'écouter. Il sait pour les Mandel, les mauvaises nouvelles circulent vite. Le spectacle l'atterre. Il y a plus vide que cet appartement, c'est l'âme et le cœur de Simon. Un visage tatoué de douleur, des yeux éteints. Une épave, à vingt et un ans. Il empeste l'alcool et la tristesse.

— Habille-toi et suis-moi. Ça suffit, les conneries.

Simon n'ose protester devant Lionel. C'est ainsi depuis leurs années scoutes.

— Où va-t-on ?

— Tu verras... Aère un peu, ça sent le renfermé.

L'ancien chef scout a l'air d'avoir encore maigri, si c'est possible. Dans la rue, on dirait un Giacometti qui fend la foule. Simon n'ose pas lui demander des nouvelles fraîches de Toulouse, des détails sur l'aide des EI pour Élie. Il sait, il sent dans son cœur que son petit frère est encore introuvable. Le bruit et l'air chaud du métro le réveillent un peu. Comme pendant l'Occupation, Lionel reste vigilant, presque aux aguets. Cette prudence l'avait sauvé des souricières boches contre les éclaireurs. Le 5 juin 1943, le Commissariat général aux

questions juives avait en effet dissous le mouvement EI. Mais dès la rafle du Vél' d'Hiv, des chefs de région et de secteur étaient passés dans la clandestinité. Aux côtés de Chameau et de Griffon, Belette répartissait l'argent servant à planquer des enfants et aux faux papiers. Il sillonnait le Midi toulousain au volant de son antique Citroën. À chaque fois, il passait rue des Couteliers embrasser les Mandel qui l'attendaient avec impatience et le fêtaient avec les pauvres provisions dont ils disposaient. Parfois, ils allaient ensemble au marché aux puces à Saint-Sernin. Il restait alors dormir par terre, la tête sur sa besace, et faisait rire Madeleine en lui racontant ses exploits de jeune homme, quand il était maître nageur. Aujourd'hui, habillé de frais et rasé de près, il houspille Simon dans les escaliers du métro.

— Allez, grouille-toi ! On va être en retard…

15

Un immeuble bourgeois, rue de Téhéran, une secrétaire à l'entrée. Six garçons et deux filles, de l'âge de Simon. Tout le monde boit du café. Simon se sent sale, fripé par son chagrin et les nuits alcoolisées. Entre un type plus âgé, massif et martial.

— Bonjour, je m'appelle Pierre. Vous êtes là parce que nous avons besoin de vous.

Silence. Simon observe ses voisins. Des dégaines d'adolescents, surtout pour les garçons. Les filles sont habillées simplement, coiffées négligé. L'une d'elles, une brune boulotte, mâchonne un stylo.

— Comme vous le savez, pendant ces quatre années d'occupation, nous avons sauvé des enfants des griffes nazies. Les EI, mais aussi d'autres associations comme l'OSE, ont pu en soustraire six mille en zone Sud et quatre mille en zone occupée. C'est énorme. Et tous ces réseaux de sauvetage n'auraient pu exister sans l'aide de non-Juifs.

Personne ne bronche.

— Aujourd'hui, nous sommes confrontés à une situation inédite. Je ne vous apprendrai rien en vous disant

que peu de gens sont rentrés des camps de la mort. Deux mille à peine. Le Lutetia, c'est terminé. La gare de l'Est aussi. Il n'y aura plus de retours de déportés.

Simon retient son souffle. C'est la première fois qu'il entend résumer de manière aussi brutale ce qui l'obsède depuis des mois.

— S'accrocher à l'espoir de revoir un jour les absents n'a aucun sens. Mais ces déportés avaient des enfants, parfois des bébés. Cachés par les organisations juives, certains se trouvent déjà dans des maisons d'enfants. On compte actuellement trois mille orphelins, répartis dans soixante maisons.

Voyant où Pierre veut en venir, Simon s'apprête à trouver une excuse. Ses années scoutes sont derrière lui. Il ne se sent pas la force de devenir moniteur pour des enfants. Il va s'esquiver discrètement quand Lionel le retient, puis prend la parole.

— Six mille huit cent soixante-dix enfants répertoriés par les œuvres juives ont encore de la famille. Nous cherchons les autres.

— Quels autres ? demande un gaillard rouquin.

— Certains ont disparu dans la nature, ont été soustraits à la police française lors de l'arrestation de leurs parents, par des voisins, des amis, des gens de passage, reprend Pierre. Ceux-ci ont pu les planquer chez des nourrices, des institutions religieuses, dans des coins reculés, chez des paysans, sans en parler à personne, dans la plus grande discrétion. D'autres ont été placés à la campagne par leurs parents.

Simon songe à Élie.

— Ces enfants-là ne sont pas morts comme leurs parents, ils sont bien vivants, quelque part. Imaginez leur détresse quand ils ont vu que personne ne venait les chercher à la fin de la guerre. Certains vivent dans des familles qui les tolèrent à peine, quand elles ne les exploitent pas. On ne peut les abandonner une seconde fois. La plupart ont encore un oncle, une tante, une cousine qui pourrait s'occuper d'eux.

— Combien de mômes dans ce cas-là ? demande la brune à l'accent parigot.

À côté d'elle, une fille à la blondeur nordique, d'une minceur inquiétante, ne pipe mot, concentrée.

— Difficile à dire. La presse américaine parle de vingt mille enfants juifs. Pour les Anglais, ils sont sept mille cinq cents. Nous, on table plutôt sur trois mille. C'est déjà beaucoup… On ne peut pas compter sur l'État pour nous aider. Il est démuni et les administrations sont débordées.

— Et la Croix-Rouge ? lance la fille à la voix canaille. Après tout, c'est son boulot, non ?

— Pour l'instant, elle a d'autres chats à fouetter. Ces enfants n'intéressent personne. Leurs parents ont été déportés et assassinés en tant que Juifs. Il est de notre devoir sacré, vis-à-vis de leurs familles et de notre peuple, de nous en occuper nous-mêmes.

Malgré toute l'estime qu'il porte à Lionel, Simon ne se sent guère concerné par ces discours. Il a assez de son malheur, chacun sa peine.

— Comment peut-on vous aider ? demande la blonde osseuse, à mi-voix, avec un accent étranger. Lionel lui sourit.

— Vous avez été choisis car vous êtes majeurs, célibataires, pupilles de la Nation et sans attaches. Certains d'entre vous ont été scouts, voire combattants. Vous avez connu le pire ces dernières années. Nous allons former un bureau spécial, une commission de dépistage des cas. On va vous payer pour aller les chercher, ces petits. L'argent vient du Joint aux États-Unis. Vous aurez assez pour vous déplacer et vous loger partout en France. Mais pas pour mener une vie de nabab ! Il faudra ne négliger aucune piste, se montrer discret et surtout faire vite ! Le temps presse…

Simon repense à Élie, les portes entrouvertes, puis refermées, l'espoir toujours démenti, sans pouvoir se départir du sentiment étrange que son frère est pourtant vivant, pas loin.

Ces enfants en attente d'un lien avec leur passé, il lui semble aussi les entendre. À vingt et un ans, il est libre comme l'air et ses études attendront. Licence d'histoire, Normale sup ou la fac de droit ? Le Dalloz avait évidemment les faveurs de son père. Marguerite l'imaginait plutôt dans un cabinet ministériel. Ils n'avaient pas vécu assez pour voir leur fils empoigner son destin. Cette mission lui ouvrira sans doute d'autres pistes pour Élie, il veut savoir, sortir de cette ignorance qui lui ronge le cœur. Devant lui danse le sourire victorieux de Madeleine. Se rendre utile, reprendre le flambeau de sa sœur, prolonger le travail entrepris avec ces enfants qu'elle a secourus au péril de sa vie…

Un jeune homme aux avant-bras tatoués secoue sa tête rasée.

— Retrouver des enfants juifs dans un pays ravagé par la guerre, autant chercher une aiguille dans…

— Ceux qui sont intéressés, levez la main ! coupe Lionel.

Il ne manque pas une main.

— Aux dépisteurs ! lance Lionel.

— Aux dépisteurs ! répondent-ils d'une seule voix.

Le groupe se disperse sans un mot. Sur le trottoir, deux filles partagent une cigarette. Simon s'apprête à regagner sa prison quand le type à l'allure de boxeur l'accoste.

— C'était ta sœur, Madeleine ?

— Madeleine sera toujours ma sœur.

— Mon nom est Ferdinand Hayem. Hibou était ma cheftaine. Une bien chic fille…

Il lui serre l'épaule d'un geste lourd, avant de s'éloigner. Sur le boulevard Haussmann qui, en ce septembre 1945, luit d'une pluie fine, les ténèbres lui paraissent soudain moins profondes. Cette mission… Il lui semble que les siens l'approuvent, l'accompagnent. Cette nuit, pour la première fois, il dormira dans sa chambre et non dans le salon. Comme lorsqu'il était enfant, il cherchera dans le noir la silhouette de Lucien avant de s'endormir. Une impression inédite de calme le surprendra.

Deux jours plus tard, Simon et Lionel arrivent à Lyon, fatigués par dix heures de train. Le pays est encore désorganisé. Hayem avait raison : une aiguille dans une botte de foin… Lionel lui a raconté le parcours de ce Pierre si mystérieux. C'est un ancien des services

secrets de la France libre à Londres, un homme du colonel Passy. Parachuté dans des missions dangereuses, il a dirigé un réseau de maquisards en Franche-Comté. Aujourd'hui, alors qu'il pourrait espérer une carrière politique rapide, vu ses états de service et son charisme, il préfère se consacrer à la recherche d'enfants dont personne n'a jamais entendu parler.

Pierre accueille la petite troupe de volontaires au premier étage d'un café sur la place Carnot.

— Vous aurez chacun une région à prospecter. Mais pour les territoires plus importants, vous serez deux.

— On commence par quoi ? demande un garçon à la mine renfrognée.

Lionel sort de sa serviette trois volumineux dossiers ronéotypés.

— Par ça. Les listes du COSOR, l'organisme des œuvres sociales de la Résistance. Ce document de base établi avec l'aide des municipalités contient environ seize mille noms d'orphelins en France.

Soupir collectif dans la petite pièce.

— On va d'abord isoler les noms juifs et chacun partira avec une liste. Il faudra localiser ces orphelins. On commencera par la dernière adresse connue. Avec un peu de chance et l'aide de gens de bonne volonté, on les retrouvera.

— C'est tout ce qu'on a pour travailler ? demande la Parisienne, comme l'appelle Simon.

— Non, et j'allais y venir. Les organisations juives possèdent aussi des listes d'enfants cachés. Certaines ont été enterrées pendant la guerre pour des raisons

de sécurité, d'autres récupérées chez des voisins, dans des écoles ou au Commissariat général aux questions juives. Certaines ont même été codées, avec les trois dernières lettres du nom de l'enfant inversées… On a ainsi retrouvé un cahier avec les noms de mille neuf cent cinquante gosses, enfoui dans les jardins de l'évêché de Nice.

On nage en plein roman d'espionnage, songe Simon.

— Un fichier central à Genève répertorie ainsi cinq mille sept cents fiches, avec les vrais et les faux noms des enfants. Cela devrait nous donner assez de pistes pour débuter. Après, on improvisera. Rappelez-vous : il s'agit d'un boulot collectif. Si vous êtes seul sur le terrain, Lionel et moi sommes là pour vous conseiller, vous faciliter la tâche.

La première semaine, Simon fait équipe à Lyon avec Lionel. Il soupçonne celui-ci d'avoir trouvé ce moyen pour continuer à veiller sur lui. De ses parents, ils ne parlent pas. Comme s'ils ne figuraient plus nulle part, même dans leur cœur. Impossible de les évoquer, de tenter de comprendre ce qui s'est passé là-bas. La mort dans les plaines polonaises est un mystère sans fin. Ils ont été happés par le silence, qui les recouvre corps et âme comme une couverture puante.

Muni de la précieuse liste du COSOR, Simon commence par le premier nom à consonance israélite. À l'adresse indiquée, il trouve porte close. Pas étonnant. Pendant la guerre, les enfants, cibles de choix pour les Allemands, ont changé de cache au gré des événements, du bon vouloir des personnes qui les accueillaient, de

la pension qui tardait à arriver. Les voisins ne savent rien. En revanche, le pharmacien se souvient très bien du petit, sujet aux allergies.

— Il est parti après l'été 1942. On ne l'a plus vu dans le quartier.

Julien Kaplan, sept ans, dont les parents avaient fui l'Allemagne nazie. Rien à la mairie, ni à l'Assistance publique, mais la chance finit par sourire aux deux hommes. Au bout d'une semaine, ils tombent sur l'ancien instituteur de Julien, désormais en retraite.

— Si je m'en souviens ? Mais il est chez ma sœur, votre Julien ! Peinard, à quinze kilomètres de Lyon. Il se goinfre de quenelles et de tabliers de sapeur. Cela fait plaisir à voir !

Exalté par cette première victoire, Simon téléphone à Béatrice. Il est parti sans même dire au revoir aux siens. Il la rassure : il va bien, des amis l'ont accueilli à Lyon. Motus sur sa mission. Ils ne comprendraient pas, invoqueraient ses études, l'avenir à assurer, les problèmes financiers qui l'attendent.

La femme qui a accueilli Julien Kaplan les embrasse quatre fois tous les deux, des bises sonores qui laissent des marques sur les joues. Elle semble si gentille, si attentionnée, que Simon est ému au point d'avoir du mal à la remercier. Cela n'a pas été si difficile, après tout, cette recherche. Le petit rejoindra sa tante cachée pendant la guerre dans une chambre de bonne à Ménilmontant. À deux, ils vont tenter de reformer une famille, malgré l'absence du père et de la mère happés par le brouillard polonais…

— Bon, tu vas très bien te débrouiller, assure Lionel à la fin de la semaine. Quelle région voudrais-tu couvrir ?

À Lyon, les autorités leur ont largement facilité la tâche. Le commissaire de la République a demandé à toutes les mairies de la région de signaler les enfants juifs sans famille. Au Chambon-sur-Lignon, près de Saint-Étienne, on a rassemblé tous les rescapés. À Nice également.

— La Gascogne, répond Simon. J'y ai des amis. Et je veux continuer à chercher mon frère. Si je retrouve des inconnus, j'ai aussi une chance avec Élie, non ?

— Bien entendu, répond Lionel. Les autres garçons iront dans le Nord et en Bretagne. Je ne sais pas encore où envoyer les filles. Dans certains départements, ça va être très compliqué. En Normandie, par exemple, les listes ont disparu ou ont été détruites. Il faudra sillonner la région.

Les deux hommes s'étreignent. On se reverra à Paris pour les réunions mensuelles avec les autres dépisteurs. Belette parti, la solitude envahit de nouveau Simon. Dans le train qui l'emmène à Rodez, il lutte pour ne pas penser à Madeleine, à ses transports de joie et d'enfants. Il flotte entre deux vies, celle d'avant, rieuse et protégée ; celle d'aujourd'hui, si sombre. Il ne sort plus ses carnets, sa main engourdie refuse d'obéir, de tracer un paysage, un monument.

Au petit hôtel où il est descendu, près de la cathédrale Notre-Dame, Simon s'affaire. Il a acheté une carte de l'Aveyron et prépare sa journée du lendemain. Sept noms, sept destinées en suspens. Sept gamins confiés

à des étrangers par des parents qui ont pressenti qu'ils ne survivraient pas aux camps.

— Monsieur Mandel, on vous demande en bas !

Toujours ce cœur qui s'affole. Pourtant, il le sait, Élie ne peut réapparaître ainsi. Il doit apprendre à attendre, à composer avec le destin, mais tout dans sa nature s'y oppose. Les marches gémissent sous son poids.

— Bonjour, monsieur Mandel. Je m'appelle Léna Bern. Je viens vous seconder.

C'est la blonde trop fine à l'accent étranger, celle de la réunion parisienne. Elle porte un sac informe sur l'épaule. Il remarque un boitillement qu'elle s'efforce de compenser.

— Lionel m'a dit que je travaillerais seul ! réplique Simon qui n'a aucune envie de faire équipe, encore moins avec une fille.

— Un homme seul qui pose des questions peut inquiéter, monsieur Mandel.

Ce français académique, cette façon de lui donner du « monsieur Mandel » l'énervent. Mais il se contient, lui trouve une chambre et téléphone le soir même à Lionel.

— Tu aurais pu me prévenir pour cette Léna Bern.

— Je te connais, tu aurais refusé. Avec Pierre, on a pensé que ce serait mieux ainsi. Léna a vingt ans et elle tape très bien à la machine. Sois sympa avec elle, c'est une orpheline de Pologne.

— Sympa, c'est vite dit. Je n'ai aucune envie de partager mon quotidien…

— Il s'agit d'un simple travail, Simon, rien de plus. À deux, vous serez plus efficaces.

Le soir, Simon retrouve la créature dans la salle à manger. Elle fume une « turque » pincée entre ses doigts maigres, chasse les volutes d'une main vive. Il l'affranchit en quelques phrases lapidaires : chacun travaillera avec sa liste, ils se retrouveront le soir, elle tapera des rapports qui partiront pour Paris chaque semaine. La jeune femme opine en silence, le regard vague. Il est verni : une étrangère, fumeuse compulsive, boiteuse et muette... D'une blondeur d'enfant, des pommettes hautes, un nez et un menton pointus, taillés à la serpe. Ni fard ni poudre, un filet de voix presque inaudible. Certains pourraient lui trouver du charme, mais ses yeux cernés de mauve, d'un bleu-gris comme des abîmes d'ombre, sa poitrine trop creuse, ses hanches plates font penser à un chat malingre. On lui donne à peine dix-sept ans, avec ces horribles nattes roulées en macaron, ces lèvres effilées comme un couteau.

Le lendemain, au petit-déjeuner, Léna arbore un visage encore plus livide, traits tirés et gestes raides, on dirait qu'elle n'a pas dormi. Il la sent à fleur de peau, au bord des larmes. Elle n'a quasiment rien dit depuis hier. Elle se tient très roide, enfume son entourage dès 8 heures du matin et persiste à triturer une bague trop large pour son doigt. Elle rompt sèchement le pain, roule la mie entre ses doigts, la gobe comme si elle craignait qu'on ne la lui vole. Fasciné malgré lui, Simon l'observe, penchée sur son assiette, engloutissant les tartines, la coupelle de confiture, la plaquette de beurre miniature en un temps record. Ce n'est pas dans les rallyes ou aux soirées de ses parents qu'il aurait assisté

à un tel spectacle ! Il sourit intérieurement. Cette Léna a l'air de revenir d'une sortie scoute au bois de Meudon. La même faim, impérieuse, sauvage. Elle s'obstine à le vouvoyer et cette distance le froisse, même si cette fille déplacée, imposée, l'indiffère. Il se tait, garde pour lui l'histoire de Jean Moulin, nommé ici à Rodez plus jeune préfet de France, tué lui aussi dans cette guerre abjecte.

Dans son cahier à spirale, Simon a noté trois noms d'enfants : David Frydmann, Claire Bosch, Simone Hermann, vus pour la dernière fois dans l'Aveyron. Comme Lionel le lui a appris, il prend contact avec tous les gens susceptibles de l'aider : le cantonnier, l'adjoint au directeur de l'Assistance publique, des prêtres, d'anciens chefs de maquis, des chrétiens ayant abrité des Juifs, une secrétaire de mairie… En train ou en car, il ratisse le département. Sans manquer de montrer à chacun deux photos d'Élie. Mais à Espalion, Conques, Figeac ou Villefranche-de-Rouergue, c'est toujours la même chanson. Il n'y a plus de familles juives ici… Aucun orphelin n'est à signaler… À Belcastel, un commissaire de police ne craint pas d'affirmer : « Aucun enfant de cette race n'est hébergé dans notre si beau village. » Simon se retient de le gifler. Le soir, il retrouve l'énigmatique Léna, habillée comme un garçon avec une blouse et un pantalon trop larges, qu'elle ceinture trois fois. Au cou, elle porte un foulard rouge, à la façon des ouvriers. La lumière joue sur ses pommettes biseautées. Dans les bons jours, elle ressemble à un chat, le plus souvent, à un lévrier traqué. Simon tente un numéro de charme qui ne l'amuse pas. Un peu honteux de ses simagrées,

il se retranche lui aussi dans le silence. Cette Polonaise diffère absolument des filles dont il rêvait ou qu'il avait croisées lors de sa trop courte période d'insouciance. Il n'aimait que les sensuelles, les plantureuses, aux lèvres gourmandes, aux rires en cascade. À Toulouse, il était sorti avec des filles appétissantes qui fréquentaient la piscine. Cette créature frêle et mutique au visage fermé le gêne, le déroute. À table, en attendant la soupe qu'on leur sert tous les soirs, Simon sort le carnet à couverture souple qui ne le quitte jamais. Il dessine en tirant la langue, des dieux tricéphales, de simples silhouettes, des animaux. Un jour, se penchant sur le dessin, Léna murmure : « Mais c'est le loup du Petit Chaperon rouge… »

En levant la tête, il surprend ses larmes et remarque pour la première fois la longueur de ses cils. Un moment, il est tenté de suivre leur trajet sur les joues duveteuses, mais il baisse les yeux. Il y a quelque chose de blessé chez cette fille, de mort dans son regard, qui fait écho à sa propre douleur. Et son comportement le confond, lui, bouillonnant d'idées, de réflexions qu'il ne peut partager, elle si froide, comme emmurée. Le soir, il referme la porte de sa petite chambre avec soulagement. Plus besoin de composer avec ce spectre au regard bleu chagrin. Pourtant, quand elle tarde à se montrer au petit-déjeuner, il ressent une sourde inquiétude, il l'attend malgré lui.

Au bout d'une semaine, Léna l'accompagne. Dans le train qui les mène à Albi, il lui trouve une petite place dans un compartiment bondé. Elle ose un sourire

timide, maladroit. De profil, elle ressemble un peu à Marie Walewska, l'amour polonais de Napoléon. Passionné par la vie de l'empereur, le père d'Henri avait emmené très tôt ses deux fils en visite aux Invalides et leur avait fait découvrir les batailles héroïques. À neuf ans, Lucien récitait les noms des vingt-six maréchaux d'Empire et Simon se passionnait pour les généraux Duroc, Éblé, Rapp, Duquesne ou Lecourbe, dont il s'amusait à comparer les rues qui, heureux hasard ou volonté expresse de ce père un peu magicien, figuraient toutes dans le quartier, à un jet de pierre de l'école !

En prenant sa valise, Léna bouscule Simon.

— Excusez-moi, monsieur Mandel…

Elle boite franchement et s'appuie contre lui un moment.

— Et si vous arrêtiez avec ce monsieur Mandel ? Nous n'avons pas cinquante ans à nous deux. On est coincés dans cette mission, qui débute difficilement, alors on pourrait peut-être passer aux prénoms ?

— Comme vous voulez, monsieur Mandel.

Léna s'interroge. Elle ne comprend pas l'attitude de cet homme, voit bien qu'elle le dérange profondément. Il l'intimide avec ses bonnes manières, ses mains soignées, sa façon de lui ouvrir les portes ou de se lever quand elle quitte la table. Le Français dans toute sa splendeur, arrogant et sophistiqué. En Pologne, on en aurait fait une bouchée… Mais la Pologne est loin et cet homme, trop près. Elle se sent tendue comme une corde de violon, près de rompre. Simon trouve qu'elle ne fait aucun effort. Pourtant ils pourraient s'entendre,

elle n'est ni sotte ni inculte. Il la voit le soir lire le journal avec application. Quand elle se concentre sur un article, le bout de sa langue rose apparaît entre ses lèvres minces. Elle découpe des pages, les colle dans des classeurs. Ce travail, Simon le devine, ne concerne pas leur mission, mais, las de tout, il limite ses phrases, économise ses mots. Dans les modestes séjours des pensions de famille où ils descendent, elle lit souvent un livre en français. *La Petite Fadette, La Fille du puisatier, Fanny*… Il s'en amuse : rien de plus éloigné de l'univers de Pagnol que cette fille de l'Est, glacée comme la neige de février.

— Vous aimez la Provence ? demande-t-il un soir sottement.

— Je me cultive, c'est tout. Pour moi, c'est de la documentation, rien d'autre…

Le voilà prévenu.

Et puis il y a l'épisode du gramophone. Quand Simon tombe sur l'appareil dans un petit hôtel, il réclame aussitôt un disque au patron. Les premières mesures d'une *Polonaise héroïque* de Chopin emplissent la salle à manger. Simon a toujours vécu en musique, avec les chansons de Madeleine, Bartók et Prokoviev répétés par sa mère, les canons entonnés par la troupe de jeunes scouts en pleine mue… En cet automne 1945, la musique a déserté sa vie, un deuil, un silence de plus. Léna s'avance dans la pièce. Blanche, le regard implorant, son visage s'émiette au fil des notes, on la croirait au bord de l'évanouissement.

— Arrêtez ça ! Je vous en supplie !

— Pourquoi ? C'est joli, c'est gai. Et puis Chopin, c'est un compatriote, non ?

Simon l'entraîne dans un simulacre de valse endiablée, mais elle se débat, pâle comme la mort, le repousse de ses mains froides, s'enfuit en claquant la porte.

— Cette fille a vraiment un grain !

Le lendemain, elle semble avoir oublié l'incident. Enfouie dans ses rapports, rivée à sa machine, elle agite ses doigts protégés par des mitaines au-dessus du clavier. À Toulouse, il demandera à Lionel la faveur de travailler seul ou avec ce Ferdinand Hayem rencontré après la réunion à Paris. Sa franchise, sa bonhomie lui rappellent Paul, ils devraient bien s'entendre tous les deux.

Et puis, un mois après le début de leur recherche, Simon et Léna connaissent leur premier succès commun. L'enfant s'appelle Maurice Zylberztyn. Les services sociaux les ont mis sur sa piste. Il séjournait à Tarbes avec sa mère quand celle-ci a été arrêtée ; son père a été pris dans la « rafle du billet vert » en mai 1941, dans le XIe arrondissement parisien, quand, pour la première fois, des milliers de Juifs étrangers furent parqués, d'abord au gymnase Japy, puis aux camps de Pithiviers et de Beaune-la-Rolande. C'est une voisine qui a recueilli le petit Zylberztyn. Elle les attend.

Léna a fait un brin de toilette pour l'occasion, coiffé ses cheveux en chignon, dont quelques mèches blondes s'échappent. Cela lui va bien, comme la robe et le gilet d'angora. Dommage qu'elle serre les mains comme pour tordre le cou à un poulet. Amusé, Simon l'observe à

la dérobée. Aujourd'hui, rien ne peut altérer sa bonne humeur : ils ont retrouvé un enfant. Une grande nouvelle, même s'il ne s'agit pas d'Élie.

— Bonjour, madame, je suis Simon Mandel. C'est moi qui vous ai téléphoné, au sujet de Maurice.

La femme a un visage ouvert, de bonnes joues et un corsage tendu à l'extrême.

— Entrez donc, je suis Fernande Cheynel.

L'intérieur de la maison est simple mais propret. Des fleurs en plastique dans un vase, des jouets éparpillés, mais pas d'enfant en vue. Mme Cheynel sort une bouteille de Dubonnet.

— Je suis assistante sociale, lance Léna, comme mon collègue. Nous sommes venus chercher Maurice. Nous allons bien nous occuper de lui.

Simon regarde la jeune femme, médusé. C'est la première fois qu'elle prononce autant de mots à la suite en un mois, et un mensonge en plus ! Lionel les avait prévenus : mieux vaut arranger un peu la vérité qu'expliquer leur mission. Il n'y a rien d'illégal là-dedans, et cela épargnera à certains de se demander pourquoi on leur enlève un petit dont ils se sont occupés pendant des mois ou des années, et à d'autres de s'inquiéter de savoir où il serait placé.

— Peut-on le voir ?

— Oui, bien entendu, répond la femme, qui paraît soudain plus âgée, tassée sur sa chaise. Il va rentrer de l'école, il adore aller en classe.

Léna croise ses fines chevilles, Simon cherche ses mots. Les femmes se dévisagent quand un vacarme les

fait sursauter. Un garçonnet de huit ans déboule dans la pièce, en faisant tournoyer son cartable. Simon fixe avec curiosité le garçon à peine un peu plus jeune qu'Élie. Il a les cheveux coupés très court, des yeux noisette légèrement écartés, des sourcils à peine apparents et des cils de fille.

— Bonjour, nous arrivons de Paris.

— Vous m'emmenez chez mes parents, c'est ça ?

L'enfant a l'accent alsacien. Sans attendre la réponse, il disparaît et revient bientôt avec une valisette.

— Ça y est, je suis prêt !

— Laisse-nous discuter un peu d'abord, petit, lui lance l'hôtesse.

— Nous n'avons pas retrouvé la trace de ses parents, reprend Simon, mais nous ne perdons pas espoir. En attendant, Maurice vivra dans une maison d'enfants avec des gosses de son âge.

— Le moins longtemps possible, ajoute Léna, le temps de retrouver sa famille. Beaucoup d'enfants sont dans ce cas. Vous avez fait du bon travail, madame Cheynel, Maurice est magnifique.

— Sa maman, la pauvre femme, a loué une chambre juste en face en 1943. Elle était gentille. Quand les gendarmes sont venus la chercher, j'ai hébergé le petit. Et on s'est bien plu... J'étais sûre qu'elle reviendrait le chercher, mais...

Fernande en a les larmes aux yeux.

— J'espère qu'il la retrouvera, le pauvre enfant !

Léna ouvre son sac et en sort quelques jouets, un vêtement.

— J'ai apporté des affaires pour le voyage. Vous voulez les lui donner ?

Fernande essuie ses larmes et va chercher Maurice, tapi sous l'escalier.

— Tu n'oublieras pas tatie Fernande, hein ? Peut-être reviendras-tu pour l'été ? Tu es ici chez toi, tu le sais. Ma porte te sera toujours ouverte.

Le gamin jette ses bras autour de son cou. Il a été heureux ici, tout son corps le dit.

Simon et Léna sortent de la maison en tenant le garçon par la main. Simon ose un regard vers Léna, la découvre transfigurée avec ses yeux brillants et ses joues rosies ; le masque maladif a laissé place à une fierté tranquille. Elle sourit presque. Quand, épuisé par les émotions, Maurice s'endort sur ses genoux, elle pose un doigt facétieux sur ses lèvres et murmure : « *Mein Chepsele… mein Kindele…* » Du yiddish.

Alerté, Lionel envoie tout de suite ses félicitations. Il faudra fêter cela à Paris, car c'est le premier succès de l'équipe. Un membre du groupe va ramener Maurice dans la capitale. Léna l'embrasse, lui répète ses recommandations. Il porte un pull d'un tendre bleu clair qu'elle lui a tricoté. Voilà à quoi elle occupait ses soirées, pendant que Simon compulsait ses fiches ou songeait aux siens, allongé dans le lit à une place ! Ce matin, il a repris espoir. Il trouvera d'autres enfants qui se croient abandonnés. Il retrouvera Élie. Mais, au petit-déjeuner, redevenue indifférente au monde, Léna lit des poèmes de Rainer Maria Rilke en polonais.

— Si vous voulez, je peux vous en réciter un…

Sans attendre sa réponse, il se lance en déclamant d'une voix de stentor :

« *C'est presque l'invisible qui luit*
au-dessus de la pente ailée ;
il reste un peu d'une claire nuit
à ce jour en argent mêlée.
Vois, la lumière ne pèse point
Sur ces obéissants contours… »

Elle applaudit ironiquement et tourne les talons. Cet homme se moque d'elle avec sa poésie. Il la juge, la tient pour une paysanne polonaise. De son côté, Simon se trouve ridicule d'avoir ainsi exhibé sa culture. Il n'arrive pas à la cheville de cette fille qui parle français. Il aurait dû se taire, mais, au maquis, il lisait des poèmes avec Paul pour tuer le temps. Péguy, Apollinaire et le poète praguois.

« *L'amour, c'est l'occasion unique de mûrir, de prendre forme, de devenir soi-même un monde pour l'amour de l'être aimé.* »

Les *Lettres à un jeune poète*, c'était beau, non ? Après tout, il n'a que faire des vapeurs de cette péronelle. Demain, il part pour Périgueux, seul. Le président de la petite communauté juive doit lui ouvrir ses registres. Dès septembre 1939, les Juifs alsaciens ont été évacués en Dordogne et les enfants des orphelinats de Strasbourg et Haguenau, envoyés à Bergerac. L'OSE les avait dispersés dans des familles non juives à l'automne 1943. Ces mômes s'étaient volatilisés afin d'échapper au danger et on avait « rudement besoin d'un coup de main pour les retrouver », comme le lui avait expliqué le

vieil homme. Assis sur sa valise, dans le train toujours bondé, la tête enfumée par les escarbilles de la locomotive, Simon repense à Léna. Elle a du mal avec les adultes. Seuls les enfants l'enchantent. Que lui est-il arrivé en Pologne ? Parfois, elle paraît plus vieille que lui, sans âge même. A-t-elle encore des frères et des sœurs là-bas ? Il n'osera jamais lui poser de questions, elle-même ne lui a rien demandé à propos de sa famille. Tous deux ploient sous un passé trop lourd à partager. Deux étrangers, deux désaxés, unis par une seule volonté : voir enfin émerger un peu de bonheur dans le désastre de leurs jeunes vies. Un enfant perdu à rassurer, à entourer, à raccompagner dans le judaïsme, cela suffit à Simon.

Le voyage à Périgueux a été fructueux : sept enfants repérés dans un couvent. Les aînés rejoindront de la famille en Argentine. Les plus jeunes seront accueillis dans la maison familiale des EI à Jouy-en-Josas, en banlieue parisienne, qui ne désemplit pas depuis la rentrée 1944. Et personne n'ose parler d'orphelinat.

16

Quand Simon rentre après cinq jours d'absence, il a un moment d'appréhension : sera-t-il confronté une fois de plus au visage de marbre, au sourire forcé de Léna ? Mais il ne la trouve nulle part et pousse un soupir de soulagement. Il rêve d'une douche chaude, d'un gros sandwich et d'un bon lit. Sa tête lui fait encore mal, ses blessures lui laissent peu de répit, surtout par temps humide comme aujourd'hui. Malgré l'aspect miteux de son logement, il se déshabille en grognant d'aise. Cloportes et pince-oreilles sont légion, le robinet n'offre qu'un filet d'eau. Ses parents s'effraieraient de la rusticité de ces pensions malpropres, où ils n'auraient jamais mis les pieds. Mais il en a vu d'autres au maquis.

Vers minuit, un cri le glace. La chambre de Léna. Un second, plus déchirant, perfore la cloison. On dirait un animal blessé. Des sanglots caverneux, suivis de gémissements sourds. S'est-elle blessée ? Quelqu'un est-il entré ? Simon jaillit de son lit en caleçon, puis se ravise. Il ne peut quand même pas aller tambouriner dans cette tenue à la porte de la jeune femme. Il guette

le moindre bruit de pas ou de lutte dans l'obscurité, mais le silence revient. Quand il parvient à s'endormir, d'autres hurlements le réveillent. Simon comprend enfin : Léna cauchemarde. Le lendemain, lorsqu'il descend l'escalier, mal rasé et de méchante humeur, elle est prête, impatiente de partir, comme si de rien n'était. De mauvais rêves ont aussi peuplé la nuit de Simon. Peut-être traversent-ils les cloisons. Dans ses moments charitables, Simon voit en Léna une enfant perdue, juste un peu plus âgée que ceux qu'il recherche, avec ses yeux effrayés, sa nuque trop raide, cette tension perpétuelle. Le reste du temps, c'est une énigme, un corps opaque à contourner ou un fluide abrasif, il ne sait, il s'y heurte ou elle lui échappe.

À Cahors, ils prendront des vélos afin de visiter les villages blottis dans les vignes ou les coteaux du Quercy, désignés comme zone prioritaire par le bureau parisien. Pour Simon, c'est l'occasion de découvrir la région, les églises romanes, les cités médiévales, les vignobles s'étageant entre causses et coteaux. Léna ne s'intéresse ni au château de Mercuès planté sur son piton rocheux, ni à la visite d'une des nombreuses grottes de la région. Comme à son habitude, elle s'est fait comprendre en silence, en levant un sourcil très haut. Elle continue à gonfler ses classeurs mystérieux, sans se cacher, laissant voir à Simon, comme s'il n'existait pas, des séries de coupures de presse sur la politique française, la situation en Pologne, avec des mots compliqués soigneusement soulignés en rouge. Impressionné malgré lui, le jeune homme n'insiste pas.

Ce matin, ils doivent se rendre chez un paysan qui héberge Ernest Bernheim, onze ans, fils d'antiquaires belges réfugiés en France, arrêtés au passage de la ligne de démarcation. Libérée par erreur, la mère avait payé la pension de son fils dans une ferme près de Montcuq, avant de s'enfuir, estimant qu'elle aurait plus de chances de passer inaperçue sans enfant. Un résistant a fourni le tuyau, il faut vérifier. L'homme qui leur fait face tient une fourche et porte un fusil en bandoulière. Il toise Simon tout en louchant sur Léna qui se tient à distance. Pourtant celle-ci est habillée simplement : un manteau gris, un foulard de couleur qui cache sa blondeur...

— Vous avez reçu notre lettre, monsieur Puirand ?

Le paysan répond d'un crachat par terre. Simon s'avance prudemment dans une cour jonchée d'épaves de voitures, de carcasses d'objets agricoles, vestiges de jours meilleurs. Deux molosses jaillissent d'une niche, aboyant, la bave aux lèvres. Léna hurle, comme la nuit précédente, mais ce n'est pas un rêve, elle recule sur le chemin. Le propriétaire ne dit mot, semble avoir donné sa langue aux chiens qui montrent les crocs. Simon cherche à calmer les bêtes, mais Léna détale dans son dos. Il la rattrape, chasse les molosses d'un coup de pied en l'air et, sans réfléchir, prend Léna dans ses bras. Elle est blême, son cœur bat à grands coups sourds sous son manteau.

— C'est fini, c'est fini maintenant...

Elle reprend son souffle. Elle dégage une odeur sauvage, épicée. Puis elle recule de nouveau, le nez pincé,

les prunelles écarquillées, les cheveux défaits. Une peur du fond de l'âme. Le paysan s'approche.

— Suivez-moi avec votre dame, on va voir le gamin.

Occupé à repriser ce qui ressemble à une couverture, celui-ci se tient près de la cheminée. Petit pour onze ans, l'air intelligent et espiègle.

— Le voilà, l'Ernest, en chair et en os !

Le paysan sort une bouteille de calva et invite le couple à s'asseoir sur des chaises en paille. Il allume sa pipe, en propose une à Simon qui décline poliment.

— À un moment, sa mère roupillait dans les bois et ne se montrait qu'à la nuit tombée. Un jour, elle a arrêté de payer. On ne l'a pas vue revenir…

Un silence. Et le paysan de reprendre :

— Ça m'a pas empêché de le garder. Il est en forme, mon garçon, non ?

Ernest a en effet bonne mine, paraît bien nourri. Il continue à coudre sans s'occuper des visiteurs. Léna s'efforce d'expliquer les motifs de leur visite.

— Monsieur, nous regroupons les enfants dont les parents n'ont pas donné signe de vie. Ils doivent revenir chez eux quand ils le peuvent.

— Ah, vous êtes de l'Assistance publique ? J'en viens, moi…

— Pas exactement, répond Léna en le regardant droit dans les yeux.

— Oui, mais c'est qu'il y a du boulot à la ferme. Qui va m'aider ? Et la petite facture en retard ?

Léna et Simon prennent congé en promettant de revenir. Trois visites et autant de tournées de calva

plus tard, le paysan laisse partir Ernest en bougonnant, mais au fond ravi de voir Simon payer de sa poche l'arriéré de pension. L'enfant est resté silencieux pendant toute la transaction, comme si cela ne le concernait pas. Combien de planques a-t-il connues durant sa brève existence ? Simon tente de le rassurer sur le chemin du retour.

— On va bien s'occuper de toi. Tu vas retourner à l'école…

— Je dois rester avec vous, maintenant ?

— Non, tu iras à l'école à Paris. Tu t'y feras des copains.

— Je m'en fous des copains. Je veux rentrer à la maison !

Simon ne trouve rien à répliquer.

Dans ce train qui file vers la capitale, tous deux sont plongés dans leurs pensées. Simon se remémore l'histoire racontée par Lionel : un louveteau avait faussé compagnie à l'adulte qui le gardait à peine sauté du train pour courir frapper à la porte de l'appartement familial à Belleville… occupé par un autre ménage. Il avait hurlé : « C'est chez moi, ici », avant de repartir et d'errer dans Paris. Les EI l'avaient localisé six heures plus tard, caché sous un banc, tétanisé, incapable d'imaginer une vie sans ses parents. Des parents qu'on lui avait arrachés, dont il ignorait les derniers moments. Malgré ses vingt et un ans, Simon se sent parfois comme ce garçonnet apeuré.

Après avoir confié Ernest à Lionel, Simon rejoint la rue de Chanaleilles. À peine entré, la tristesse s'enroule

autour de lui, l'étouffe comme un serpent. Il reste dans le noir à songer aux siens. L'impression d'être fait d'un papier fragile, qui se déchire chaque fois. Dehors pleure une petite pluie fine qui s'accorde à ses sentiments. Il les a tous perdus et n'arrive à rien pour Élie, malgré ses lettres, ses petites annonces. Il a dessiné une affiche, un avis de disparition, qu'il colle lors de ses déplacements. Aucune piste. Il peut toujours s'inventer de nouvelles tâches, cette mission de retrouver ces pauvres gosses, mais à chaque retour dans l'appartement autrefois si vivant, la réalité l'accable. Seul dans son cimetière sans tombes, il en arrive à oublier leurs voix, leurs visages. Il ne peut même plus se plonger dans les albums photos composés par Marguerite, disparus dans le pillage. Il lui semble sentir encore le parfum de sa mère ou distinguer la silhouette de son père lisant dans son bureau damassé de rouge. Au bout de plusieurs mois, le ministère des Anciens Combattants a délivré l'acte de décès de ses parents. Un simple papier attestant leur passage par Drancy et donc leur mort présumée. Au bureau parisien des dépisteurs, Simon se cachait parfois pour examiner à la loupe des photos de déportés, dans l'espoir de reconnaître les siens, d'identifier l'un de ces visages émaciés, déjà couleur de nuit. Un espoir insensé. Une honte aussi, il n'a jamais osé en parler à Lionel.

Trois coups secs frappés à la porte. Simon hésite à répondre. Un jeune homme en uniforme à la silhouette dégingandée d'adolescent s'encadre sur le palier.

— Vous êtes le frère de Lucien ? Bonsoir, je m'appelle Bastiet. Lieutenant au 2e régiment de chasseurs parachutistes.

Pour toute réponse, Simon lui ouvre en grand.

— J'ai combattu à ses côtés. On s'était promis…

Le jeune homme ouvre les bras. L'espace d'un instant, Simon a envie de s'y blottir. À la place, il désigne un fauteuil où Bastiet essaie de plier ses longues jambes. Comme Lucien avant lui.

— Comment l'avez vous connu ? demande-t-il d'une voix tremblante.

— On s'est rencontrés en octobre 1940 à la 1re compagnie d'infanterie de l'air. On a été brevetés paras ensemble en décembre 1941. Puis on a servi sous les ordres du capitaine Bergé. Lucien était lieutenant, moi, simple aspirant. Nous sommes partis en Égypte avec les paras anglais, des SAS. Le *French Squadron*, ça te dit quelque chose ?

Simon secoue la tête. Il retient ses questions de crainte que le type n'interrompe son récit, ne reparte comme il est venu.

— Nous avions pour mission de saboter les installations de Rommel en Libye, surtout en Cyrénaïque. Lucien dirigeait notre commando de huit hommes. On parcourait des kilomètres en Jeep derrière les lignes ennemies pour tout faire sauter. Et on avait la trouille… Ceux qui te diront le contraire sont des menteurs !

Le lieutenant Bastiet croise et décroise des mains aussi fines et longues que ses jambes.

— Lucien a été grièvement blessé à la poitrine après avoir démoli des Messerschmitt 109 lors de l'attaque de trois aérodromes près de Benghazi. C'est moi qui l'ai évacué, soigné et ramené au Caire.

Simon respire profondément.

— À l'hôpital où j'allais le voir entre deux missions, il évoquait souvent ta sœur, Madeleine. Un modèle de douceur, de générosité, de courage, disait-il. Mais c'est surtout de toi, Simon, qu'il me parlait. Il aimait ton côté rebelle, insolent, libre.

Simon essuie une larme d'un revers de manche.

— Je crois qu'il t'enviait un peu, lui qui s'était fondu dans le moule de l'excellence républicaine à Polytechnique. Mais, dans les paras, il avait brisé ce carcan, compris l'ignominie de la haute administration qui se roulait dans la fange collabo. Tu savais qu'il voulait entrer en politique quand tout cela serait terminé ?

Simon n'en avait jamais discuté avec son frère, mais s'en doutait un peu, il n'avait pas oublié leurs débats enflammés autour de la table familiale.

— Ton frère voulait participer à la reconstruction d'une France courageuse et solidaire.

— Parlait-il de nos parents ?

— Une seule fois, il m'a dit qu'il s'inquiétait pour eux. Il se demandait comment ton père, Juif et franc-maçon, pourrait faire face à une police française à la solde des Boches et de Pétain ! Et ta mère, si musicienne, si délicate… Il m'a raconté être passé chez lui après avoir prêté main-forte aux Canadiens dans le faux débarquement de Dieppe. Il a trouvé porte close, la

concierge lui a dit que vous étiez partis dans le Sud. Tu as eu sa lettre ?

— Oui. Elle était cryptée.

— M'étonne pas. On s'est retrouvés en novembre 1943 au BIA, sous les ordres du commandant Bourgoin. Un manchot… Une vraie tête brûlée ! On l'admirait, avec ton frère… On a sauté ensemble sur la Bretagne dans la nuit du 5 juin 1944. Avec l'aide des maquis bretons, on devait bloquer la division allemande qui remontait vers la Normandie.

Le regard de Bastiet se perd au loin.

— On multipliait les actions de guérilla, on se tapait des Panzer, on dormait deux heures dans les forêts de Saint-Marcel avant de repartir au combat… Lucien était toujours le premier. Le 18 juin, deux cents Allemands ont attaqué notre QG. On les a presque tous eus, mais ils sont revenus avec de l'artillerie et des blindés.

Bastiet se mouche. Il rechigne à raconter la suite. Il le faut pourtant. C'est une autre mission…

— Après des combats terribles, Bourgoin a décidé de disperser la base de Saint-Marcel. Il a chargé Lucien, qu'il aimait bien, de protéger la retraite. On s'est installés dans les bois, on a repoussé l'attaque de deux bataillons et perdu la moitié de nos hommes. Quand le sergent Chahine a été blessé, Lucien a couru pour l'évacuer, et c'est là… Ton frère a été abattu par une rafale de mitraillette. Il est mort sur le coup. Sonné, j'ai pris le commandement et j'ai organisé la retraite.

Le lieutenant Bastiet semble se réveiller d'un cauchemar.

— Lucien, c'était mon copain, mon héros. Je n'en ai pas connu deux comme lui.

Et le jeune lieutenant, le guerrier qui s'est battu depuis cinq ans, prend Simon dans ses bras et mêle ses larmes aux siennes, comme un pacte de sang.

Bastiet est reparti tel qu'il était venu, lourd de sa peine, mais le cœur en paix. Simon reste les yeux dans le vague, à imaginer la bravoure de son frère, la rafale fatale… Il s'endort en songeant à sa vie, une punition imméritée, incompréhensible, démentielle.

17

Dans le train du retour, Simon sort son fusain. Il aime repérer un balcon caché, scruter les détails d'un immeuble, reconstituer un pont ou un carrefour, croquer un paysage dans des tons gris qu'il estompe ensuite au doigt. Il faudra qu'il aille à Poissy visiter la villa Savoye de ce fou génial nommé Le Corbusier. Il a lu des articles sur cette œuvre iconoclaste et rêve d'en reproduire les pilotis, le toit terrasse, la façade libre, même si les Allemands puis les Alliés ont criblé le bâtiment. Il devrait d'ailleurs songer au futur, tenter une école. Ingénieur, architecte, photographe ? Pour l'instant rien ne compte que la recherche des enfants dispersés. Avec Léna Bern, cette fille étrange, qui lui manquerait presque. Il s'est habitué à elle comme à un vêtement mal taillé. Il aurait préféré faire équipe avec Paul, revenu en vainqueur des combats terribles dans les Vosges et en Alsace, mais son ami s'est inscrit en droit à la Sorbonne et lors de son dernier passage à Paris, ils n'ont même pas trouvé le temps de boire une bière.

À la gare, il l'aperçoit de loin, adossée à un mur, l'air distant, fumant une cigarette. Les nuages lui vont bien, elle qui vit dans une brume permanente. Ses pommettes saillantes éperonnent son visage ombré par une frange de cheveux. Si elle l'a vue, elle n'en montre rien. Doit-il lui serrer la main ou lui faire une bise ? Il hésite un moment puis lui presse l'épaule d'un geste maladroit.

— Bonjour, Léna. Comment allez-vous ?

— Bien, répond-elle d'un ton neutre et les yeux ailleurs. Merci.

Toujours aussi sibylline, la Polonaise.

Et ils reprennent leur enquête, sur des vélos prêtés par le propriétaire de la pension. Léna file, la silhouette gracile, ses cheveux flottant telle une auréole cendrée. À vélo, sa boiterie n'est plus un obstacle, Simon peine à la suivre sur les chemins de campagne.

Un jour, à Albi, sans Léna qui souffre d'une migraine, Simon discute avec un prêtre qui a caché des enfants juifs, des parachutistes anglais, un ancien enfant de chœur devenu communiste et quelques réfractaires au STO. Le bon curé lui promet d'interroger ses ouailles au sujet de gosses confiés à des familles du coin, mais aussi à des institutions religieuses. Simon s'empresse de rentrer pour faire part de cette nouvelle piste à Léna. Au premier, la porte de la chambre de la jeune femme est entrebâillée. Il s'avance, se fige devant la cambrure d'un dos nu. Léna fait sa toilette devant une cuvette. L'arête de ses vertèbres forme comme une rangée de perles. Sa chair éclairée à l'oblique semble de céramique. Quand elle bouge, ses formes tremblent dans

un halo beurré. Un profil parfait, des épaules fragiles au velours moiré, un torse de soie, des seins ronds, insoupçonnables, un ventre plat, une toison si claire qu'elle se fond dans la crème de la peau. Il devrait regagner sa chambre, mais cette vision, ce mélange de sensualité et de fragilité entrevu dans l'effraction de lumière l'aimantent. Impossible d'en détacher le regard. Soudain le parquet craque, Simon se retire à pas de loup. Dans son lit trop petit pour sa taille de géant, il ne songe plus qu'à cette apparition. S'il a tenu des filles nues dans ses bras, il n'a jamais connu ce trouble fait d'émerveillement voluptueux, du besoin, aussi, de protéger l'autre. Une faculté qu'il croyait morte en lui, une capacité d'élan, d'émotion, se réveille. Une sourde irritation se mêle à son désir. Cette scène inouïe va encore compliquer les choses avec cette femme. Pourquoi n'a-t-elle pas fermé sa porte au lieu de lui imposer ce tableau ? Comment peut-il en être aussi ému alors que rien ne lui plaît en elle ? Dehors, la lune s'allume, le sang cogne à ses tempes. Dans ce fleuve de silence qui semble les relier l'un à l'autre à travers la cloison, le sommeil tarde à venir.

Le lendemain, au petit-déjeuner, Simon n'ose pas la regarder. Aujourd'hui, c'est lui qui se sent embarrassé par lui-même, ses bras trop longs, ses jambes qui, sous la table, rencontrent inopinément celles de Léna. L'épisode de la veille flotte dans l'air, le renvoyant à sa gêne d'adolescent. L'a-t-elle aperçu, entendu ? Il cherche son regard, fixe un minuscule grain de beauté sur sa lèvre supérieure légèrement étirée. Lui reviennent les visages

des Vierge et des Marie-Madeleine que sa mère détaillait dans les tableaux de Botticelli et de Titien à Venise, les Madones aux larges pommettes, au nez étroit, aux yeux de brume, aux cheveux blond-roux, couleur obtenue, comme le lui avait appris l'oncle Maurice, grâce à un subtil mélange de citron et de safran. Ce matin, Simon ne peut s'empêcher d'imaginer ses hanches fines sous son pantalon d'homme. Ce matin, il la trouve belle, d'une grâce qui l'intimide.

— Et si on allait se promener ?

La proposition inattendue balaie ses réflexions stériles. Ils n'ont pas de rendez-vous aujourd'hui et le printemps naissant donne des airs de Toscane à la campagne albigeoise. Ils apprécient les toits de tuiles et la lumière ocre, le Pont-Vieux, les façades Renaissance des hôtels particuliers au centre d'un écheveau de ruelles. Un peu partout, on a placardé les affiches du fils de la ville, le fameux Toulouse-Lautrec. À midi, ils s'arrêtent déjeuner. Est-ce la douceur de l'air, cette première fugue loin de leurs dossiers, l'image stupéfiante de la veille qui danse devant ses yeux, insistante ? Pour la première fois, Simon ose quelques questions.

— Vous venez d'où, Léna ?

Occupée à dévorer les fameux grattons locaux frits dans leur graisse, Léna semble ne pas avoir entendu Simon. Après un long silence, elle répond d'une voix de flûte, à mots hésitants :

— Je suis née à Varsovie dans une famille de sept enfants. Mes parents, Elena Barac et Josef Bern, étaient religieux ; mon grand-père, rabbin. Je me souviens

de lui le vendredi, avec son chapeau de velours, son meilleur caftan en soie, sa barbe rousse et son sourire magnifique, bénissant le pain du shabbat, et dévorant les *tsimmes*, les carottes sucrées de ma grand-mère, un petit bout de femme énergique. Il possédait un modeste magasin de maroquinerie. Mes parents étaient surtout des fous de spectacle. À quatre ans, avec Samuel, Elek, Moïse, Anna, Pinka et Jacob, mes frères et sœurs, j'allais admirer le Golem au théâtre yiddish. J'ai dû parler le yiddish avant le polonais ou l'hébreu !

Elle trempe ses lèvres dans un verre de vin blanc sec perlé et continue :

— Je n'ai que de bons souvenirs de là-bas. Nous n'avions pas beaucoup d'argent, mais nous étions heureux, ensemble. « *Abi Gezunt* », « Tant qu'on a la santé », répétait ma grand-mère, qui nous considérait comme des princes et des princesses. Bien entendu, il fallait faire attention, car les Polonais nous tenaient à l'œil. Ils s'en prenaient parfois aux passants. On insultait mon père, parfois ça tournait à la bagarre. À l'université, mon frère devait s'asseoir sur le « banc juif », à l'écart. Mais, après mille ans, nous étions habitués ! Certains parlaient d'émigrer en France, comme mon frère Samuel. Un beau garçon qui séduisait sans le vouloir actrices et chanteuses, toutes folles de lui. Il avait rejeté la foi de mon grand-père, il mangeait du cochon ! Elek, lui, était très fort. Il se battait avec les voyous qui attaquaient les fidèles le vendredi et coupaient la barbe des religieux dans la rue. Mes parents comprenaient le français et m'ont donné des cours. Mes sœurs ont

toutes été reçues à la *matura*, le baccalauréat. Quelle fierté pour notre famille !

Simon opine, sans oser ouvrir la bouche. Il craint trop qu'elle ne s'arrête de parler comme elle a commencé, sans prévenir. Elle était restée si longtemps muette. On la dirait maintenant dévorée de l'intérieur. Les digues ont sauté.

— J'étais une enfant réservée, je n'aimais que la danse et la lecture. J'ai dévoré Maupassant, Tolstoï et même Victor Hugo en polonais. Je me souviens de mes cours de ballet avec une demoiselle Olga qui croyait en moi et me trouvait douée. Mais c'est loin tout ça… Aujourd'hui, j'essaie de ne me rappeler que les bons moments. Les pains blancs tressés et couverts de graines de pavot de ma mère, dont l'odeur se mêlait à celle de la cire chaude et des épices, le bruit des roues de voitures sur les pavés, le vent de la forêt de Traga, les cadeaux de Pourim et l'allumage de la lampe-tempête, le soir.

La jeune femme paraît très loin. Ce que Simon lit dans ses yeux couleur d'agate l'effraie. La description chuchotée d'un monde inconnu le bouleverse. L'enfance de Léna le ramène à la sienne, si différente. Le sirop de framboise à la sortie de l'école, le pain au chocolat acheté par Marie-Noëlle à La Petite Marquise, une pâtisserie très chic de la Motte-Picquet, les dimanches un peu vides dans l'appartement surchargé de meubles et gainé de marbre, les visites au musée, sa bar-mitsva à la Victoire où il s'était avancé vers l'autel sculpté, fier et rayonnant, face à la foule des amis de ses parents. Il tousse pour déloger la boule dans sa gorge.

— Que s'est-il passé pour vous pendant la guerre ?

— Nous habitions dans le centre-ville où un tiers de la population était juive. Dès octobre 1940, on nous a demandé de nous regrouper. Nous n'avons rien compris. On n'allait pas nous chasser de chez nous ! Pourtant les Allemands incendiaient les synagogues, jetaient nos affaires à la rue, brutalisaient enfants et vieillards.

Les doigts de la jeune femme tremblent, elle triture sa bague qui brille dans la lumière. Elle semble épuisée, mais continue.

— Quatre cent cinquante mille personnes cantonnées dans le Wohnungsbezirk, la zone d'habitation du quartier de Nalewski, pas plus grand qu'un arrondissement parisien. Les parents nous avaient réunis pour un dernier repas à la maison. Il n'y avait déjà plus grand-chose à manger, on organisait le rationnement en faveur des occupants, mais nous avons trouvé du hareng haché avec du pain noir, du concombre au sel dont nous raffolions, et ma mère a même dégoté de quoi cuisiner son fameux gâteau au fromage... Mon père avait exhorté ses quatre fils à être des *Mensch*, des hommes. Nous, les trois filles, nous devions seconder notre mère dans l'épreuve. Le ghetto, ce cimetière de vivants, a été fermé le 16 novembre. L'enfer commençait.

Elle gémit. Sans réfléchir, Simon pose sa main sur la sienne, si menue, pour l'empêcher de trembler. Elle la laisse un instant, ferme les yeux, puis se lève brusquement. Elle a trop parlé, elle n'aurait pas dû remuer le passé, tous ces souvenirs. C'est dangereux de se confier à un inconnu. Elle ne se doutait pas qu'il puisse exister

des Juifs comme lui, aussi intégrés, aussi sûrs d'eux, des Juifs qui ignoraient la peur et l'humiliation quotidiennes. Ils rentrent, cheminant dans leurs pensées, et même la vue des plateaux de Gaillac tapissés de ceps ne les distrait pas. Ils ont hâte de se retrouver seuls, chacun de son côté.

Le lendemain, le travail les attend. Rendez-vous chez Jean-Pierre et Odette Ferjac, un couple de viticulteurs installés près du château de Mauriac. L'instituteur du village a joint la commission à Paris : Ida et Sarah Grünenbaum, des jumelles arrivées en 1942, restent sans nouvelles de leurs parents quatre ans plus tard. Les Ferjac les ont signalées à la mairie et à la préfecture, sans suite : on se désintéresse de leur sort. Pourtant les enfants devaient commencer l'école. Fallait-il les inscrire ? Simon a remercié plusieurs fois l'instituteur, un honnête homme, de bonne volonté. Rien pourtant ne les a préparés à la chaleur de l'accueil. Une douzaine de personnes, des adultes souriants, des enfants chahuteurs, et même un curé. Chacun se présente, on offre un bouquet à Léna. Les Ferjac ont dressé sous la tonnelle une table nappée de blanc et fleurie. Tous sont habillés comme pour un dimanche. Du coin de l'œil, Odette surveille les jumelles qui jouent dans la cour, leurs rubans flottant sur leurs cheveux bruns. On dirait un Renoir en mouvement.

— Mon mari aime chasser. Ici, il y a beaucoup de sangliers. Il rentrait d'une battue à l'automne quand il a entendu un bruit épouvantable.

Odette baisse la voix.

— Une grosse berline s'était encastrée dans le pont en pierre, juste en contrebas de la maison. Nous nous sommes précipités, mais il était déjà trop tard pour les parents…

— Les petites n'avaient rien ? demande Simon.

— Pas une égratignure, un vrai miracle. Jean-Pierre les a sorties des sièges arrière. Nous avons compris qu'il s'agissait d'une famille en fuite. Ont-ils eu peur d'une patrouille ? On ne le saura jamais.

— Et vous vous êtes occupés des gosses ?

— Oui. C'était comme un cadeau. Nous n'avons jamais pu avoir d'enfants, Jean-Pierre et moi. Alors, quand on les a vues, ces gamines, si jolies, si vulnérables, on les a gardées.

Odette caresse les fillettes du regard. Leurs robes blanches tournoient. On dirait un mariage. Une ombre de tristesse voile son visage. Léna passe un bras autour de son épaule.

En fin d'après-midi, sur le pas de la propriété, Jean-Pierre Ferjac pose une valise au pied de Simon.

— Vous savez, monsieur Simon, je n'avais jamais rencontré de Juifs. Je bénis le Seigneur d'avoir eu cette chance-là, de rencontrer des représentants de ce peuple.

Mme Ferjac ne quitte pas les fillettes du regard. Elle retient ses larmes.

— On savait bien qu'il nous faudrait les rendre, ces pitchounes ! Mais je ne pensais pas que ce serait aussi dur…

— Où on va ? lui demande Ida, en rechignant.

— Tu viens avec nous, tante Odette ? s'inquiète Sarah.

— Vous partez en voyage avec Léna et Simon, répond Mme Ferjac, la voix brisée. Vous avez vu comme ils sont gentils, ils vont bien s'occuper de vous.

Léna sourit comme pour lui donner raison. Odette étreint longuement les fillettes, puis Léna les prend par la main et les entraîne sur le chemin, où les a devancées Simon. Le groupe n'a pas fait cent mètres que les jumelles s'en échappent et courent vers Odette et Jean-Pierre.

— On veut que tu viennes avec nous ! clame Sarah en s'accrochant à la jupe d'Odette.

Odette s'agenouille à leur hauteur, les câline, leur chuchote :

— Je ne peux pas, mes pitchounes. Qui va s'occuper des animaux si je ne suis pas là ? Vous voulez que Léo-le-cheval meure de faim en mon absence ?

— Tonton peut bien lui donner à manger !

— Tonton a du travail par-dessus la tête, vous le savez bien.

— Vous aussi, vous avez du travail, mes minettes, renchérit Jean-Pierre en leur caressant les cheveux. Apprendre à lire et à écrire, le plus tôt possible. Je vous propose un petit jeu… Tout le monde travaille, et, à la fin, tout le monde se retrouve… Dès que vous saurez écrire, envoyez-nous une lettre. Et nous viendrons vous voir ! Promis ?

Les fillettes se regardent, semblent réfléchir un moment, puis s'exclament en chœur :

— Promis !

À Paris, une tante les attend. Elle veut les emmener à Caracas, leur offrir une autre vie, loin de l'Europe. Si jeunes au moment de l'accident, elles ne garderont sans doute aucune image de leurs parents. Au moins pourront-elles compter l'une sur l'autre. Et écrire aux Ferjac.

Arrivés à la pension, Léna leur donne un bain, puis leur met un pyjama. De son sac, elle a tiré un gros nounours à qui elle s'amuse à faire la leçon.

— Regardez, Simon, comme il a bien mangé, M. l'ours !

Envahi par le souvenir d'une autre nounou, Simon opine stupidement. Assises côte à côte sur le lit, les jumelles ne quittent pas Léna des yeux, même quand la fatigue les fait tomber sur la courtepointe comme deux chiots. Amusé, Simon observe Léna les border et plier leurs affaires.

— Il y a l'ours mais aussi la louve… Où allez-vous dormir ? On aurait dû prendre une troisième chambre.

— On va se serrer. Si elles se réveillent, je dormirai par terre. Ce ne sera pas la première fois.

Le lendemain, alors qu'ils se promènent dans Gaillac, Simon sent le regard des passants posé sur eux. Ils ressemblent à une famille en villégiature dans la cité de brique aux toits roses. Ils visitent en touristes le château de Castelnau-de-Montmiral, les maisons du bourg, à pans de bois en encorbellement. Demain, ils iront se balader à Cordes-sur-Ciel, perchée sur un piton

rocheux. Ensuite, il faudra se séparer des gamines, les remettre à Lionel à Paris.

— Je les garderais volontiers avec moi…, lance Léna. Elles sont adorables, non ?

— Oui, bien sûr. Mais quelqu'un les attend. Elles ont droit à une seconde chance.

Quand Simon vient les chercher pour dîner, il les trouve toutes les trois endormies en chien de fusil sur le lit. Ida et Sarah sucent leur pouce, encadrant une Léna alanguie qui pourrait être leur grande sœur. Il va chercher cahier et crayons. Sa main vole au-dessus du papier. La peau de velours des petites, la tête de vestale de Léna, son abandon sur l'oreiller. Il les dévisage un moment, range son matériel, puis descend dîner, en tirant de temps de temps une photo de sa veste. Les Ferjac et le curé n'ont pas reconnu Élie, mais s'il doit poser des questions et montrer ce cliché au monde entier jusqu'à la nuit des temps, il le fera.

18

Le lendemain, les adieux sont difficiles, surtout pour Léna. Elle serre longtemps les fillettes contre son cœur, et Simon voit une larme briller dans ses yeux. Il lui dit à peine au revoir, occupé par les petites. Il improvise des jeux pendant le voyage, raconte des histoires et soupire de soulagement quand il retrouve Pierre dans les bureaux de la commission de dépistage, rue de la Victoire, dans le IXe arrondissement. Les jumelles prendront le bateau pour le Venezuela avec leur tante à la fin de semaine. Les « OT », « orphelins totaux » selon le jargon en vigueur, rejoignent des maisons. Malgré les difficultés, l'OSE a pu ouvrir vingt-cinq établissements entre septembre 1944 et la fin de l'année 1945, et les EIF, trois dans la région lyonnaise et près de Paris. Ce ne sont à proprement parler ni des orphelinats ni des pensions, plutôt des demeures familiales conçues pour offrir aux enfants un cadre de vie, leur rendre leur identité, les élever, les relever. Parfois ils arrivent sans papiers, sous de fausses identités ou trop jeunes pour se souvenir de leurs noms et adresses. Des bénévoles

tentent de démêler l'imbroglio administratif, mènent leur enquête. Ensuite il faut redonner un socle à ces petits déboussolés alors qu'on manque de tout : lits, linge, chaussures, vaisselle. Des tours sont institués afin que les gosses aillent à l'école décemment vêtus. Dans la communauté juive, chacun s'efforce de coopérer à cette tâche titanesque menée par quantité d'associations. À côté de l'OSE, la plus ancienne et la plus puissante, on trouve aussi des maisons communistes, religieuses ou laïques.

Au grand étonnement de Simon, les bureaux de la commission sont bondés. Une secrétaire, un avocat, des jeunes gens répondent aux demandes de recherche qui affluent de partout, jusqu'en Amérique ou en Australie !

— Bravo, tu fais du bon travail, lui assure Pierre. J'ai prévenu tout le réseau, ils sont fiers de toi.

Simon écarte les compliments.

— Vous n'avez rien de nouveau sur mon frère ?

Ancien résistant, Pierre connaît beaucoup de monde, un avantage capital quand il s'agit de régler un problème administratif, d'accélérer l'envoi de papiers promis par le ministère des Anciens Combattants ou l'Office national des pupilles de la Nation. Lorsque les gosses sont arrivés de Buchenwald après une marche inhumaine, les œuvres juives ont été soupçonnées de vouloir les faire émigrer en Palestine sans l'autorisation de l'État. C'est lui qu'on est venu chercher pour trouver une solution et un « home » à ces déportés tous mineurs. Il hoche la tête.

— Ne désespère pas, on trouvera Élie. Les éducateurs des maisons EI sont tous au courant. Juifs alsaciens pour la plupart, ils connaissent ta famille. Et nos jeunes aussi. Si ton frère est encore en France, comme je le pense, nous le dénicherons.

Direction Montauban où Simon a donné rendez-vous à Léna. Le soleil illumine la plus rose des villes roses, dans l'air flotte un parfum de chasselas doré. Il s'apprête à raconter à Léna combien les jumelles se réjouissaient de leur prochain voyage en bateau, mais c'est une femme changée, le visage marbré de rouge, défaite, qui l'accueille sans un mot. Un épais silence pèse sur la soirée. Simon propose une tisane à l'heure de préparer les rencontres autour de Moissac où beaucoup d'enfants juifs ont été accueillis, et elle se contente de hocher la tête. Il ouvre sa mallette quand un bruit étrange le fait se retourner. Prise de convulsions, Léna claque des dents. Simon fait asseoir la jeune femme, qui étouffe. Lèvres bleues et peau translucide sous la lumière de la lampe. D'un geste brusque, il lui ouvre la bouche, cherche à la faire respirer. Léna tremble de plus belle. À court d'idées, il se penche et l'embrasse. Un petit cri entrouvre ses lèvres, elle se détend peu à peu. Simon desserre son étreinte. Il sent sa bouche sèche contre la sienne. Au bout d'un moment, elle le repousse mollement et se laisse choir dans le fauteuil.

— La prochaine fois, chuchote-t-elle, essayez un bâton entre les dents. C'est plus efficace.

— Pardon ?

— J'ai l'habitude de ce genre de crise. Mon père me glissait un bâton dans la bouche pour m'empêcher d'étouffer. Bonsoir.

Elle s'extrait du fauteuil et quitte Simon, aussi ému que dérouté. Il l'a embrassée. Ils se sont embrassés. Elle peut bien fuir, le repousser, il l'a sentie s'abandonner et cet accord le bouleverse. Son départ abrupt l'a blessé, son désir soudain l'a surpris. Demain, il dira qu'il regrette ce geste incongru, destiné à lui transmettre un peu de son feu, de son énergie, pour la ramener au monde, dans cette pièce encombrée de trophées de chasse, de bibelots, de bouquets de fleurs séchées, d'abat-jour à volants, tout un bric-à-brac qui soudain l'oppresse. Il a le souffle court. C'est lui qui aurait besoin de ses lèvres. Lui revient la phrase de Musset, « *Le seul vrai langage au monde est un baiser* », qu'adolescent il recopiait dans ses cahiers. Mais c'était hier. Demain, il lui parlera comme un homme, et elle comprendra.

Le lendemain, il frappe à la porte de Léna. Rien. Peut-être dort-elle encore, épuisée par son malaise de la veille. La jeune femme est toujours levée avant lui. Parfois, il lui semble même qu'elle ne s'est pas couchée, qu'elle a attendu le début du jour, les tâches à accomplir, les dossiers à compléter, alors qu'il émerge à peine. Il n'a jamais été matinal. À 10 heures, il n'y tient plus, entre dans la chambre de Léna. Vide, mais ses affaires sont là. Elle n'est pas du genre à s'adonner seule aux visites touristiques. Comme elle craint l'eau, elle a même refusé une balade sur le canal de la Garonne et ses écluses. Est-elle partie, outrée par son

geste ? Toute la journée, incapable de travailler, Simon s'interroge, s'inquiète. Chaque fois que la porte de la pension s'ouvre, il tressaille, pour rien. Il tue le temps en feuilletant ses notes, en écrivant à sa tante à Paris. À 17 heures, l'inaction le rend fou. Pour éviter de tout casser, il sort courir sur le cours Foucault planté de marronniers. Ruisselant de sueur, il pousse jusqu'à l'île de la Pissotte, le refuge des hérons nicheurs. Et sprinte encore à travers Montauban pour rentrer, s'éreinter tout à fait. Il la trouve dans le salon, vêtue d'une robe qu'il ne connaît pas. Ce détail attise sa colère.

— Où étiez-vous passée, bon sang !

Léna fixe ses ongles rongés.

— Je vous ai attendue toute la journée, éructe Simon. Ce n'est pas une façon de travailler. Et si vous me faisiez confiance ?

Léna le toise et s'en va. Quel toupet il a ! Il la rudoie, puis exige sa présence, comme un dû. Elle veut tout laisser tomber. Mais qui s'occupera des enfants ? Pendant deux jours, chacun travaille et mange dans son coin. Léna délaisse les rapports pour la commission et Simon doit s'y mettre. Malhabile, il frappe les touches de la machine à écrire avec deux doigts, la tête dans les épaules, jurant à chaque ligne ou presque. Le troisième jour, Léna pouffe en le voyant plié sur l'Underwood comme un bossu. Et ce rire malicieux brise la banquise où leurs cœurs gelaient. Le soir, au moment où Simon s'apprête à prendre congé, Léna effleure sa main. Alors il prend feu, l'attire à elle. Elle se love dans ses bras, répond à son baiser, glisse ses mains au creux de ses

reins. Soudain ils s'arrêtent, se dévisagent, comme s'ils ne s'étaient encore jamais vraiment vus. Elle cherche la clé de sa chambre. Là, c'est elle qui l'attire à lui. Ils basculent sur le lit, s'emmêlent, se démêlent, se déshabillent, se cherchent, se trouvent, jusqu'au plaisir.

Blottie contre lui, Léna suit de ses doigts le dessin de ses lèvres charnues, le tracé de son nez impérieux, de la cicatrice sur sa joue. Comme si elle cherchait à déchiffrer son visage, à l'apprendre par cœur, puis à le réciter, avec des mots qu'il ne saisit pas.

— C'est du polonais ?

— Oui.

— Racontez-moi ce qui s'est passé là-bas.

— Simon, je ne peux pas.

Elle se lance pourtant, le visage à moitié caché par le drap. On dirait une statue qui parle.

— Nous avons dû nous installer rue Sliska, comme tant d'autres familles. Et dès que nous avons été séparés des Polonais par des hauts murs, ce fut l'horreur. La faim, le froid, la maladie partout. Cela nous a transformés : enjamber les morts que l'on recouvrait de papier journal, se battre pour une pomme de terre, bousculer les vieilles personnes dans l'espoir qu'elles lâchent leur ration de la journée, tout cela nous paraissait normal. Nous sommes devenus des loups, tu comprends ? Des loups !

Ému par ce tutoiement, Simon la serre contre lui.

— J'avais dix-sept ans et une terrible envie de vivre. Alors, j'ai volé, j'ai déchaussé des morts, j'ai souri aux policiers juifs pour rester un jour de plus au ghetto. On

racontait tant de choses folles. Des gens mitraillés jetés dans des fosses à l'Est, des femmes tombant sur leurs enfants qui respiraient encore, des bébés achevés à la hache. Et il y avait ces transferts dans des camps. À quoi allait-on employer des nourrissons et des vieillards ? La résistance nous avait renseignés, c'était pire que tout ce que l'on pouvait imaginer…

— Et ta famille ?

— Toujours optimiste, mon père pensait qu'on s'en sortirait. Il donnait des cours aux enfants à l'école du ghetto, lisait les journaux clandestins. Mais il ne mettait plus ses *tefillin*, la foi l'avait quitté. Mes frères cherchaient à s'enfuir ou, au moins, à savoir ce qui nous attendait. On disait qu'à Chelmno, les Allemands gazaient les gens dans des camions bâchés et violaient les filles dans les villages en forçant leurs parents à éclairer la scène. « Pourquoi ? *Dlaczego ?* » répétait ma mère, les yeux brillants de fièvre. Moi, je rêvais de la Palestine, d'oranges juteuses qui jailliraient du désert. Avec mes sœurs, on s'endormait en songeant aux *gefilte fish*, à la hallah nattée du samedi, aux pique-niques de notre enfance, au parc avec mes amies polonaises, car on en avait…

Simon comprend mieux la faim chronique de Léna.

— Pour ma famille, Dieu merci, ce fut rapide. Ma mère est morte du typhus un matin, épuisée par les privations. C'est sa bague que je porte au doigt. Les bijoux étaient interdits, mais elle l'avait gardée. Les soirs de rafle, elle l'avalait et la récupérait aux toilettes le lendemain. Je l'ai ôtée moi-même de sa main déjà froide.

Samuel, le « dandy » comme disent les Anglais, a pris une balle dans la tête alors qu'il ramassait une pomme tombée du sac d'un soldat. Après, les déportations, les « Aktions » ont commencé. Papa, Elek, Anna et Pinka ont rejoint la liste. Comme les enfants de l'orphelinat, nos voisins, tous emmenés par un homme formidable, un certain Janusz Korczak. Moi, j'y ai échappé. Pourquoi ? Je ne sais pas...

Léna se cache le visage dans les mains. Simon se passerait bien de la suite, mais il sent qu'en lui confiant son histoire, elle s'en libère un peu.

— J'ai réussi à m'évader grâce à un policier à qui je plaisais. Il m'a montré un endroit où deux caves reliaient le ghetto au reste de la ville. Quand je suis sortie, les rafales de mitraillette crépitaient dans notre rue. Dans le reste de Varsovie, il y avait des cafés, des boutiques, des gens bien mis. D'un côté du mur, des bébés nus dehors dans le froid, de l'autre, des élégantes en zibeline. J'ai survécu en me cachant, en errant dans les tramways pour me réchauffer, en mendiant. Après tout, j'étais blonde, j'avais la peau claire, je parlais allemand couramment, je pouvais passer inaperçue. Je suis revenue dans mon ancien quartier. Des adolescents étaient pendus aux lampadaires. Sans clés, ni argent, je me suis cachée dans des cages d'escalier. J'ai fini par tomber sur un homme qui achetait ses portefeuilles et ses carnets chez mon père, un monsieur fort convenable, déjà âgé. Il m'a reconnue malgré mes hardes, mon visage écorché et sale. Cet homme a pris tous les risques. Il m'a hébergée dans une chambre de bonne abandonnée, m'a

nourrie en cachette de sa femme, apporté des vêtements et de l'eau pour me laver. C'était courageux de sa part. Quiconque dénonçait un Juif recevait mille zlotys et deux kilos de sucre.

— Certains n'avaient pas perdu toute dignité humaine ?

Les larmes de Léna mouillent l'oreiller. Pour la première fois, elle se sent vraiment nue.

— Oui, il était gentil. Il m'a même apporté un gramophone pour tromper l'ennui de ces heures vides. Quand il m'enlevait mes vêtements, sans se presser, il y avait toujours la musique de Chopin, notre héros national, notre grand compositeur romantique. Aujourd'hui, lorsque j'entends ses *Nocturnes*, ses *Mazurkas* ou ses *Polonaises*, je me revois écrasée par son poids, poussée contre les montants en fer du lit, ses mains sur ma gorge.

Sur ces mots, la jeune femme se retourne contre le mur. Quelques secondes plus tard, son souffle régulier arrive aux oreilles de Simon. Elle s'est endormie ! Réfugiée dans un sommeil d'enfant. Mais pour le jeune homme, la nuit sera longue. Les mots de Léna ont réveillé sa rage et sa tristesse. Il donnerait cher pour corriger le type « convenable » qui nourrissait Léna le jour pour mieux la violer la nuit. Il voudrait gommer de son esprit déportés et fusillés, toute cette abomination qui rend la catastrophe si concrète, si tangible. De la guerre, il n'a connu que les Allemands à Paris et à Toulouse, et les soldats au maquis. En France, l'occupant n'osait pas assassiner les gens en pleine rue, jeter des bébés contre les murs, mutiler les vieilles, même si

son projet funeste, tuer les Juifs loin des regards, s'était réalisé. Il ne lui avait pas parlé des siens, elle n'avait rien demandé. Chacun ses gouffres… C'est en songeant au temps de la rue de Chanaleilles, à cette fille aux yeux d'un bleu d'abîme couchée contre lui que Simon succombe enfin à des rêves qui résonnent comme des promesses. Ils sont tous ensemble, réunis, heureux, la famille de Léna et la sienne.

19

Le réveil dans ses bras paraît un vertige. De peur de rompre le charme, Simon attend en silence qu'elle ouvre les yeux. Au bout d'un moment, elle s'étire et lui sourit, comme si la situation lui semblait naturelle.

— Grosse journée aujourd'hui. Sais-tu que Millau est la capitale du gant ? Tu connais la manufacture Causse et ses ravissantes créations ? À Varsovie, ma mère collectionnait les mitaines. Elle en portait toujours pour préserver la blancheur de ses mains.

Les cheveux en bataille, Simon écoute ahuri ce babil. Des histoires d'accessoires pour leur premier matin ensemble ! Décidément, cette fille capable de passer de l'horreur à la frivolité est insaisissable. Mais il joue le jeu, évoque un site archéologique tout proche, mentionné dans l'un des guides écornés qui attendent en bas les rares voyageurs.

À la mairie de Millau, Simon demande à l'employé s'il connaît des enfants isolés, des « familles déplacées », comme on dit.

— Non, répond le préposé au nez rouge et aux veines violacées qui trahissent l'alcoolique. Tous les réfugiés qui fuyaient le nazisme ont rejoint leurs pays d'origine, monsieur.

L'homme est formel, expéditif. Léna fait discrètement signe à Simon de s'éclipser. Elle s'assoit, sourit au fonctionnaire, fait admirer les gants garance qu'elle s'est offerts le matin même. Une heure plus tard, elle sort du bureau avec un nom. Jean Jarblum, six ans, hébergé au village de Peyre par une ancienne ouvrière à la mégisserie de Millau, Mme Angles. Simon applaudit, attirant l'attention générale dans le hall.

— Ce n'est pas compliqué, Simon. Il suffisait de l'écouter parler, de lui offrir un peu d'attention !

— N'empêche, tu es vraiment douée pour ça. Un vrai Sherlock Holmes !

Il rient tous les deux, complices. C'est vrai, Léna pense à interroger les marchands de journaux, arrêter les facteurs dans leur tournée, se renseigner auprès des cantonniers, des jardiniers municipaux et des concierges. Elle excelle à trouver les introuvables, s'acharne au mépris de la fatigue, encore une rue, une adresse, une piste à explorer. Simon s'impatiente, peine à s'intéresser à tous ces inconnus, ou à faire semblant. À la fin de la journée, pour lui, les visages, les lieux, les pistes se mêlent, se confondent. Léna, elle, persiste, même lorsqu'il pleut et qu'elle boite davantage. Chez cette Mme Angles, elle frappe, impatiente.

— Nous sommes là pour le petit Jean.

— Ah oui… Je vous attendais.

C'est une dame toute menue, aux cheveux courts, mousseux, d'un blanc tirant vers le violet, l'air engageant.

— On me l'a amené il y a un an. Mais ses parents ne sont pas revenus, ils avaient beaucoup de travail à Paris.

L'enfant, un joli garçon, se frotte comme un chat contre sa « marraine ». Lassé de la conversation des « grands », il va jouer avec le chien qui se chauffe au soleil.

— Madame Angles, d'après nos renseignements, ses parents ne vous l'ont pas confié par commodité. Ils étaient recherchés et ont été arrêtés par les Allemands.

— Et pourquoi donc ? demande la vieille dame médusée.

— Parce qu'ils sont juifs, intervient Simon. Pour l'instant, nous n'avons pas réussi à les retrouver, mais…

— Attendez, attendez…

Elle s'extirpe péniblement du fauteuil, s'appuyant sur ses mains abîmées, rougies par le tannage des peaux.

— Vous voulez dire que mon Jean est israélite ? C'est impossible… Il ressemble à tous les autres enfants !

Interdits, Simon et Léna se regardent.

— Et alors ?

— M. le curé nous a toujours parlé des Juifs comme du diable. Et Jeannot n'a rien de diabolique.

— En effet, madame.

— Vous êtes sûrs qu'il est juif ?

Pour un peu, on la sent prête à explorer le corps du garçonnet pour vérifier s'il ne serait pas pourvu de

sabots, d'une longue queue ou de griffes en quelque endroit secret.

— Mais dites-moi, vous qui venez de la ville... Pourquoi les Chleuhs en voulaient-ils tellement aux Juifs ? Il y a forcément une raison. Si vous voulez mon avis, ce n'est pas clair, cette histoire...

Sur le chemin du retour, encadrant un petit garçon sautant de joie, Simon et Léna laissent échapper un ricanement incrédule. Un petit diable... Quelle attitude déconcertante !

L'opération a duré à peine une heure. Un record. Simon et Léna en discutent dans le train qui les mène à Lyon. Comme à son habitude, Simon a sorti ses fusains et immortalise l'enfant retrouvé. Dans chaque dessin, il revit les émotions de la quête, les joies des retrouvailles. Il se concentre sur les traits, capte une expression, la tension de la rencontre s'éloigne. Son portfolio commence à s'épaissir. Tous ces gamins aux regards un peu perdus, méfiants, intrépides, bavards ou muets, expriment à leur façon ces années de guerre, ces cachettes multiples, ces abris de fortune. Simon garde un dessin pour lui, en offre un autre à Jean qui serre contre lui le précieux trophée et disparaît avec son cousin dans la foule de la gare.

Le lendemain, ils sont de retour dans leur zone de recherche. Finalement, ils forment une bonne équipe, le mélange de leurs personnalités leur permet d'avancer. Pourtant, une fois le travail effectué, la jeune femme s'isole. Certains soirs, elle disparaît sitôt son dîner expédié. Simon se retrouve seul, espérant un changement

d'humeur, qui vient… ou pas. Aujourd'hui, d'un regard, elle lui a fait comprendre qu'il pouvait rester avec elle. Leurs étreintes sont passionnées, presque mystiques. L'impression de se fondre dans l'autre, d'être enfin en paix avec soi. Elle l'a guidé en elle avec des mots tendres en polonais, s'est cambrée dans la jouissance. Simon avait l'impression d'étreindre une créature mi-bête mi-femme, d'explorer un pays inconnu, de danser sur un sentiment d'éternité.

Il se réveille en pleine nuit, seul. Elle rentre à l'aube, le visage rougi, les vêtements froissés, les mains griffées, de l'herbe dans les cheveux. Elle se glisse dans le lit.

— Léna… Où étais-tu ? Pourquoi tu t'en vas comme ça ?

Il se love dans son long cou, hume son parfum de santal.

— Tu me rappelles la girafe du zoo de Vincennes de mon enfance. Si fragile et si seule. Ouvre la grille. Laisse-moi entrer dans ta vie.

— Parfois, j'ai besoin de me retrouver dehors, en pleine nature. Tu ne peux pas comprendre. Cela n'a rien à voir avec toi, Simon…

Elle embrasse sa bague avant de s'endormir, un rituel qu'elle a tenté de lui cacher, mais qu'il a remarqué puisqu'il ne cesse de la regarder. Plus tard, sous la courtepointe après les feux du plaisir, Léna se confie encore, comme si l'amour l'aidait à se délivrer de son histoire.

— L'homme a fini par me mettre à la porte.

— Le fameux type *convenable*…

Léna ne cille pas, continue.

— Il craignait une dénonciation. J'ai réussi à quitter Varsovie. Grâce à une femme, j'ai pu me cacher dans la forêt avec les partisans. Il faisait si froid que tout gelait, y compris les oiseaux. Je rêvais de crêpes, d'œufs, des tartes aux myrtilles de ma grand-mère. Je mangeais des glands, des châtaignes, parfois une patate crue quand un paysan avait pitié de moi. J'entendais les explosions, sentais les villages au loin qui brûlaient. J'ai appris à me défendre, à ressentir le danger, comme un animal. Entre les sapins, soûlée de neige, je suis devenue cerf, chevreuil, sanglier, sous les étoiles. Les loups ne m'ont jamais attaquée. Les hommes, si. Plusieurs fois, des paysans chez qui je quémandais du pain m'ont battue.

— Tu as rencontré d'autres réfugiés dans la forêt, des partisans ?

— Parfois, j'entendais leurs pas, comme ceux des patrouilles allemandes qui frôlaient ma cachette, une grotte où j'étouffais et grelottais à la fois. J'enviais les partisans et leurs capsules de cyanure. Mon corps et mon esprit ont gelé. Je rêvais que la guerre était terminée, et que j'étais la seule survivante dans ma tanière. Je clopine car j'ai perdu trois orteils à cause du froid. Je ne pourrai plus jamais danser… Dieu, s'Il existe, m'a éprouvée, mais Il n'a pas voulu de moi dans cette forêt.

Simon lui ferme les lèvres d'un baiser, frictionne ses pieds glacés. Malgré ses confessions, il a l'impression de ne rien savoir de ce qu'elle était avant, dans sa famille, quand l'avenir lui appartenait. Il frotte sa

jeunesse contre la sienne, leurs corps s'apprennent, mais chacun court dans sa nuit, incapable de rejoindre l'autre. Serait-ce différent dans d'autres circonstances ? Il enrage de n'avoir pu la protéger, de rester spectateur de son malheur. Quand il croise les yeux de Léna, deux petites mers, il n'entrevoit qu'un vortex de désespoir. Dans l'insomnie qui suit ses récits terrifiants, son cerveau semble se désintégrer. Alors il fuit dans sa propre chambre, s'abat sur l'oreiller. S'ils s'endorment ensemble, il la trouve rarement près de lui au réveil. Elle marche sans but dans les bois, retrouve des sensations de là-bas, exténuant sa tristesse. Un voile de chagrin les sépare, des phrases suspendues, des mots qui flottent dans l'air. Il la sent si abîmée par ce qu'elle a vécu que cette douleur, en miroir de la sienne, l'effraie. Loin de se dissiper, le mystère grandit.

20

La mairie de Mirepoix leur a écrit. Un M. Courchinet signale la présence d'un Jacob, huit ans, et de sa sœur Gaby, sept ans, dans sa commune. Simon et Léna se pressent vers l'Ariège, cette terre de combats qui défile à la fenêtre du train, avec ses villages perchés, ses routes serpentines, ses vertes vallées. Simon découvre là une autre France, plus âpre que les destinations auxquelles l'ont habitué ses parents : Trouville, Arcachon, Le Touquet. Au maquis, il a déjà approché la nature souveraine, les champs à perte de vue. Mais dans le Tarn, comme en Ariège, il entend souffler le vent de la résistance, celle des gars de « là-haut », et aussi celle plus ancienne des cathares rebelles au joug royal, aux persécutions, aux massacres. Il se plaît sur cette terre fière de son identité. Comme toujours, il a emporté tracts et affiches à l'effigie d'Élie. Depuis peu, il promet une belle récompense à qui le renseignerait sur son sort. Léna l'a entendu parler d'Élie avec Lionel, l'a vu coller ces affiches, mais elle n'a rien demandé. Simon ne partage pas plus son désespoir que son fol

espoir. À Mirepoix, il faut faire du stop jusqu'à Camon, village niché au creux d'un vallon avec ses remparts couleur de soleil, pour rencontrer le secrétaire de mairie qui leur a écrit. Les enfants ont été placés chez un paysan par leur aîné, Hans, capturé à Nice en 1943 et conduit à l'hôtel Excelsior à Nice, le quartier général d'Alois Brunner.

— Allez-y doucement, ici, les paysans sont rudes...

Léna voit le gamin la première. Bruni par l'été, les cheveux rasés, une cicatrice à la base du cou, il les regarde approcher et va se cacher derrière un homme sec comme un sarment de vigne. Selon un protocole devenu familier, la jeune femme s'avance d'abord. Pour ces visites cruciales, elle arbore désormais un soupçon de rouge. Un collier de pacotille acheté sur un marché la rend plus féminine. Est-ce pour amadouer ceux qui peuvent les aider ou à l'attention de Simon ?

— Monsieur, nous venons visiter les enfants dans le besoin. Les Juifs ouvrent des maisons d'accueil. Seriez-vous intéressé pour nous confier les petits que vous avez ?

L'homme les invite à entrer, prend son temps avant de répondre.

— C'est qu'ils nous ont coûté beaucoup d'argent...

Léna s'adresse à Jacob, qui balbutie quelques phrases de français. Quand elle lui parle en yiddish, le petit semble s'éclairer de l'intérieur. Des Juifs allemands... Son frère a dit qu'il viendrait les chercher, mais ils n'ont vu personne. Ils ont écrit aux parents, des forains qui

vivaient rue Belliard dans le XVIIIe arrondissement de Paris, mais la lettre est revenue, ils n'y habitaient plus.

— Ils mangent beaucoup, ces minots. Heureusement, leur frère a laissé en gage les alliances de ses parents.

Pendant que Simon oriente la conversation sur le transfert des enfants à Paris, Léna part avec Jacob chercher sa petite sœur. Gaby furète dans le poulailler, jouant entre les volatiles, ramassant les œufs encore tièdes. Joyeuse, mais sale comme un peigne, les bras et les jambes croûtés de terre, les cheveux tressés de foin.

— On a bien pris un bain, il y a un mois, explique Jacob à Léna qui s'en inquiète. Mais avec la chemise.

Quand elle revient dans la cuisine, les enfants à ses basques, le ton est monté. L'homme refuse de voir partir ses pensionnaires sans dédommagement, malgré les bijoux qu'il entend garder.

— Je vous offre trois mille francs, monsieur Lebrun.

— Non. Je veux mille dollars. Vous êtes américains, non ?

— Réfléchissez, nous reviendrons demain.

Le soir, Simon téléphone à Lionel.

— C'est bien au-delà de nos moyens, tonne Lionel. Il est fou ce type, il nous prend pour l'Oncle Sam !

— En plus, il a fait trimer les gosses gratuitement pendant deux ans.

— On va appeler les gendarmes. Pas question de créer un précédent.

— Non, je vais payer, conclut Simon. Ce n'est pas important.

Simon a chargé l'oncle Maurice de vendre la Packard de ses parents. Parfaitement entretenue, rutilante, elle a vite trouvé acquéreur, un Anglais de l'avenue Bosquet habitué à soigner ses rhumatismes l'hiver à Cannes. Se séparer de cette voiture lui a fendu le cœur. Que de souvenirs dans la Packard ! Les mains manucurées de son père sur le volant, les départs en vacances, les expéditions au bois de Boulogne où Henri Mandel asseyait Simon entre ses jambes pour lui apprendre des rudiments de conduite. Un jour, Simon avait fait une embardée pour éviter un canard, le volant avait échappé à son père et l'automobile avait fini contre un arbre. Plus de peur que de mal. Marguerite n'avait pas trouvé cela drôle, mais Lucien et Madeleine avaient brocardé tout l'hiver les dangereux chauffards !

Cette fois, c'est Léna qui accompagne les enfants à Paris. Il la revoit sur le quai, un sourire troublant aux lèvres. Elle s'est imposée à lui, et il doit s'avouer qu'il a besoin d'elle, de sa présence si discrète, de ses mains sur lui. Ressent-elle la même chose ? Comment le saurait-il puisqu'elle ne dit rien ? Habitué aux amours faciles, à des filles aux décolletés aguichants qui s'offraient sans rien exiger, avec une vulgarité qui l'excitait, Simon voit cette femme et l'ascendant qu'elle prend sur lui comme une énigme, parfois une souffrance. Il ne pourra plus oublier sa hâte fébrile, sa façon de souffler son prénom sur l'oreiller, la brûlure de son plaisir. Ces trois jours lui semblent une éternité. Quand Léna revient, chargée de nouveaux dossiers, les cheveux plus courts, elle virevolte, radieuse de le retrouver. Elle lui tend

un cadeau, une boîte de gouaches avec plus de cent coloris. Ils s'amusent à presser quelques tubes. Bleu de Prusse, noir d'ivoire, violet persan, jaune de Naples. Les couleurs sont déjà un voyage.

— Ce sont des Linel ! s'enthousiasme Simon. Matisse les utilise pour leur aspect velouté, leur rendu profond et intense.

— Eh bien, sourit Léna, tu n'as plus qu'à peindre des chefs-d'œuvre !

Le soir venu, elle lui raconte ses journées parisiennes.

— Lionel nous a félicités, il est très content du travail effectué. Les dépisteurs ont trouvé dix-sept enfants en dix mois. Avec six à notre actif, nous sommes en tête !

Simon sait pourtant qu'à Paris l'inquiétude règne. Malgré les efforts des gars, des enfants restent introuvables dans certaines régions. Des semaines se passent sans le début d'une piste. « Rien à signaler dans cette commune rurale » ou « Pas de familles israélites connues dans la région », ces formules lapidaires ponctuent trop de courriers. Les enquêtes s'embourbent, les services de l'État semblent dépassés. Les demandes d'adoption en France, comme aux États-Unis, au Canada ou en Palestine, stagnent ou régressent. Beaucoup de familles appréhendent d'accueillir un enfant traumatisé, ensauvagé parfois, par la guerre et l'absence de ses parents.

Par Lionel, Simon savait aussi que lorsqu'un parent revenait par miracle, il ne ressemblait plus à celui que l'enfant avait connu. Il avait maigri, vieilli, son caractère avait changé. Les retrouvailles étaient souvent tendues, teintées d'incompréhension mutuelle. Pour un père tout

juste rescapé d'Auschwitz, le séjour forcé de son fils à la campagne pouvait ressembler à des vacances. L'adulte mesurait mal la solitude et le désespoir de ces enfants ballottés de gauche à droite, et les petits en voulaient parfois au parent survivant, lui faisant payer l'absence assassine de l'autre, celui qui avait été tué, qui n'avait pas eu la chance de revenir.

En ce printemps 1946, le climat politique est effroyable. L'épuration s'est arrêtée en route, certaines voix n'hésitent plus à regretter les nazis. En mars, on a ainsi pu lire « Chassez les parasites juifs » ou « Hitler s'est vengé en nous donnant les Juifs » sur les murs du métro parisien. Arrêté à la Libération, l'écrivain d'extrême droite Maurice Bardèche qualifie les chambres à gaz d'« admirable montage technique » sans qu'on s'en émeuve.

Simon frissonne de frustration et de colère. Lors d'une cérémonie en mémoire des avocats à la cour de Paris, à laquelle participaient son oncle Maurice et sa tante Béatrice, on n'a pas prononcé une seule fois le mot « israélite », alors que tant d'avocats juifs ont été chassés, dénoncés par des confrères peu scrupuleux, déportés, fusillés comme otages… Pour une partie des Français, les Juifs sont des planqués, des ingrats, certains ont même profité de l'Occupation pour s'enrichir ! C'est à n'y rien comprendre, à vomir. Simon se ferait un plaisir de leur casser des dents, mais il doit bouffer des kilomètres en Gascogne… Et compter sur ses seules forces pour mener ce nouveau combat. Meurtrie, ébranlée dans ses convictions, réduite à quelques survivants

hébétés, la communauté juive ne riposte pas. Il ne faut surtout pas se faire remarquer, exhiber sa douleur. Simon bout de cette révolte qui l'habite depuis le début de la guerre, ce sentiment d'abandon et d'injustice.

21

Lionel les contacte souvent. Il recrute de nouveaux dépisteurs, tient chacun au courant des avancées des autres, fédère les énergies. L'argent arrive régulièrement des États-Unis, ce qui facilite leur tâche. Il demande toujours à parler à Simon, sans soupçonner une seconde ses liens avec Léna. Un legs des années scoutes où la plus grande pudeur régnait dans la troupe comme chez les moniteurs. Simon ne se confie pas davantage. La seule personne à laquelle il aimerait parler de Léna s'appelle Madeleine.

Ce matin-là, Belette a le ton grave.

— On m'a signalé un cas près de Saint-Affrique, dans le Rouergue. D'après les services sociaux, ce n'est pas beau à voir. Prends le temps qu'il faut.

Simon refuse que Léna l'accompagne. Lorsqu'il la regarde à la dérobée au cours de leurs soirées studieuses, elle lui paraît si fatiguée, si frêle, si nerveuse. Il sait qu'elle pleure lorsqu'elle se retrouve seule la nuit. De longs sanglots qui lui parviennent comme étouffés. Le matin, ses yeux sont comme des lacs desséchés. Il

espère qu'elle se reposera, mais rien n'est moins sûr, car elle passe son temps à étudier les cartes, mesurer les distances, engranger les renseignements, même les plus étranges. C'est elle qui lui a parlé de la région, du fromage de roquefort, des brebis de race Lacaune qui paissent sur le causse, du paysage de canyons rouges qu'il va croiser sur la route du château de Montaigut. Elle annote ses fiches d'une écriture fine et serrée, prend son travail très, trop à cœur. Que deviendra-t-elle une fois leur mission terminée ? Ils n'ont jamais évoqué l'avenir.

Arrivé au bourg de Sylvanès dans la voiture prêtée par le propriétaire de la pension, Simon se gare devant l'abbatiale. Première étape, le café. C'est souvent là qu'on glane les meilleures informations.

— Vous allez chez le père Coulette ? Eh bien, bonne chance ! Une sacrée caboche, celui-là !

Le vieux à qui il a payé un verre en cracherait presque de dégoût.

— Un salaud, si vous voulez mon avis.

Le voilà prévenu ! Pourtant, vue du portail, la ferme Coulette semble accueillante, avec ses géraniums aux fenêtres et son fauteuil en paille sous le tilleul. Mais Simon se méfie. D'après les services sociaux, on a souvent vu la petite Becky couverte de bleus. Il y a quinze jours, elle errait même dans un champ, en guenilles. Au moment où il se décide à entrer dans la propriété, une guimbarde surgit dans un nuage de fumée. En sort un homme à la mine renfrognée.

— Je n'achète rien, ce n'est pas la peine, lance le conducteur sur un ton presque menaçant.

— Monsieur Coulette ?

— Et vous lui voulez quoi, à Coulette ?

C'est mal engagé. Simon s'efforce de sourire et lève une main comme un drapeau blanc.

— Je m'appelle Simon Mandel. Je suis ici au sujet d'une Rebecca Ledermann.

— Ah, la traînée ! Ne m'en parlez pas...

Simon s'avance. À 11 heures du matin, l'homme sent déjà l'alcool. Une profonde fossette lui tranche le menton. Un visage aussi mauvais, c'en est presque fascinant.

— Cette petite garce, le jour où je l'ai recueillie, j'aurais dû me casser le bras.

Simon va répondre mais le type enchaîne.

— C'est Évelyne, ma femme, qui a insisté. Elle s'inquiétait, paraît que ses parents avaient dû repartir à Aurillac. J'aurais dû me méfier, une citadine, c'est les emmerdes assurées. Et même pas fichue de bosser avec ça... Quand Évelyne a été opérée, la gosse n'a pas voulu aider à la ferme. Et le mois dernier, ç'a été le pompon. Alors j'ai dû sévir, il faut leur apprendre, hein ? On ne peut pas leur laisser tout faire. Comme si je n'avais déjà pas assez de soucis avec Évelyne et ses histoires de tuyauteries. Les bonnes femmes, je vous jure... Faudrait jamais les écouter !

Simon élève la voix.

— Je ne comprends rien à vos histoires, monsieur. Je peux voir l'enfant ?

— Si vous voulez, répond le type, soudain dégrisé. Mais il n'y a pas grand-chose à voir, je vous assure.

Simon suit l'homme jusqu'à une sorte de clapier, sans lapins. Le sol est glissant de paille souillée. Le fermier sort un trousseau de clés. Le local est si bas qu'il doit s'agenouiller pour y pénétrer.

— Viens, toi... Mais viens donc, saleté !

Un gémissement, comme un vêlement. Simon bouscule le type, ouvre la porte en grand et découvre un spectacle effrayant dans la demi-pénombre. Une fillette de sept ou huit ans, retenue par une courte corde. Ses vêtements sont déchirés. Quand elle se retourne, les prunelles dilatées par la terreur, Simon aperçoit sa pommette sanguinolente. Sous les chairs violettes, l'os affleure. Il en a un haut-le-cœur.

— Mais qu'est-ce... Détachez-la ! Détachez-la tout de suite !

— Ah çà, pas question ! Pour qu'elle refoute le feu à la grange ? J'en ai perdu du bien, moi !

L'homme balance un coup de pied vers la petite qui tire sur la corde, recroquevillée sur elle-même.

Le poing de Simon le cueille au menton, juste à l'endroit de l'étrange fossette. Cela produit un petit son sec, très satisfaisant à l'oreille, un bruit de noix cassée. Sonné, le paysan se rue à son tour sur lui. L'enfant se met à hurler. Le fermier est costaud, mais Simon a pour lui sa jeunesse, sa rage et ses années de boxe. Après une avoinée de coups de poing, il l'immobilise en s'asseyant sur lui.

— Vous êtes dingue ! Ce n'est pas un animal. Qu'avez-vous fait à cette enfant ?

— Je lui ai filé une correction mémorable. Ça lui apprendra à s'attaquer à la propriété des honnêtes gens.

— Je vais la détacher et vous nous laisserez partir, sinon j'appelle les gendarmes ! Vous sortez et m'attendez dehors. Pas un geste, vous m'entendez ? Je suis armé.

Coulette crache, fixe Simon, semble réfléchir. Son corps se relâche, il abdique sous le poids du jeune homme.

— D'accord.

Cette histoire d'arme, c'est tout ce que Simon a trouvé pour calmer ce sauvage. Il reprend son souffle et se tourne vers Rebecca.

— Tout va bien, je suis là, chuchote-t-il à la gamine dans un état second.

De près, sa blessure est encore plus laide. L'œil est injecté, vitreux, vide, la pommette, incrustée de terre et de brins de paille, la bouche, à moitié édentée.

Sans un regard pour son bourreau, Simon la porte jusqu'à la voiture. Elle ne pèse rien, sac d'os et de sang caillé. Des poignets entaillés par la corde, des bras comme des brindilles et des côtes si fines qu'elles vibrent sous les coups d'un cœur affolé. Depuis quand n'a-t-elle pas pris un vrai repas ? Les yeux de Simon s'embuent. Comment peut-on se comporter ainsi ? Élie est-il aussi passé par ce calvaire ? Certains enfants cachés ont été maltraités, abusés, il le sait. Mais c'est la première fois qu'il s'occupe d'une fillette battue. Qu'est-ce que cette

ordure lui a fait subir pour qu'elle brûle une grange ? Ravalant ses larmes, il emmène la martyre à l'hôpital. Jusqu'à Millau, la fillette ne décroche pas un mot. Elle dort comme une morte.

22

À l'hôpital, les médecins sont pessimistes. Rebecca perdra sans doute un œil, tant on a tardé à la soigner. Il faut opérer la pommette, des nerfs sont lésés. Et une vilaine plaie infectée barre son dos, sans doute un coup de fourche.

— J'ai envie de le tuer, hurle-t-il au téléphone lorsqu'il arrive à joindre Lionel. Elle a été tellement tabassée qu'elle en est muette.

— Je t'avais prévenu, répond Lionel, imperturbable. Les services sociaux nous avaient alertés.

— Mais ce type va s'en tirer comme ça ? On lui retire l'enfant et c'est tout ?

— Oui. Ne t'inquiète pas, on va lui trouver de l'aide. Fais-nous confiance.

— Mais tu ne te rends pas compte ! Elle restera sans doute borgne… Que va-t-elle devenir ?

— L'État va mener une enquête. Tu as fait ton boulot. Tu peux être fier de toi. Maintenant, rentre. D'autres dossiers t'attendent.

Simon désobéit. Il reste à Millau pour attendre les suites de l'opération de Rebecca. Chaque jour, il lui apporte des cahiers, un drôle de chapeau, des friandises. Il est encore présent quand une fonctionnaire de la protection de l'enfance vient l'interroger, avant de l'emmener. Tout doucement, il la pousse vers la dame.

— Au revoir, ma Becky.

La fillette le regarde, candide et reconnaissante. Il n'a toujours pas entendu le son de sa voix, mais elle se laisse approcher par la femme qui la prend par la main avec précaution.

— Dis au revoir au monsieur, ma chérie.

Un rictus, un hochement de tête, et Rebecca Ledermann s'en va, les cadeaux de Simon dans un petit sac. Il la regarde s'éloigner, puis saute dans sa voiture. Il conduit comme un fou en direction de Toulouse. Léna, à qui il n'a rien dit de ce drame, l'attend dans une pension du centre-ville, rue Valade, à côté de l'église Saint-Pierre-des-Chartreux, près des quais. Pas question pour lui de revenir dans le secteur de la rue des Couteliers, dont le souvenir le bouleverse. Toulouse garde quelque part en elle la trace de sa famille. Il hume l'air de la Garonne, reconnaît le paysage étagé d'immeubles rouges et de tours capitulaires. Comme toujours, les briques blondes, les toits d'ardoise dans le ciel mauve le captivent. La ville entière prend la couleur d'un vieil or.

Dans la lumière diaphane du soir, Léna lit au salon, gracieusement installée sur une bergère. Il se précipite, incapable de maîtriser son émotion. Becky, les alentours si familiers, la jeune femme, cela fait beaucoup…

Léna sursaute, mais il s'agenouille, pose sa tête sur ses jambes.

— Si tu savais… C'était horrible…

— Je t'attendais, murmure Léna en lui caressant les cheveux. Comment ça s'est passé ?

Simon lui raconte le sauvetage de la petite, son corps martyrisé, son œil vide, les poings de la brute, l'hôpital. Plus tard, pour la première fois, il évoque à voix basse la vie d'avant, ses parents. Henri et son amour de la famille, la grâce et la fluidité de Marguerite en toutes choses, Madeleine et son courage surhumain, l'aura bienfaisante et protectrice de Lucien. Contenant ses larmes, il décrit Élie, ce garçonnet paisible, passionné par les animaux et par le dessin, comme lui. Élie, ni mort ni vivant, fantomatique dans un no man's land de malheur. Il achoppe sur les mots, incapable d'assigner un sens à cette tragédie. Léna le relève tendrement, le prend par le bras, l'emmène au lit. Elle le déshabille et caresse sa cicatrice.

— Simon, je suis là.

Le jeune homme se calme peu à peu, répond à ses caresses, enveloppé par ce corps qu'il tient enlacé. Il éprouve une joie pure, celle de l'amour qui pénètre son âme. Pour la première fois, Simon s'avoue que cette femme le rend plus fort, heureux. Elle détient les clés de son cœur comme de son histoire. Il est soulagé d'avoir pu lui parler d'Élie. Un jour, ils parviendront à pleurer ensemble leurs disparus, à se réconforter. Cette nuit-là, Léna se livre corps et âme avec une intensité nouvelle, certaine qu'il n'y a plus de secret possible entre eux.

Plus tard, elle reprend le fil de son récit, poussée elle aussi par l'urgence de raconter.

— À la fin de la guerre, j'ai voulu rentrer chez moi, même si j'avais peu d'espoir de retrouver ma famille vivante. Je n'ai reconnu personne, j'étais de trop, une anomalie, une Juive qui avait échappé aux Allemands.

Elle s'arrête, puis reprend :

— Le magasin était détruit, notre logement, occupé. Un océan de ruines. Les Polonais entraient partout, se servaient, pillaient ce qui restait. On m'a chassée. On ne voulait de moi nulle part. Par un survivant, j'ai appris que Jacob avait tenté de s'évader du ghetto et qu'on l'avait tué d'une rafale de mitraillette. Moïse, lui, avait pris les armes pendant la révolte. On n'a jamais retrouvé son corps. Quant à ceux qui ont été envoyés dans les camps… J'étais la seule rescapée d'une lignée décimée. Je me sentais étrangère, intruse dans mon propre pays. Alors j'ai quitté la Pologne et j'ai marché cinq mois pour atteindre Paris.

— Mais c'est fou ! Dans quel état étais-tu ?

Simon est abasourdi. Léna, si frêle, capable d'un tel exploit !

— Je pesais quarante kilos, j'ai attrapé la tuberculose. Cinq mois en sanatorium. La France n'était qu'une étape, je voulais aller en Palestine. Je n'ai jamais vu la mer, cela me semblait une raison suffisante de vivre. Il me fallait rompre avec cette vieille terre où l'on pouvait nous mener à l'abattoir. La Pologne deviendrait un jour *Judenrein*, sans Juifs. Tu sais, les pogroms et les assassinats n'ont pas fini avec les Allemands.

— Mais alors, comment t'es-tu retrouvée dépisteuse ?

— J'avais fréquenté les jeunes sionistes à Varsovie. Je suis allée voir le groupe Hachomer-Hatzaïr, pour qu'ils m'aident à émigrer en Palestine… Mais avant la Terre promise, ils avaient besoin de moi.

Léna ferme les yeux, rompue. Ce nouvel aveu l'a éprouvée tant elle accorde difficilement sa confiance, mais elle y tenait pour sceller un amour, la fin des mensonges, des faux-fuyants. S'ils doivent vivre quelque chose ensemble, il doit tout savoir d'elle, ou presque. Elle rêve éveillée aux oliviers de Galilée, à un monde meilleur là-bas, de l'autre côté de la Méditerranée. Simon ne la suit pas dans ces contrées. Dans sa famille, on ne parlait guère de la terre d'Israël, ce pays imaginaire où les Juifs seraient fermiers et soldats. On se contentait de collecter de l'argent lors de dîners de bienfaisance très rasoir. De toute façon, les Anglais n'autoriseraient jamais les Juifs à se rendre en Palestine. Et l'hostilité des pays arabes serait un obstacle de plus. Pourtant, cette nuit-là, Simon s'endort lui aussi dans le parfum des vergers. À Toulouse, cette ville qu'il aime tant, ils se réchauffent l'un à l'autre, reprennent des forces dans leur bulle. Ces moments de répit leur sont précieux. À mesure qu'ils progressent dans leur mission, les pistes se font plus vagues, les enquêtes plus longues. Les enfants cachés pendant la guerre le restent après. Les dépisteurs se heurtent à des refus, des difficultés de tous ordres. La guerre s'éloignant, on se montre plus méfiant. « Quel est votre intérêt à récupérer ces gosses ? leur demande-t-on de plus en plus souvent. Où les emmenez-vous ? »

Simon et Léna cherchent souvent leurs mots. Difficile de faire comprendre que ces enfants orphelins doivent selon eux connaître le judaïsme de leurs parents et le vivre en communauté avec d'autres, ou avec le peu de famille qu'il leur reste. Parfois aussi, c'est vrai, la greffe tant espérée ne prend pas, comme Ferdinand l'a raconté à Simon lors d'une réunion à Paris. Retrouvé en Vendée et remis à une cousine de sa tante, un petit garçon a confié qu'il se sentait de trop dans son nouveau foyer. En mémoire de sa mère, cette cousine s'est sentie obligée d'accueillir l'enfant, mais elle-même maman de trois enfants, elle échoue à l'aimer comme il le faudrait.

— J'ai revu le gosse. Il se tient à l'écart, ne joue pas avec les autres. Il ne reçoit pas le même goûter que ses cousins… Tu te rends compte ?

L'enfant aurait-il été plus heureux en restant dans sa famille d'adoption vendéenne ? La commission s'interrogeait forcément et les avis étaient partagés. Certains gosses refusaient de quitter le foyer qui les avait hébergés en temps de guerre. Simon avait entendu parler d'un Roland de douze ans, repéré à Besançon. Il vivait avec une famille, serein, épanoui. Il avait même pris leur nom ! Une lointaine cousine américaine avait joint Paris pour le récupérer, mais Cincinnati était bien loin et la procédure avait duré plus d'un an.

« Pas question de quitter maman, avait protesté le gamin. Je suis bien là où je suis. Je ne veux pas aller en Amérique. D'ailleurs, cette bonne femme, elle n'en veut qu'à mon argent. »

Les parents de Roland possédaient en effet une cimenterie en Normandie et, comme ils n'étaient jamais rentrés de Pologne, le bien revenait au petit. Cette histoire, qui embarrassait la cellule à Paris, avait provoqué la première véritable dispute entre Léna et Simon. La conversation avait pourtant débuté de manière anodine. Après tout, ils ne s'étaient pas occupés du petit Roland, mais Léna s'était vite échauffée...

— C'est inadmissible de le laisser dans cette famille. Il doit retrouver les siens.

— S'il se sent choyé dans un foyer qui veut même l'adopter, il est normal qu'on l'écoute, non ? Après tout, il a atteint l'âge de raison...

— Mais il doit rester juif, ses parents sont morts précisément à cause de cela. On les assassine une seconde fois !

— Vaut-il mieux pour lui grandir dans un orphelinat juif ou dans une famille aimante ? s'interroge Simon. Il a déjà été déraciné une fois.

Les yeux rouges, les cheveux fous, Léna a explosé, crachant du feu comme un dragon.

— Tu ne comprends rien à notre mission, alors ! Cet enfant nous remerciera plus tard. Nous agissons pour son bien et celui de nos coreligionnaires. On ne peut pas s'arrêter à un cas particulier. Ces enfants n'ont plus de parents, plus de racines, parfois ils ont perdu leur langue maternelle, le yiddish. C'est notre devoir de les aider à se reconstruire...

Et de quitter la pièce en claquant la porte. Pour la première fois, Simon entrevoit une autre facette de la

personnalité de Léna, péremptoire, intransigeante, qu'il n'aime pas. Est-ce la chaleur implacable de cet été 1946 qui joue sur ses nerfs ? À Toulouse, même la Garonne semble souffrir de la canicule, et sur les quais, on se rafraîchit comme on peut. Les cafés de la place Saint-Pierre sont pris d'assaut, le pont suspendu qui la relie au quartier Saint-Cyprien est noir de monde. Simon va y faire un tour pour se calmer. La cité rayonnante et ses sobres façades du XIXe siècle, ornées de motifs en terre cuite, de niches et d'arcs en plein cintre, ne parviennent pas à l'apaiser. La fureur de Léna, son inquiétude chronique l'obsèdent. Elle va encore vadrouiller une partie de la nuit et il dormira seul, une fois de plus. Les nouvelles de Pologne n'arrangeront pas les choses… À Kielce, seize mois après la libération d'Auschwitz, un véritable pogrom avait eu lieu. Les villageois accusaient les Juifs de la disparition d'un petit garçon. La foule avait lynché, massacré dans les rues de la ville. Un vent de panique s'était levé chez les survivants qui ne savaient où se réfugier. Léna avait-elle tort de considérer la Palestine comme une terre d'accueil pour tous les persécutés ?

Au petit-déjeuner, elle s'est calmée. Elle lui effleure le cou d'un geste tendre. Comme cet homme lui plaît ! Il lui a plu dès le début, mais elle avait tellement peur de lui, de son jugement ! Elle n'a jamais rencontré quelqu'un qui lui ressemble. En Pologne, les garçons qui gravitaient autour d'elle et de ses sœurs étaient soit très religieux, absorbés dans les textes saints, bundistes préparant la révolution ou sionistes sur le départ. Elle

ignorait qu'on puisse être juif à la manière de Simon, si fier de son héritage et de son pays à la fois. Simon réprime un mouvement d'humeur, préfère enterrer l'incident.

Ce matin, ils se rendent aux Minimes, aux limites de la ville, dans un couvent où l'on a caché des fillettes. Dès 1942, l'Église catholique avait protesté contre les rafles. Le fameux texte de Mgr Saliège avait été diffusé dans la région, repris par *La Semaine catholique*, le bulletin religieux du diocèse de Toulouse, lu dans toute la zone Sud et édité clandestinement par les cahiers de *Témoignage chrétien*. Mgr Théas, à Montauban, et Mgr Moussaron, à Albi, avaient eux aussi fermement dénoncé l'antisémitisme de Vichy. Devenu cardinal, l'archevêque de la Résistance que de Gaulle appelait « Monsieur de Toulouse » avait récemment reçu l'ovation de vingt mille personnes, place du Capitole.

— Bonjour, nous avons rendez-vous avec la mère supérieure.

Pour l'occasion, Léna a enfilé une robe jaune qui lui va à ravir et pris soin de cacher ses bras, son décolleté, de natter ses cheveux. Elle ressemble ainsi à une pensionnaire modèle.

— Un mois pour obtenir ce rendez-vous et il faut encore attendre une heure ! maugrée Simon.

— Les religieuses doivent être occupées, réplique Léna dans un grand sourire.

On les escorte enfin le long d'un couloir sombre jusqu'à une pièce haute de plafond et très fraîche. Une bonne sœur habillée de gris leur tourne le dos.

— Bonjour, ma mère, lance Simon.

La religieuse ne se retourne pas. Léna toussote. Après un temps qui paraît infini, la vieille dame pivote sur ses jambes. Une immense croix barre sa poitrine.

— Nous venons pour deux petites, Henrietta et Recha, qui vous ont été confiées.

— Qui vous a donné notre adresse ? réplique la religieuse, exaspérée.

Elle plaque des mains nerveuses sur le bureau mouluré. La lueur du chandelier éclaire de biais ses traits inquiétants.

— La mairie, madame, répond Léna, qui s'est redressée pour dominer la mère supérieure.

Simon la regarde, étonné par sa posture, comme par ce « madame », bien déplacé.

— Eh bien, vous ne pouvez pas les voir. Elles sont occupées.

La mère supérieure saisit un dossier et le feuillette ostensiblement, l'entretien semble clos.

— Très bien, répond Léna. Quand pourrons-nous revenir ?

— Demain ! assène la religieuse.

Le lendemain les trouve de nouveau devant la grille du couvent. Simon a eu le temps de visiter Saint-François-de-Paule, toute proche. Seul, car Léna grimace à la vue d'une église.

— Le dimanche, après la messe, les Polonais étaient plus agressifs. Ils battaient les passants, balançaient des pierres contre notre appartement au rez-de-chaussée,

en nous traitant d'« assassins du Christ ». Alors, tu sais, la charité chrétienne…

Une nouvelle fois, Simon mesure leur différence. Beaucoup d'amis catholiques de ses parents fréquentaient l'église Saint-François-Xavier, à deux pas des Invalides, ou le temple de l'Observatoire, rue Saint-Honoré. À Noël et à Pâques, on échangeait cadeaux et chocolats en toute simplicité. La religion ne séparait personne, on avait assez de sujets de conversation pour ne pas aborder la foi et les rites des uns et des autres.

Au couvent, le scénario de la veille se renouvelle. On les fait patienter une heure avant qu'une sœur chapeautée d'une magnifique cornette ne vienne à leur rencontre.

— Je suis désolée. Les petites chantent à la chorale, elles répètent pour la fête de la Sainte Vierge.

— Ce n'est pas grave, réplique Léna sans se démonter, nous les attendrons.

Deux heures plus tard, devant une mère supérieure encore plus glaciale que la veille, Simon s'étonne du silence opposé à ses courriers concernant les petites Henrietta et Recha. Ces deux Juives allemandes avaient été conduites au couvent par leur frère arrêté peu après avec une fausse carte d'identité au patronage de la rue des Rosiers, à Paris. Leurs parents avaient disparu en Allemagne à la déclaration de guerre.

— Il faut nous comprendre, martèle la religieuse, nous protégeons aujourd'hui ces enfants comme nous l'avons fait pendant les années noires. Jeune homme, vous semblez oublier nos actions, qui parlent d'elles-mêmes.

— Croyez bien, ma mère, assure Simon, à toute notre reconnaissance. Mais la guerre est terminée et la situation, bien différente.

— En effet. Ces enfants étaient de race juive, elles ne le sont plus. Elles ont suivi notre enseignement avec ferveur.

À ces mots blessants, Léna se lève comme un ressort.

— Il n'y a pas de race juive, vous êtes mal informée. Et de quel droit prétendez-vous disposer de leurs âmes ?

Blême sous son voile, la mère supérieure se retire pour revenir un peu plus tard avec deux enfants ravissantes, en chasuble grise, qu'elle laisse seules face aux dépisteurs. Léna et Simon peuvent alors engager la conversation avec Recha et Henrietta. Elles sont arrivées une nuit au couvent, il y a presque cinq ans. Seule l'aînée de douze ans se souvient de son grand frère. Simon tait que ce dernier a été fusillé comme otage au mont Valérien en décembre 1941, avec un certain Gabriel Péri, ancien député communiste et journaliste à *L'Humanité*, que son copain Jacques adulait. Comment dire l'horreur à des enfants ? À Paris, Simon saurait peut-être, mais ici, il ne trouve pas les mots, intimidé par cette splendeur de fillettes aux yeux en amande, à la bouche rose comme un bonbon. Roide, un missel à la main, la plus jeune agrippe la main de son aînée, inquiète elle aussi. Les deux jeunes gens les rassurent et promettent de revenir les jours suivants.

— Pourquoi as-tu bondi quand la mère supérieure a parlé…

— … de la « race juive » ? coupe Léna. Avant le ghetto, à l'école, j'ai dû passer des examens pour voir si j'appartenais bien à cette « race ». On m'a auscultée, nue… Une humiliation. On m'a même fait ouvrir la bouche, comme un cheval. Jamais plus un tel affront, tu m'entends ?

Simon l'attire à lui, l'embrasse, puis tient entre ses mains ce visage nacré, anguleux.

— Léna, ne te mets pas dans ces états…

Mais il est impuissant à apaiser cette tension qui l'électrise. Il préfère se retirer, écrire à Lionel pour prendre conseil. Avec l'Église catholique, en cette année 1946, il faut désormais se montrer prudent. À l'euphorie de la fin du conflit a succédé une période de crispation. Le nonce apostolique de France a demandé à la hiérarchie catholique de louvoyer, de temporiser, d'éviter de confirmer par écrit l'existence d'enfants juifs captifs, bien souvent baptisés à l'insu de leurs parents. Les prêtres n'entendent plus rendre systématiquement ceux dont ils ont assuré la survie pendant la guerre. Et lorsque la police s'en mêle, elle trouve souvent l'endroit vide. Des gosses passent ainsi de couvent en institution religieuse, comme pendant la guerre. Ils ne sont pas les seuls. Miliciens et collabos les plus recherchés trouvent aussi asile auprès de prêtres complaisants. L'opinion et la presse s'émeuvent d'un « complot des soutanes ».

Au final, il a fallu l'intervention de l'évêque pour qu'un matin la mère supérieure accepte de lâcher les fillettes. Les mains crispées sur son scapulaire, elle

refuse de saluer Léna et Simon, mais s'agenouille près des petites.

— Surtout, n'oubliez pas vos prières, les enfants. Rappelez-vous notre cantique : « Jésus à jamais dans nos cœurs… »

— C'est promis, répondent-elles d'une même voix.

Sans un mot, Léna et Simon emmènent Recha et Henrietta. La grille franchie, ils poussent un soupir de soulagement. Jusqu'au dernier moment, ils doutaient de remporter une telle victoire. Le soir, ils emmènent les deux filles au restaurant pour fêter ça. Ils rayonnent, fiers d'avoir trouvé deux enfants de plus.

Elles partiront demain pour Paris, puis à Jouy-en-Josas, dans la maison scoute. Pour l'instant, elles dorment dans la pièce à côté.

23

Le lendemain, la propriétaire de la pension frappe à la porte.

— Il y a le téléphone pour vous, monsieur Simon.

Il laisse Léna endormie, recroquevillée à l'autre bout du lit. Les cauchemars ne la laissent pas en paix, même quand ils dorment ensemble. Parfois, elle lui donne des coups de pied dans son sommeil, hurle en polonais. Il la rassure tant bien que mal et elle replonge tandis qu'il reste à côté d'elle, le cœur battant d'avoir été réveillé en sursaut. Ses souvenirs barbelés s'immiscent toujours entre eux.

— Simon Mandel ? C'est sœur Perpète.

Le cœur du jeune homme bondit. Sœur Perpète, la religieuse au rire contagieux de Notre-Dame-de-Massip à Capdenac avec qui il avait sympathisé. Il lui avait écrit, l'informant régulièrement de ses démarches pour Élie.

— Écoute, j'ai peut-être une piste pour toi.

Simon se pince pour vérifier qu'il ne rêve pas.

— On a repéré plusieurs enfants juifs dans des familles ayant des liens privilégiés avec l'Église. Je me

suis renseignée, discrètement. Parmi eux s'en trouve un qui vivait à Toulouse pendant la guerre. Les âges concordent. Cela vaut le coup d'essayer, tu ne crois pas ?

Et comment ! Enfin une piste tangible ! Depuis l'hôpital, il n'attend que cela, pouvoir serrer dans ses bras un des siens. Presque deux ans qu'il souffre en silence. Dieu, si Tu existes, fais que ce soit lui, prie-t-il en silence, Tu me dois bien ça !

— Où est-il ? Je pars immédiatement.

— Tout doux, jeune homme. On ne sait pas avec certitude s'il s'agit de ton frère. Et tu ne peux surgir comme cela, à l'improviste, dans une famille.

— Où se trouve-t-il ?

Simon ne parvient pas à prononcer le prénom de son cadet. Il craint trop une nouvelle déception, de briser le fil ténu qui lui permettrait de le retrouver. Il préfère garder dans son cœur cet « Élie » qui lui brûle les lèvres.

— À côté de Cahors. Je n'en sais pas plus. Laisse-moi me renseigner.

— D'accord, mais rappelez-moi vite, ma sœur. Vous savez...

— Oui, je sais, l'interrompt doucement Perpète. Je connais un curé qui se rend régulièrement à la cathédrale Saint-Étienne, il va nous aider.

Simon raccroche et reste songeur. Cahors... Il y avait séjourné avec Léna, ils avaient dormi dans le quartier de la cathédrale, dans un petit hôtel d'où l'on admirait le Lot sous le pont Valentré. A-t-il pu croiser son petit frère au hasard d'une rue et ne pas le reconnaître ?

Élie se promenait-il en ce moment même sur le pont aux trois tours ? Depuis combien de temps vit-il avec cette famille ? Tant de questions sans réponses. Il sent son sang bouillir, ses épaules trembler. Il monte quatre à quatre les marches, enfonce presque la porte de la chambre.

— Léna ! Sœur Perpète a localisé Élie !

La jeune femme se dresse sur le lit, la main sur la gorge.

— Tu es sûr ?

— Oui… Enfin, peut-être.

Et Simon lui raconte le coup de fil inespéré.

Léna s'habille déjà.

— Qu'est-ce qu'on attend ? On y va, non ?

À ce moment, l'amour qu'il ressent pour elle l'empêche de répondre. Son cœur semble grossir dans sa poitrine, l'étouffant presque. Léna ! Cette femme qui a perdu toute sa famille pleure de joie à l'annonce de cette nouvelle. Elle est prête à le suivre, à l'instant. Elle l'aime donc aussi. Une grande paix intérieure l'envahit.

— Non, pas tout de suite. Sœur Perpète va se renseigner, c'est l'affaire de quelques jours.

— Et puis, il y a les petites, ajoute Léna. Je les avais presque oubliées.

Ils devaient rentrer à Paris avec Henrietta et Recha, mais plus question de quitter Toulouse maintenant. Lionel demande alors à Dika, une jeune éclaireuse, d'accompagner les gamines. Mutique, la plus jeune triture sans cesse son chapelet. Regrette-t-elle le couvent ? Elle a à peine répondu aux questions de Léna qui les

voit s'éloigner avec émotion, c'est toujours un crève-cœur pour elle, mais Simon se consume en attendant l'appel de sœur Perpète. Il trompe son impatience avec les nouveaux poèmes de Jacques Prévert, *L'Armée des ombres* de Joseph Kessel, *J'irai cracher sur vos tombes* de Boris Vian. Il dessine de mémoire les façades colorées des maisons à corondage du quai de la Daurade tout proche. Cinq jours durant, il ne quitte pas la pension, retranché le plus souvent dans la cuisine équipée du téléphone, plongé dans ses livres ou son carnet, mais l'oreille aux aguets, sursautant à la moindre sonnerie. Il attend un signe de sœur Perpète, un signe d'Élie.

À l'aube du sixième jour, la patronne de la pension frappe à la porte de sa chambre. Simon saute de son lit, enfile un pyjama et, sans même l'écouter, dévale l'escalier au risque de se rompre le cou. Il fonce à la cuisine, s'empare du combiné

— Sœur Perpète, c'est moi. Alors ?

— Loué soit le Seigneur, Simon ! C'est Élie !

Simon sent ses jambes se liquéfier, ses oreilles bourdonnent, un voile rouge l'aveugle, il glisse jusqu'au sol, le combiné collé à l'oreille.

— Simon, tu es toujours là ?

Il parvient à se relever.

— Vous en êtes sûre ? demande-t-il d'une voix aiguë. Il s'appelle bien Élie Mandel ? Il a des yeux noisette, une fossette sur la joue gauche, des cheveux bouclés…

— Oui, c'est ton frère, il n'y a pas de doute.

Le jeune homme a perçu un changement de ton, une réticence, chez la religieuse…

— Pas de problèmes, non plus, ma sœur ?

— Il va bien, Simon. Il a une belle vie, tu sais. Des gens formidables, les Morel, l'ont recueilli. Il a même deux sœurs.

— Comment ça, deux sœurs ? De quoi parlez-vous ? Élie n'avait qu'une sœur et elle s'appelait Madeleine.

— Oui, bien sûr, répond sœur Perpète après un temps qui lui paraît trop long.

Quelque chose cloche. Il serre le combiné, à en briser la bakélite.

— Je voulais juste te dire qu'il avait trouvé une autre famille..., reprend la sœur. Enfin, ils t'attendent. Tu peux y aller.

— Sa famille, c'est moi.

Simon remonte lentement à l'étage, vers Léna. Il devrait hurler sa joie, courir emprunter une voiture, mais une angoisse entrave ses mouvements, comme s'il avançait dans la mélasse. Deux sœurs ? Comment sœur Perpète a-t-elle pu penser une seconde que ces gens qui avaient accueilli Élie, dans des conditions qui restent à éclaircir, représenteraient une famille pour lui ?

24

Ils sont partis dès l'aube, un jeudi. Pour l'occasion, Simon s'est procuré un élégant cabriolet dans un garage. C'est un grand jour, pas question de ramener Élie dans une auto déglinguée. Son père, qui l'emmenait au salon de l'auto du Grand-Palais admirer les Chrysler, les Lincoln et autres Bugatti, aurait apprécié. Il avale les kilomètres : dans une heure et demie à peine, il entrera dans la capitale du Quercy.

À présent, ils patientent devant une maison bourgeoise ceinte d'un immense jardin et bordée d'un grand local abritant une rangée de vélos et des fleurs en pots. Simon va ouvrir la portière quand Léna le retient.

— Il faut attendre. On ne peut pas sonner, il est trop tôt. Encore vingt minutes.

Elle a raison mais il n'en peut plus. Derrière ces murs blancs, ces volets verts, ces massifs de glycine, dort en ce moment même son petit frère. Il frissonne malgré la douceur de l'air et fixe sur Léna un regard de noyé. Attendre est un supplice. Et il ne se souvient d'aucune prière.

À 8 heures pétantes, Simon court sonner au portail. Une femme entre deux âges, au visage fin et craintif, vient lui ouvrir. À cette heure matinale, elle arbore encore une robe de chambre.

— Bonjour, madame, je suis Simon. Simon Mandel, le frère d'Élie.

Mme Morel esquisse un sourire et s'efface pour le laisser passer. Elle l'invite à s'asseoir sur un canapé couvert de châles où des poupées gisent dans un désordre de froufrous. Décontenancé, Simon attend qu'elle entame la conversation, mais, embarrassée, la femme reste muette. Il observe les cernes violets sous ses yeux, sa lèvre supérieure qui tremble un peu. Une musaraigne, perdue dans sa robe de chambre beige trop grande. Au bout de quelques minutes, il se lance...

— Je voudrais le voir. Je suis venu dès que j'ai su.

— Mon mari est allé faire le plein, il ne devrait pas tarder... Justement le voilà...

L'homme est aussi massif que sa femme est frêle. Il écrase les doigts de Simon en guise de poignée de main, va dans la cuisine et revient avec une tasse de café, qu'il lampe en deux gorgées, sans en offrir au visiteur.

— Écoutez, il vaudrait mieux revenir plus tard. Nous avons été pris de court, nous ne lui avons rien dit. Et il dort encore...

— Mais je ne comprends pas, le coupe Simon. La religieuse vous a prévenus de mon arrivée.

— Oui, notre curé est venu nous voir. Mais tout cela semble un peu précipité...

Mme Morel regarde ses chaussons comme si elle allait y trouver une explication.

— J'aimerais le voir, juste une minute. Même endormi.

— Revenez demain, lâche froidement M. Morel. Nous l'aurons préparé à votre arrivée.

Simon ne se retient de foncer dans l'escalier, d'ouvrir toutes les portes à l'étage pour tenir enfin Élie dans ses bras, que parce qu'il se souvient de l'épisode du couvent. Ne pas brusquer les choses… Comme il est difficile de prendre congé, de serrer la main molle de cette Mme Morel qui a veillé sur son frère pendant tous ces mois, de refaire le chemin jusqu'à la voiture !

Le lendemain, Simon revient chez les Morel avec un bouquet de fleurs pour l'hôtesse, une idée de Léna, et un camion de pompiers miniature pour Élie. Une babiole ridicule, évidemment. Élie a bientôt douze ans, maintenant… Plus petit, il préférait déjà les cartes et les livres aux babioles. Mais Simon ne l'a pas vu depuis si longtemps, depuis ce printemps 1944 où Madeleine et lui l'ont confié aux bons soins de Marie-Noëlle, et il n'a pas voulu arriver les mains vides. Il fallait montrer à Élie qu'il ne l'avait pas oublié pendant ces mois interminables. Cette fois-ci, une machine à coudre trône sur la table de la salle à manger, des pans de tissus couvrent le sol, tenues d'enfants à moitié assemblées. Cette Mme Morel doit être une bonne maman.

— Une minute. Je vais le chercher.

Simon tremble, la bouche pâteuse, incapable de prononcer un mot. Il aimerait que Léna soit auprès de lui,

mais elle a tenu à le laisser seul pour profiter de ces retrouvailles. Elle l'attend dans un petit hôtel, à côté du château de Mercuès, où ils se sont installés.

Des craquements dans l'escalier lui font lever les yeux. Un pantalon beige, une chemisette marron, des bras bronzés. C'est Élie qui descend les marches à pas lents. Un Élie plus grand, aminci, avec des cheveux longs et moins bouclés que dans son souvenir. Comme il ressemble à Lucien ! Les mêmes yeux, la même fossette sur la joue, mais une nouvelle expression, renfermée, presque ronchonne. Bouleversé, Simon ouvre les bras, tandis qu'Élie descend sans se presser et l'observe de son regard intelligent.

— Élie ! C'est toi !

Simon reste les bras ballants, le garçon s'approche, timide. Il va l'enlacer quand celui-ci lui tend une main qui n'est plus tout à fait celle d'un enfant, une main charnue, presque musclée. Simon la prend, l'attire contre sa poitrine. Pendant qu'il fait provision de son parfum, des séquences de son enfance rue de Chanaleilles lui reviennent en mémoire. Les cavalcades d'Élie qui venait se réfugier le dimanche dans son lit pour lire *Tintin* avant le réveil des parents, les tours sur le manège en bois du jardin du Luxembourg, où il le surveillait en se gelant sur un banc. Hilare, le garçonnet brandissait son bâton tel un glaive pour enfiler les anneaux qu'un préposé lui tendait d'un air las. Simon laisse échapper un soupir. Il a tant rêvé ce moment ! C'est comme si ces mois de séparation s'étaient effacés, que sa jeunesse lui était rendue. Ne pas pleurer devant

ces étrangers, ne pas flancher non plus devant Élie, qui se tient droit et le dévisage, toujours aussi étonné. Il lui tend le camion rouge, le gamin observe le jouet un moment puis le pose par terre. Les Morel assistent à la scène, pétrifiés. Simon effleure les cheveux de son frère.

— Comment vas-tu, Élie ? Je suis si heureux. Cela fait très longtemps.

— Ça va bien. J'ai un chat, Dagobert. Et la semaine dernière, j'ai pêché un gardon grand comme ça !

Simon sourit. Élie bute sur les mots, mais il reconnaît sa diction. Les Morel préfèrent s'esquiver. Les deux frères restent seuls un long moment. Élie ne pose aucune question, ne s'inquiète pas de savoir où se trouvent ses parents. Bien que poli, il se tient à distance de Simon. Retrouvé, mais absent. Vers la fin de l'entrevue, il va chercher son animal, un matou roux, gros comme un chien, puis il montre sa chambre à son aîné, avec cette fois les Morel sur leurs talons. Ils n'ont pas vraiment conversé, mais cela viendra.

Simon n'est invité ni à déjeuner ni à rencontrer les deux filles qu'il entend jouer en haut. Il prend congé à contrecœur. M. Morel le raccompagne au jardin.

— Jeune homme, glisse-t-il d'un air sévère, vous m'apporterez vos papiers d'identité. Simple mesure de précaution. Vous comprenez sûrement.

Et il referme la porte sans le saluer.

Curieux, ces gens qui le traitent comme un représentant de commerce et l'éconduisent. Mais Simon n'en a cure, il leur sauterait au cou tant son cœur déborde de reconnaissance. À Léna, il raconte tout, la petite

cicatrice d'Élie, souvenir d'une chute au Cap-Ferret, qu'il a vite reconnue, les bonnes notes du petit à l'école, ce matou roux qui se frotte à ses jambes, des jambes de douze ans ! Dans sa tête défilent mille questions. Dans quel établissement inscrire Élie quand il l'aura récupéré ? Quels habits lui acheter pour la rentrée ? Comment s'occuper de l'animal ? Du prosaïque, du concret, pour contourner et différer, le plus possible, l'annonce d'une terrible abstraction : l'assassinat de leur famille.

Le lendemain, le couple Morel l'accueille toujours aussi fraîchement. Il a pris soin de leur apporter une bonne bouteille, mais cette fois on ne le reçoit pas à l'intérieur, il n'a droit qu'à une chaise en fer dans le jardin. Élie s'assoit à ses pieds, caressant son chat.

— Ah ! s'exclame-t-il, voilà Dominique et Martine...

Intimidées, les deux filles Morel n'osent s'approcher. Elles vont tendre leur élastique entre deux cerisiers, à bonne distance des adultes. Simon rassemble son courage pour poser une question quand M. Morel le cueille à froid :

— Vous avez les papiers dont on a parlé, jeune homme ?

— Oui, bien entendu.

Interdit, Simon fouille dans la doublure de sa veste. Il a beau se dire qu'il s'agit d'une demande normale, la requête le trouble profondément. Il doit réfréner sa colère, masquer son humiliation. Il tend à l'homme sa carte d'identité, son permis de conduire et même son livret de famille.

— J'espère que ça vous ira.

Pénible impression d'obtempérer à un contrôle, comme pendant la guerre, quand les policiers pouvaient l'arrêter trois fois en une demi-heure lors d'un même trajet. M. Morel étudie attentivement les documents, les tourne et les retourne entre ses gros doigts, et les rend à Simon presque à son corps défendant.

— Et si vous me racontiez un peu comment Élie est arrivé chez vous ? demande Simon qui n'entend pas s'en laisser conter.

Mme Morel lui jette un regard d'effroi, les lèvres toujours cousues. Son mari se tourne vers l'enfant.

— Élie, mon garçon, monte dans ta chambre. Nous avons à parler entre adultes.

Simon s'apprête à protester : Élie devrait participer à cette conversation, chez les Mandel, on n'éloignait pas les enfants des discussions sérieuses, au contraire. Mais l'œil noir de M. Morel l'en dissuade. Toujours docile, Élie se lève et rentre dans la maison, sans un regard pour son grand frère.

— Il est arrivé chez nous à la fin du printemps 1944, commence l'homme. Après une pension de garçons, un orphelinat catholique, je crois. C'est notre curé qui nous l'a amené, en nous affirmant qu'il était seul au monde.

— Bizarre, répond Simon. Je l'ai laissé avec sa nounou, à Toulouse.

— Oui, il nous a parlé d'elle. Une Marie quelque chose… Elle est décédée et le petit ne savait pas où aller. Quel âge avait-il à l'époque ?

— Il allait sur ses dix ans.

— On nous a dit qu'il errait seul dans la rue. Élie n'en a jamais vraiment parlé. Au début, il n'ouvrait pas la bouche. Une vraie tombe.

Mme Morel acquiesce en se tordant les mains.

— Je vous remercie du fond du cœur, répond Simon. Il a l'air en forme. Je compte l'emmener à la fin de la semaine.

— L'emmener ? répète le couple d'une seule voix, estomaqué.

— Oui, nous allons reprendre une vie normale. La plus normale possible. En l'absence de mes parents.

L'absence. Il ne prononce pas le mot « mort », pas plus qu'il n'évoque celle de Madeleine et de Lucien. Pas envie de confier aux Morel quelque chose d'aussi intime.

— Mais vous ne pouvez pas faire ça !

Simon se retient d'exploser. Il inspire lentement, le temps de formuler une réponse, la plus diplomatique possible.

— Il va vivre avec moi, c'est légitime.

Mme Morel se lève d'un bond, en tremblotant.

— Vos pauvres parents ne reviendront pas. Nous sommes sa famille, maintenant.

Simon tressaille.

— Vous lui avez dit pour mon père et ma mère ?

— Non, ce n'est pas nécessaire. Vous ne trouvez pas qu'il a déjà eu son lot de malheurs ? Pourquoi nous l'enlever ? Il a besoin de stabilité. Et cette stabilité, c'est nous.

— Je suis son frère !

Cette fois, Simon a haussé le ton. Lui aussi se lève et, dans sa hâte, renverse une table basse où Mme Morel a posé une serviette. Pour l'apéritif ? Ils ne lui ont encore rien servi… Soudain, Simon a la nausée, il n'acceptera rien de ces gens. Il se dirige vers la maison, vers Élie, pour l'emmener. L'imposant Morel, soudain patibulaire, s'interpose.

— Je trouve… Nous trouvons qu'il est trop jeune. Ce départ brutal va le choquer.

— Vous êtes fous ou quoi ? fulmine Simon. C'est moi, sa famille. Je ne partirai pas d'ici sans lui. Compris ?

— Et si nous prenions chacun le temps d'y réfléchir ? Revenez lundi, nous y verrons tous plus clair.

Morel tient sa femme par l'épaule et barre à Simon l'accès de la maison. Deux ans plus tôt, Simon lui aurait foncé dessus, se serait rué à l'intérieur pour récupérer Élie, mais il se sent soudain épuisé. Le sang cogne à ses tempes, il peine à retrouver son souffle, comme s'il avait reçu un direct au foie. Vaincu, il se laisse pousser vers la sortie sans même avoir dit au revoir à son frère. Morel ouvre le portail en bois. Lorsque Simon, perdu, se retourne vers lui une dernière fois, l'homme gronde, menaçant.

— Élie fait maintenant partie de notre famille, ici c'est chez lui. Il se nomme Élie Morel. Morel, pas Mandel. Pour lui, je suis « papy », et il appelle ma femme « maman Jacqueline »… Il la réclame quand il fait des cauchemars la nuit… Il lui glisse des petits mots tendres sous son oreiller. Vous voulez les voir ? Et il y a encore une chose que vous ignorez. Il a été baptisé l'an dernier.

— Vous ne vous débarrasserez pas de moi comme ça.

— C'est ce qu'on verra !

Dans la rue, caché par la portière de sa voiture, Simon encaisse le choc en titubant. Il ruisselle de sueur, le front brûlant. Par quelle route revient-il à l'hôtel ? Comment parvient-il à gravir l'escalier jusqu'à Léna ? Élie Morel… Ce nom lui lacère les tympans, s'inscrit en lettres de feu sur ses rétines. Il s'abat contre la porte de la chambre. Léna, qui a compris, le déshabille doucement. Il s'endort comme une masse, grelottant de fièvre. Dans un mauvais sommeil, Marie-Noëlle et ses génuflexions lui apparaissent. Un jour, elle les avait emmenés à la chapelle rue du Bac, où elle avait ses habitudes, et leur avait raconté comment Catherine Labouré avait vu la Sainte Vierge en 1830 à cet endroit précis. Elle avait même déposé un baiser sur le velours du fauteuil où la sainte s'était assise. Simon avait cru bon de fanfaronner, faire des grimaces à sa sœur qui écoutait respectueusement l'histoire de l'Immaculée Conception. Élie, six ans à peine, paraissait lui aussi très impressionné. À la sortie, la nounou avait offert à chacun une médaille miraculeuse de la Vierge : « Un secret entre nous. » Bien entendu, les enfants Mandel ne les avaient pas portées, mais Simon les revoyait, ces médailles, laissées dans un tiroir, comme lui revenaient le bon regard de Marie-Noëlle et sa foi à déplacer les montagnes. À un moment, le rêve s'est mué en cauchemar, diables et monstres envahissant la chapelle. Et Simon s'est battu contre une hostie géante qui menaçait de l'étouffer.

Tout le week-end, il reste alité, incapable de se lever ou de s'alimenter. La fièvre ne le quitte pas. Patiemment, Léna lui humecte les lèvres et le front avec une serviette, le force à boire, à avaler quelques gorgées de soupe. Le soir, elle veut appeler un médecin. Il divague, la reconnaît à peine, hurle le nom d'Élie qu'il associe à ceux de Lucien et de Madeleine, comme s'il les appelait au secours. Léna n'avait rien dit, mais elle pressentait que les choses tourneraient mal avec les Morel. Elle est informée de cas terribles. Au même moment, en Pologne, d'autres jeunes dépisteurs se heurtent à des refus catégoriques lorsqu'ils retrouvent des enfants déjà baptisés ou en cours d'adoption. Elle s'était préparée à une bataille, une de plus. Pas Simon. Leurs différences lui semblent parfois rédhibitoires. Le jeune homme lui paraît trop innocent, trop peu préparé à la dureté, aux vices de la vie. Malgré ses malheurs, il croit en la droiture et l'honnêteté humaines. Pas elle, qui pense parfois avoir cent ans, tant elle en sait sur l'existence.

Ce week-end-là, elle ne quitte pas la chambre, bouleversée par le spectacle qu'offre son amant d'ordinaire si fringant, abattu par la maladie, le front brûlant, les joues bulleuses de rosée de fièvre. Elle tient sa main, chante en polonais, tente de contenir les cauchemars qui l'assaillent. Cela dure deux jours, deux jours de délire. Lorsque Simon émerge, il n'a qu'une idée en tête, repartir chez les Morel.

— Je ne comprends rien aux arguments de ces sinistres personnages. Élie déstabilisé en ma compagnie ?

Foutaises. Nous avons toujours habité ensemble ! Et cette histoire de baptême…

Simon téléphone à sœur Perpète, qui l'écoute patiemment.

— Baptisé, ma sœur ? Mais comment est-ce possible ?

— Je redoutais de te le dire, mon garçon, mais je le savais…

— On parle bien d'un certificat de baptême de complaisance ? Comme il y en a tant eu, n'est-ce pas ?

Une étrange visite rue Notre-Dame-des-Champs en 1942, avec Marie-Noëlle et sa mère, lui revient en mémoire. Il se murmurait qu'au foyer de Notre-Dame-de-Sion, rue Notre-Dame-des-Champs, on cachait des enfants juifs, depuis les nouveau-nés jusqu'à ceux qui atteignaient dix-sept ans. Ce jour-là, il y avait foule dans la courette du numéro 68, les services d'accueil étaient débordés. Supérieur de la congrégation, le père Devaux établissait de faux certificats de baptême datés d'avant le statut des Juifs de 1940 afin de tromper les occupants. Il alla plus loin, plaçant jusqu'à cinq cents enfants dans des orphelinats, des pensionnats ou des familles en Normandie et dans la Sarthe. Il avait même caché la liste de ces petits sous les marches de l'autel de la chapelle. À cette époque, Marguerite espérait que ses enfants, du moins Élie, compteraient parmi ces chanceux. Mais lorsqu'il avait fallu expliquer au petit qu'il partirait pour la campagne, loin des siens, une crise d'asthme l'avait terrassé. Sa mère avait alors renoncé au projet et pris la direction de l'hôpital. Henri, à qui l'on avait caché l'expédition, aurait tempêté. Malgré le danger, leur père

se méfiait de l'ordre religieux de Notre-Dame-de-Sion, dont la vocation était de convertir les Juifs. Tout en lui, ses origines, ses convictions franc-maçonnes s'opposaient à l'idée, émise d'abord par Marie-Noëlle, puis de plus en plus approuvée par Marguerite, d'une conversion, même factice. Contrairement à son mari, terrifiée par ce qui se tramait presque sous leurs yeux, ces rafles, ces déportations vers l'inconnu, la mère d'Élie était prête à tout accepter.

— Mais enfin, reprend Simon, nous ne sommes plus en guerre…

— Ta mère a bien obtenu de Notre-Dame-de-Sion un faux certificat de baptême. Mais là, il s'agit d'autre chose, d'un vrai baptême… Comme tu le sais peut-être, le sacrement chez nous n'est pas une formalité. Un faux baptême, cela n'existe pas.

— Mais, ma sœur, je croyais qu'on ne baptisait pas les enfants pendant l'Occupation. Ni Mgr Saliège, ni Mgr Gerlier n'ont appelé au baptême des enfants juifs, n'est-ce pas ?

— Tu as raison, ils ont été très fermes là-dessus. On ne baptisait un enfant que si ses parents le demandaient expressément, et en cas de danger imminent. Mais là, c'est différent.

Le ton didactique de sœur Perpète exaspère Simon au plus haut point.

— Alors comment Élie a-t-il pu être baptisé ?

Simon revoit le regard glacial de la mère supérieure de Toulouse, ses allusions aux « âmes à sauver », à la « main du Seigneur », l'émerveillement des petites

devant les robes blanches et le prosélytisme qui transpirait des paroles échangées.

— Simon, écoute-moi… C'est Élie lui-même qui a demandé le baptême, après la guerre. Il souhaite maintenant effectuer sa communion, comme les deux filles Morel avant lui. On ne l'a pas forcé.

C'est impossible. La sœur doit se tromper. Simon revoit le mur d'enceinte du couvent des Minimes, mais, cette fois, il le sépare d'un Élie impassible dont il comprend de moins en moins l'attitude. A-t-il été séduit par les prières et les images pieuses ? A-t-il subi un lavage de cerveau ? Pour Simon, en tout cas, ce baptême est une aberration, un dommage de guerre, un affront au testament spirituel de ses parents. Réfléchir à tout cela lui rend un peu de sa combativité.

Accompagné de Léna, il se précipite chez les Morel, sans prendre le temps de petit-déjeuner. Après un jeûne de deux jours, la tête lui tourne. Il sonne au portail, n'arrive pas à l'ouvrir. Fenêtres et portes sont closes. En faisant le tour de la demeure, il s'aperçoit que la berline des Morel a disparu.

— Manquait plus que ça…

— C'est les Morel que vous cherchez ?

Une vieille dame voûtée, décharnée, s'avance et brandit sa canne en direction de la maison.

— Ils sont partis ce matin, à l'aube. En Normandie, je crois, montrer la mer aux enfants… Une gentille famille.

Simon tournicote entre la maison et la voiture, shoote rageusement dans les pneus. Envolés ! Les Morel sont partis sans le prévenir, avec Élie. Un instant, il est tenté

d'appeler la police pour faire constater ce départ qu'il juge illégal, mais qui va l'écouter, le croire ? Il n'a pas alerté les autorités en arrivant à Cahors, espérant régler l'affaire rapidement par la discussion. À côté de lui, Léna reste silencieuse, elle aussi encaisse le coup. Lui reviennent les mots durs échangés à propos du petit Roland qui souhaitait rester dans sa famille d'adoption. Simon y était favorable à ce moment-là, et elle, non ! Et maintenant, pour compliquer encore la donne, Élie a été baptisé, comme beaucoup d'enfants cachés dans des milieux catholiques ou protestants, et peut-être converti pour de bon ! L'affaire s'enclenche mal et elle se sent impuissante à calmer la fureur et l'angoisse de Simon.

Celui-ci multiplie les courriers, à la Croix-Rouge, l'évêché de la région… Le soir, il passe un long moment au téléphone avec Lionel qui, comme à son habitude, lui suggère de s'armer de patience. Il ne parle pas beaucoup, perdu dans ses pensées, tandis que Léna se défoule en arpentant les ruelles médiévales de la ville. Elle a beau essayer de le tenter avec des melons odorants ou un fromage de chèvre frais à cœur, comme il les aime, Simon semble assiégé, perdu dans d'obscures pensées.

25

Chaque jour, Simon passe devant chez les Morel. Au bout d'une semaine, la chance lui sourit : la voiture est de nouveau garée à sa place, la porte d'entrée, ouverte. Trop peu sûr de lui et de ses réactions, il va planquer en face de l'école dont Élie lui a parlé. Il attend longtemps, somnole même, quand une nuée d'enfants s'éparpille soudain sur la placette méridionale bordée de platanes. Les filles babillent, papillonnent, les garçons se poussent, envoient valser leurs cartables. C'est la dernière semaine de classe avant les grandes vacances.

Simon aperçoit enfin Élie, parmi les derniers. Il chahute avec un adolescent qui lui frictionne gentiment la tête. Une petite s'accroche à son bras libre. Il a l'air heureux, dans son univers. Simon laisse échapper un sourire en l'observant : il est propre, bien habillé, les cheveux coupés récemment. Plus déterminé, plus « garçon » qu'autrefois, il a laissé son air juvénile à Toulouse. Un pensée mouille ses yeux : ses parents, Lucien et Madeleine ne verront jamais Élie devenir un homme. Des Mandel, il ne reste plus qu'eux deux,

et Simon doit le ramener, veiller sur lui. Élie incarne l'espoir, le futur, la trace vivante et prometteuse du passage de ses parents sur terre. Son cœur se gonfle d'émotion, les moments perdus entre eux le déchirent. Élie qui tient l'une des filles Morel par le cou passe près de lui sans le remarquer, tout entier à sa nouvelle vie. Cet après-midi, sœur Perpète cherche aussi à l'apaiser :

— Il n'y a pas d'urgence, Simon. Ton frère ne va pas s'enfuir, même si, j'en conviens, ces vacances soudaines étaient malvenues. Retourne les voir pour discuter, sans t'énerver.

Décidément, ils n'ont que ce mot à la bouche. Sœur Perpète, Lionel, et même Léna. Ne pas s'énerver, rester calme. Il aimerait les y voir ! Tout en lui jetant parfois des regards inquiets, Léna se fait discrète, compulse les autres dossiers – après tout, ils ont du pain sur la planche. Depuis la découverte d'Élie, ils n'ont plus fait l'amour, comme si la volupté capitulait devant la joie des retrouvailles. Simon n'a pas le cœur aux baisers fougueux de Léna. L'étrange indifférence d'Élie et l'hostilité des Morel l'ont trop secoué. Léna comprend ce repli, cette distance.

Aujourd'hui pourtant, elle a tenu à le suivre chez les Morel. Ils arrivent à 15 heures. Cette fois, Simon a apporté un album photo emprunté à sa tante et des ballotins du meilleur chocolatier de la ville.

— Je crois que nous sommes partis du mauvais pied, concède-t-il en leur tendant la boîte.

Mme Morel la saisit et la pose sans un mot sur le buffet. Sans un sourire non plus pour Léna, qui cherche Élie des yeux.

— Il est à la chorale à cette heure-ci. Il est enfant de chœur, vous savez…

Campé debout au milieu du salon puisqu'on ne l'invite pas à s'asseoir, Simon se raidit en imaginant son frère chanter des cantiques.

— Mais vous saviez qu'il était juif, quand même ?

— Nous avons fait ce qu'il fallait pour le protéger. C'était, je crois, le vœu de vos parents.

— Quand exactement a-t-il été baptisé ?

La question semble gêner Mme Morel, qui se détourne et murmure :

— En juin 1945, ici même, au village.

— Juin 1945 ! Mais la guerre était finie à cette époque. Que me chantez-vous là ? Il n'avait plus besoin d'être protégé !

M. Morel surgit dans le salon, l'air étonné de trouver Simon chez lui. Il ne salue même pas Léna.

— Écoutez, reprend son épouse, Élie est un gosse attiré par l'Évangile. Quand nos filles ont fait leur communion, il a demandé à suivre le catéchisme lui aussi. Cela lui a plu. En tant que chrétiens, nous avons été reconnaissants. Notre curé nous a donné le feu vert.

— Ce n'était pas à vous d'en décider ! éructe Simon. Élie a une famille, un oncle et une tante. Il n'est pas livré à lui-même. L'avoir recueilli ne vous donne pas tous les droits. Vous avez commis un viol spirituel. Une vraie saloperie, pour tout dire !

Léna pose une main apaisante sur son bras.

Les mots résonnent encore dans le salon quand Élie fait son apparition.

— Je croyais qu'il était à la chorale.

Le petit garçon semble toujours ignorer Simon, mais se laisse approcher par Léna.

— Je suis contente de faire ta connaissance, Élie. Tu sais, ton frère Simon m'a beaucoup parlé de toi.

Élie la fixe intensément.

— Tu es une amie de Madeleine ? Elle est où, Madeleine ? Cela fait longtemps que je ne l'ai pas vue.

Léna se retourne vers un Simon décomposé. Il ne craquera pas devant son cadet et les Morel. Il sort dans le jardin suivi d'Élie, lui-même suivi du chat.

— Simon est un homme très responsable, ose Léna. Il aime Élie plus que tout.

M. Morel, qui bouillait dans son coin, s'emporte.

— Mais regardez-le, mademoiselle ! C'est un impétueux, une boule de nerfs… Comment pourrait-il s'occuper d'un jeune garçon ? Avec nous, Élie aura un cadre, il pourra faire des études, avoir une belle situation.

Simon revient précipitamment au salon, laissant Élie, chat et ballon dans le jardin.

— J'ai les moyens de vous dédommager, lance-t-il. Des bijoux de famille, un piano, et même un appartement que je peux vendre. Cela représente beaucoup d'argent, si c'est ce qui qui vous intéresse.

Pour toute réponse, Morel ouvre la porte, leur fait signe de déguerpir.

Durant tout le trajet de retour, Simon ne desserre pas les dents. Aux feux rouges, il tapote nerveusement le volant. Léna glisse deux doigts dans le col de sa chemise. Elle aime sentir la masse de ses cheveux ondulés qui crissent sous ses doigts, surprendre la pulsation du sang près des oreilles, s'imprégner de cette beauté virile. Sa main fraîche le calme pour un temps.

— Léna, j'ai l'impression de me heurter à un mur. Tu as vu ? Ces gens ne veulent rien de nous...

— On va trouver une solution. Concentre-toi sur l'essentiel : Élie est vivant. Le reste s'arrangera.

Sœur Perpète, qui suit l'« affaire », comme elle l'appelle, croit bon de le chapitrer au téléphone.

— Vous n'auriez pas dû les brusquer, Simon. C'est inutile. Sous leur façade bourrue, les Morel sont de braves gens.

— De braves gens qui ont kidnappé mon frère !

— Restez confiant. Je travaille pour vous avec l'appui du curé de Cahors. Tâchez de vous reposer et de patienter encore.

Mais il en faudrait plus pour freiner Simon qui ne repose le combiné que pour joindre l'avocat de la commission de dépistage à Paris.

— Maître, j'ai un problème. Voilà presque trois semaines que j'ai retrouvé mon frère. Je ne suis pas un mendiant, je veux juste le récupérer.

— Comme tous les enfants de parents assassinés en déportation, Élie est désormais pupille de la Nation. C'est un nouveau statut juridique. La situation est inédite.

— Mais je suis là, moi ! J'ai vingt-deux ans, je suis majeur, je me suis battu au maquis, j'ai retrouvé des enfants pour la commission, je me sens très capable de l'élever.

— Les Morel ont dû former un conseil de famille. C'est très facile, il suffit d'y inviter un voisin, un ami, une tante… Ils sont ainsi devenus légalement tuteurs de votre frère.

— Ça signifie quoi, concrètement ?

— Que vous n'avez pas le droit de prendre l'enfant, Simon.

— C'est fou ! Et le droit du sang, alors ?

— Il ne suffit pas toujours. Il va falloir saisir un juge, qui ordonnera une enquête. Je ne vous cache pas que ce sera long…

— Combien de temps ?

— Un an, peut-être dix-huit mois. La justice louvoie entre les couples souhaitant adopter et les survivants de la famille d'origine. On s'étripe ferme. Avec les enfants au milieu…

26

Simon est effondré. Une année, peut-être plus, à vivre sans Élie ? La guerre leur a déjà volé deux ans d'intimité. Il était au maquis quand Élie habitait Toulouse avec leur mère, cuvait son chagrin à Paris lorsque ce dernier passait de pensionnats en couvents, de maisons d'accueil en orphelinats. Il ne l'a pas vu grandir, il n'a pas corrigé ses devoirs, ni ne l'a emmené au cinéma depuis une éternité. Il n'accepterait jamais d'être privé de leur futur, d'une possibilité de bonheur après tous ces drames.

— Que me conseillez-vous, maître ?

— De maintenir le lien. De commencer des études, pas trop loin, à Toulouse ou à Lyon. Quand vous aurez un métier, une situation, retentez votre chance auprès des Morel, avec l'aide de la justice s'il le faut.

Simon remercie à peine et tombe dans les bras de Léna.

— Maintenir le lien, tu parles ! Il me demande tout bonnement de l'abandonner une seconde fois…

Comment pourrait-il se lever chaque matin, étudier, mener une vie normale en sachant son frère loin de lui,

élevé par des étrangers ? Il est oppressé par le sentiment d'avoir failli, trahi la promesse faite à ses parents de veiller sur son frère. Élie représente sa raison de vivre. Depuis qu'il a compris que ses parents ne reviendraient pas d'Auschwitz et découvert les morts héroïques de son grand frère et de sa sœur, il a tenu bon, avec l'aide de Lionel, de Léna aussi, persuadé de revoir un jour son cadet. Ensemble, ils pourraient reconstruire quelque chose, traquer le bonheur perdu, aller enfin de l'avant. Élie incarnait à la fois sa force et sa faiblesse. Simon ne voit pas comment attendre que les Morel reviennent à de meilleures intentions, que sœur Perpète arrive à les convaincre ou que l'avocat lui fournisse les armes nécessaires au combat juridique. Non, il ne pourra compter que sur lui-même, comme au temps du maquis et des faux papiers.

Ce soir-là, il enlace Léna et lui fait l'amour pour conjurer le désespoir. À un moment, elle crie sous son poids. Sans le vouloir, il l'écrase, la serre comme pour la dissoudre en lui ou se fondre en elle. Ils ne parlent pas, seuls leurs corps se répondent. Léna balbutie, supplie, s'égare, l'agrippe. Étourdie, emportée, elle ne le lâche pas. À l'aube, chavirée, ses joues se mouillent de larmes. Simon ignorait que l'amour pouvait ressembler à ce chant merveilleux, à cette joie soudaine, glorieuse et folle, qu'on pouvait s'offrir et recevoir avec autant d'intensité, inventer à deux un langage plus clair que les mots, une litanie de bonheur assourdissante. Ils flottent dans un ciel de jouissance dont ils ne voudraient jamais descendre. Le sommeil les cueille comme dans un verger.

Au réveil, Simon a pris sa décision : il va emmener Élie, de gré ou de force. Ils seront ensemble, peu importent les moyens.

— C'est ce qu'il y a de mieux à faire, lâche Léna sans sourciller.

Comme cette fille est forte sous son armure de verre ! Ils se concentrent sur les détails pratiques, élaborent un plan. Le chat roux restera chez les Morel, tant pis. Dans leur petite chambre, ils vont jusqu'à répéter la scène. Le lendemain, ils paient la note, chargent la voiture et vont se garer dans une ruelle perpendiculaire à l'école. Il est 16 h 30, le soleil brûle encore. Dès qu'Élie apparaît à la sortie, Simon se dirige vers lui. Un regard à droite, à gauche, la voie est libre. Par chance, le gamin semble attendre ses copains qui traînent derrière lui. D'après leur mère, les deux filles Morel vont au catéchisme le mardi et Élie, le jeudi. Il est seul sur le trottoir, un énorme cartable sur ses épaules frêles.

— Salut, bonhomme, tu viens faire un tour ?

Comme à son habitude, Élie ne manifeste ni émotion ni inquiétude. Il suit Simon qui s'efforce de calmer les battements de son cœur. Léna les attend dans la voiture.

Ils roulent depuis longtemps. Élie émiette en silence le casse-croûte que Léna lui a préparé, puis finit par s'endormir, bercé par le ronronnement du moteur. À l'observer dans le rétroviseur, Simon se remémore leurs départs en vacances, avec son père au volant. Sa mère chantait l'air de la Reine de la nuit dans *La Flûte enchantée*, *Carmen* ou *Don Giovanni*, accompagnée par Henri. Le Cap-Ferret s'annonçait dans sa lumière

beurrée tandis qu'à l'arrière, les enfants se disputaient les derniers sandwichs. Des moments d'innocence qui ne reviendront plus... Instinctivement, Simon couvre de sa main celle de Léna qui fixe la route. Il lui envie sa sérénité. Pour la première fois depuis la Libération, il a enfreint la loi, et n'en mène pas large.

À Lyon, ils font escale pour la nuit. Demain est un autre jour. Simon n'a dressé aucun plan pour la suite, seul compte à ses yeux le minois d'Élie endormi sur la banquette. Ils prennent deux chambres dans un petit hôtel anonyme, à l'écart du centre-ville, où personne ne viendra les chercher. Spontanément, Léna se dirige vers la chambre au fond du couloir, tandis que Simon porte son précieux fardeau jusqu'à la sienne.

— Léna, peux-tu coucher Élie ? Je vais téléphoner à sœur Perpète.

— À cette heure ?

— La sœur ne dort jamais que d'un œil.

Simon descend à la réception, s'assure que la cabine téléphonique est isolée et compose le numéro.

— Sœur Perpète, c'est Simon. Je viens d'enlever Élie à la sortie de son école. Nous sommes à Lyon, avec Léna.

— Mon Dieu... Tu n'en rates pas une, mon garçon !

— Je n'avais pas le choix, ma sœur, ni la volonté d'attendre. Vous me comprenez ?

— C'est une très mauvaise action, que je condamne fermement.

— Ma sœur...

— Je condamne ton entêtement, ta précipitation qui peut nuire à Élie, ta cécité devant la générosité des Morel.

La religieuse soupire longuement au bout du fil.

— Je condamne... Mais je peux comprendre. Tu me forces à te tirer d'un sacré guêpier. Les Morel risquent de remuer ciel et terre pour retrouver ton frère. Je vais joindre immédiatement leur curé, cette vieille connaissance, et plaider ta cause. Il a un sacré ascendant sur eux. Il devrait les calmer, les dissuader de porter plainte...

— Ma sœur, je ne sais comment vous remercier.

— C'est ton problème, Simon : ne pas savoir remercier. Mais là encore, face à l'histoire, au sort de tes parents, de ta sœur, de ton frère, je peux comprendre. Ne me remercie pas. Adresse plutôt ton remords à Dieu, nous avons le même. Et maintenant, je vais raccrocher. Il faut que j'appelle ce curé.

Après un dîner rapide, Simon passe la nuit à veiller sur Élie. N'osant croire à ce souffle régulier sur sa nuque, il se retourne plusieurs fois, soulève le drap, contemple l'ombre que dessine son jeune frère. Il retrouve un peu du profil de Lucien et de la ligne des lèvres de leur mère. Il voudrait l'embrasser, le déshabiller, pour le reconnaître, retrouver leur complicité native. Mais il doit patienter, ne pas l'effrayer, louvoyer entre euphorie et anxiété. Comment lui dire ce qui est arrivé et s'en occuper seul ? Malgré la guerre, les coups du sort, il se sent terriblement inapte à remplacer des parents irremplaçables. Et qu'adviendra-t-il si Élie réclame les

Morel ? Quand le jeune garçon se réveille, il s'étonne de se trouver à l'hôtel, mais ne pose pas de questions, comme d'habitude. Après avoir avalé chocolat et tartines, il va dessiner dans son coin. Simon n'ose briser ce calme, qu'il connaît bien. Plus tard, ils se promènent tous trois dans le Vieux Lyon, admirant les cours intérieures, flânant devant les boutiques de marionnettes, poussant jusqu'à la tour Rose.

— Ça finit quand, les vacances ? demande Élie en rentrant dans la chambre.

— Quelles vacances ?

— Eh bien, celles-ci… Quand est-ce que je rentre à la maison ? Je veux voir Dagobert.

Il bégaie, mais sans se troubler. Simon le fait asseoir près de lui.

— C'est avec moi maintenant que tu vas habiter. On va rentrer ensemble à Paris. Tu te souviens de chez nous ?

Élie acquiesce lentement puis retourne jouer au bout de la pièce avec des puzzles achetés par Léna qui semble guetter d'éventuels intrus à travers les carreaux sales. La police ? Les Morel ? Quelle tête ont fait ces derniers quand ils ont compris qu'Élie ne reviendrait plus ? Nier leur attachement au petit serait stupide. Mais il avait dû trancher en son âme et conscience. Il ne regrettait pas d'avoir choisi son frère. Et il faisait confiance à sœur Perpète, ses bons offices arrangeraient l'affaire.

Peu à peu, Élie semble s'habituer à ce bouleversement dans sa vie. Le matin, il se dirige spontanément vers Léna, répond aux questions sans en poser aucune,

obéit aux consignes sans regimber. Le chat Dagobert n'est pas mentionné. Tout semble glisser sur lui. Le plus souvent, Simon ne reconnaît pas le garçon qu'il a devant lui. Il a l'air bien élevé, en bonne santé, se prête de bonne grâce aux jeux, aux promenades, mais reste renfermé sur lui-même, sujet à la rêverie. Simon lui apprend à tailler bâtons, flèches et coques de bateau avec un Opinel trouvé sur un marché. Il l'entraîne sur la colline de Fourvière, ou dans un bouchon pour goûter au tablier de sapeur. Léna se contente de picorer le gratin dauphinois. Dans une volte-face qui lui ressemble, la jeune femme s'est mise en tête de respecter les règles de la cacherout, en hommage à ses parents plus que par conviction religieuse. Simon pense aux siens qui commandaient une choucroute gargantuesque le dimanche à la brasserie, jugeant désuètes les règles juives sur l'alimentation.

Au fil des jours, des bribes de l'histoire toulousaine d'Élie finissent par émerger. Une phrase ou deux d'abord, puis des séquences entières, dans le désordre. Un matin, rue des Couteliers, l'absence des bruits familiers l'avaient tiré de son sommeil. Marie-Noëlle n'était pas du genre discrète. Elle faisait claquer ses mules sur le lino, entrechoquait tasses et couverts, préparait un café fort et odorant obtenu au marché noir en fredonnant du Maurice Chevalier ou *Mon amant de Saint-Jean*. Depuis l'arrestation de Marguerite, leurs liens s'étaient encore resserrés. Quelques heures après la rafle, elle avait quitté son logement pour s'installer avec lui. Parfois, elle laissait Élie dormir avec elle sur le canapé

précédemment occupé par Marguerite. Mais, ce matin-là, il n'y avait pas eu de chansons, ni de ronflements en provenance de la pièce faisant office de salon, de bureau et de chambre à coucher, rien qu'un silence inquiétant. Quand il s'était levé pour la rejoindre, Marie-Noëlle gisait par terre. Elle semblait dormir, mais la flexion curieuse de ses jambes, sa silhouette tassée, presque informe, lui donnait soudain l'apparence d'un gros chiffon. Élie avait tendu la main vers ce corps inerte, sans doute déjà froid, avant de se raviser et d'attendre.

— Tu es resté combien de temps avec elle dans l'appartement ? demande Simon, la gorge nouée à l'idée qu'un gamin de dix ans affronte seul un tel spectacle.

Rien ne vaccine contre le drame, même pas ceux qui l'ont précédé.

— Je ne sais pas, une nuit. Peut-être deux. Elle était toute raide.

— Pourquoi n'es-tu pas descendu voir la concierge ?

— Maman répétait toujours qu'il fallait faire attention, éviter de parler aux étrangers. Je pensais que Marie-Noëlle allait se réveiller, je ne voulais pas croire qu'elle était morte. À un moment, j'ai eu tellement faim que je suis sorti quand même.

Élie s'était aventuré dans le quartier des Carmes. En mars 1944, Toulouse vivait à l'heure allemande, dans la terreur générale. Des trains quittaient presque chaque jour la gare Matabiau pour Drancy ou l'Est, tribunaux militaires et cour martiale siégeaient sans relâche à la prison Saint-Michel, et l'on fusillait pour un oui ou pour un non.

— J'ai marché, marché, marché. Comme je n'avais pas d'argent, je n'osais pas entrer dans une boulangerie. Une fois, j'ai dormi dans un hall d'immeuble. Je ne voulais pas rentrer rue des Couteliers, retrouver Marie-Noëlle dans cet état. Et puis un curé très gentil, l'abbé Duroy, m'a donné à manger et m'a emmené chez lui.

L'abbé habitait tout près, rue de Metz, à côté du couvent des Augustins. Tous les jeudis, sous prétexte d'aider à trier les vêtements pour les nécessiteux, il venait donner des tuyaux sur les caches possibles. Il appartenait en effet à l'un des réseaux de la ville, le réseau Françoise, du nom d'emprunt d'une commerçante de la rue de la Pomme, Marie-Louise Dissard. Celle-ci recevait directement ses instructions du vice-consul britannique, veillait sur les « colis », les pilotes britanniques et américains, récupérait renseignements et faux papiers. Elle avait réussi à organiser une gigantesque filière d'évasion vers l'Espagne, avec un état-major de deux cents agents, en grande majorité des femmes, du jamais-vu. L'abbé Duroy s'était ému d'apercevoir un gamin errant sans manteau place Esquirol. Élie grelottait de froid et semblait ne pas avoir mangé depuis longtemps. Il s'était approché, lui avait tendu un petit pain, l'avait couvert d'une écharpe et d'un bonnet qu'il trimballait dans sa besace et, peu à peu, lui avait soutiré toute l'histoire.

Le prêtre avait ensuite entrepris de requinquer Élie à grands bols de soupe agrémentés d'énormes tartines de fromage, parfois assorties d'une merveille d'os à moelle ou d'un bifteck juteux offerts par les paroissiens. D'un coup de téléphone anonyme à la police, il avait signalé

la mort de Marie-Noëlle, avant d'effacer la mention « Juif » de la carte d'alimentation du gosse. L'immense curé au visage buriné et le gamin fluet pour son âge avaient passé quinze jours sans nuages. L'abbé lisait des textes de l'Ancien Testament et lui apprenait des prières juives. Quand il s'absentait pour de mystérieuses missions, il lui préparait des exercices d'arithmétique pour tuer le temps. Le soir, ils jouaient au pendu ou à la bataille. Élie appréciait la compagnie de cet homme simple. Cela n'avait pas duré.

— Un jour, le curé m'a emmené dans un orphelinat. On a pleuré tous les deux.

S'occupant des pilotes anglais au printemps 1944, l'abbé ne pouvait assister longtemps un enfant juif, cela semblait logique à Simon. Un ecclésiastique seul avec un garçonnet, c'était louche.

— Je ne suis pas resté longtemps dans cet orphelinat. C'était très moche. Et surtout très froid, malgré le « moine », la chaufferette en bois que la sœur passait dans nos draps le soir pour les réchauffer. Après, je suis allé en pension, et c'était mieux.

Un mois ici, deux semaines ailleurs, tel avait été le quotidien de son frère. De brèves escales de répit avant une nouvelle fuite, tant la peur d'être découvert, « brûlé » comme il disait, était grande. Pas étonnant qu'il bégaie…

— Et tu l'as revu, ce curé ? demande Léna en lui caressant les cheveux. Le garçon se trouble, détourne les yeux.

— À la pension, j'ai entendu dire que la Milice l'avait attrapé, battu…

Il s'interrompt brusquement.

— Je suis fatigué maintenant… Je peux aller dormir ?

Élie embrasse Léna, esquisse un salut pour son frère et gagne l'autre chambre, en reniflant. Simon songe à tous les abandons qu'il a dû endurer à un âge si tendre. Son père, arraché aux siens en 1941, l'arrestation de Marguerite, la mort de sa nounou, la disparition du bon curé qui l'avait protégé. Aucun enfant ne devrait avoir à en subir autant.

27

— Comment vois-tu l'avenir maintenant ?

Ce matin, la voix de Léna prend des accents de panique, son regard s'affole, ses lèvres tremblent. Tour à tour anxieuse et lasse, elle va et vient entre les deux chambres et le petit salon. Simon a deviné l'orage sous la question.

— À propos de quoi ?

— Du travail. Je suis heureuse que tu aies retrouvé Élie... Mais nous avons du boulot. Il y a d'autres pistes, d'autres enfants qui ont besoin de nous... Paris s'impatiente.

— Maintenant qu'Élie est là, je ne vais pas le quitter. Le travail attendra.

— Pour toi, sûrement, lance Léna. Mais moi, je dois continuer. J'ai promis à Lionel et Pierre que j'y consacrerais un an.

— Léna, qu'attends-tu de moi ? rétorque-t-il, agacé. Je viens à peine de retrouver mon frère après deux ans de séparation. Je ne lui ai encore rien dit pour mes parents, Madeleine et Lucien. Je ne vais pas le

lâcher une nouvelle fois, le mettre en pension ou je ne sais où !

Léna lui tourne le dos. Ses épaules se soulèvent, comme si elle réprimait un sanglot.

— Élie t'a adoptée, reprend-il en s'adoucissant. Il est plus à l'aise avec toi qu'avec moi. À nous trois, nous y arriverons. Cette semaine, nous étions heureux ensemble, non ?

— Simon, comment vas-tu vivre avec Élie ?

— Je compte rentrer à Paris et l'inscrire à l'école, il a perdu assez de temps comme ça. Je travaillerai un peu pour la commission, mais dans les bureaux. Il est temps pour moi aussi de commencer des études, d'apprendre un métier. Des jeunes peuvent prendre le relais.

— Moi, je veux continuer à chercher des enfants, je crois que je réussis assez bien, répond-elle en souriant à travers ses larmes.

Simon pose ses mains sur ses épaules.

— Tu es excellente, et tu le sais. Comment vois-tu les choses pour nous ? Je ne veux pas te perdre.

— Tu ne me perdras pas, Simon. On se retrouvera à Paris et vous viendrez, toi et Élie, me rejoindre de temps en temps, à Toulouse ou ailleurs.

Simon s'approche, sent son parfum, une invitation à l'embrasser. Il s'étonne toujours de l'effet qu'elle a sur lui. Comment a-t-il pu la trouver laide un jour ? Elle est d'une beauté entière, impulsive, changeante, excessive. Elle le déroute parfois, mais il ne peut s'en passer. Auprès d'elle, tout redevient possible. La quitter lui fend le cœur.

Élie surgit, l'air inquiet.

— Pourquoi vous vous disputez ? C'est à cause de moi ? Je veux voir maman Jacqueline…

— Ne t'inquiète pas. On ne se disputait pas, on n'était juste pas d'accord.

— Quand papy criait très fort sur maman Jacqueline, elle venait parfois dormir avec moi.

— Et tu aimais ça ? demande Léna.

— Oui, cela me rappelait Paris, avec Madeleine ou Lucien.

Pendant la drôle de guerre, à l'âge de six ans, Élie avait souffert de frayeurs nocturnes. Tous les soirs, il hurlait, courait dans la chambre de Lucien ou de Simon, qui protestaient pour la forme. Madeleine l'accueillait sans façon dans son grand lit et réchauffait ses pieds sur ses cuisses.

Simon se prépare à l'inévitable question sur le sort de sa famille, mais Élie répète : « Je veux voir maman Jacqueline… »

Il faut toute l'attention et les cajoleries de Léna pour qu'il se calme et consente à prendre son petit-déjeuner. Simon observe la scène. Léna s'y prend tellement mieux que lui ! Elle agit à l'instinct, sans se poser les questions qui l'assaillent et l'inhibent. Elle a les bons gestes, les attitudes convaincantes. Élie ne s'y trompe pas qui se réfugie maintenant dans ses bras. Hier, il les a surpris sur le lit, engagés dans un concours de grimaces, riant aux éclats. Il craint de ne jamais éprouver une telle complicité avec son frère, d'échouer à le guider, lui apporter sécurité et réconfort. Et comment vivre

sans Léna ? Il a besoin de son sourire énigmatique et troublant, de son corps comme un havre de paix dans la nuit, de son esprit fier et indépendant, et même de leurs désaccords. La journée s'étire, maussade, comme les deux suivantes. Léna ne parle presque pas, fume une cigarette après l'autre, elle sort se promener avec Élie quand il tourne en rond et réclame les Morel. Simon se réfugie dans ses carnets et ses pensées.

Au dîner, c'est décidé : ils monteront dans le train pour Paris, seuls. Léna retourne à Toulouse, ils se retrouveront le plus vite possible. Dans la nuit de velours, Simon se repaît encore une fois d'elle, de ses cheveux fous contre son torse, de ses morsures, de leurs corps en lutte qui s'esquivent pour mieux se prendre, de leurs langues qui se mêlent. Léna n'a pas besoin de balbutier des « Je t'aime » : sa candeur, sa façon de s'abandonner sans honte suffisent. Le jour du départ, elle ne les accompagne pas à la gare, les quitte en bas de l'immeuble, comme s'il s'agissait d'une simple formalité.

— À bientôt Élie, prends soin de toi.

Un chaste baiser sur la joue de Simon et la voilà partie. Les deux frères se regardent et, pour la première fois, Élie glisse sa main dans celle de Simon. À la gare de Perrache, l'aîné manque parfois perdre le cadet dans la cohue des voyageurs, il le ramène à lui, s'efforce de se fondre dans la foule et de se rassurer. Sœur Perpète a-t-elle convaincu les Morel de ne pas alerter la police ? L'Occupation a beau appartenir au passé, Simon croit y replonger le temps du voyage. Il guette les rondes des

contrôleurs, parle peu, garde les yeux baissés. Comme Madeleine quand elle convoyait des petits vers l'Espagne ou la Suisse. Depuis le départ de Léna, le petit n'a pas ouvert la bouche. Parfois, il regarde Simon à la dérobée, l'air perplexe. Il semble lui reprocher cette séparation, comme s'il l'avait choisie, comme si Léna n'était pas un feu follet, que personne ne peut contraindre. Libre et déterminée à récupérer ces petits dont personne ne sait quoi faire. Curieusement, dans cette France qui veut oublier l'horreur, le cas des enfants juifs réveille une culpabilité : on n'a rien vu, on a laissé faire, on s'en est moqué. Ils encombrent, ces orphelins, reproches vivants pour les exactions de Vichy et la collaboration avec les nazis. Arrivé dans le métro, Élie observe la rame comme une chose totalement nouvelle. Peut-être est-ce le cas, après tout. Simon n'est plus sûr de rien, l'avant-guerre lui apparaît comme un songe.

Rue de Sèvres, Élie s'anime, presse le pas devant les vitrines jusqu'à l'angle de la rue Vaneau qu'il enfile en courant.

— Élie, bon sang, attends-moi… Élie !

Mais Élie ne se retourne pas. Dédaignant l'ascenseur installé à grands frais juste avant le Front populaire, il monte les marches quatre à quatre.

— Maman ! Maman !

Dans le hall, Simon se fige, glacé. La voix d'Élie est redevenue celle d'un enfant de quatre ans. Sur le palier, il laisse tomber leurs sacs, s'agenouille et l'attire contre sa poitrine…

— Mon chéri… maman n’est pas là. Et papa non plus.

— Menteur, tu es un menteur ! Ouvre la porte tout de suite !

Simon s’exécute. À Lyon, il a pris soin de téléphoner à Béatrice qui, transportée par le retour d’Élie, a promis de rendre l’appartement plus vivable. Mais Simon a tempéré ses ardeurs de décoratrice, quelques aménagements suffiront, il ne faudrait pas affoler davantage Élie. C’était déjà assez affreux de rentrer chez eux sans trouver la présence rassurante des parents, l’effervescence de la fratrie.

Dans l’entrée, Élie écarte son frère et se précipite dans le couloir.

— Maman ! Je veux voir maman !

Seul le silence lui répond. Le garçon ne semble pas remarquer l’état de l’appartement. Béatrice et Maurice ont apporté un canapé et quelques chaises, installé des rideaux aux fenêtres et des tentures de velours dans l’entrée. Sur un guéridon trône une photo des Mandel sur une plage normande, tous en maillot de bain, rangés par ordre de taille. Ce jour-là, Lucien s’était amusé à imiter Fernandel, à qui il ressemblait un peu, et le soir, ils étaient allés voir *Regain* au cinéma de Deauville. Simon sent bien l’intention louable derrière le geste de sa tante, mais afficher cette photo n’a rien d’une bonne idée. Il la retourne prestement, allume les lampes disposées par Béatrice, évite d’ouvrir la bibliothèque, sanctuaire de leur père. Puis il cherche Élie, et le trouve

abattu sur son lit, la tête dans l'oreiller, les pieds dans le vide. Il s'assoit à côté de lui et lui caresse le dos.

— Élie, parle-moi.

— Où elle est, maman ? Où ils sont tous ? Que s'est-il passé ici ?

Le moment est venu, il ne peut plus éluder. Il sait qu'il n'existe aucun moyen d'adoucir la portée de ces révélations. Pour Élie, un monde va s'effondrer. Mais il n'a pas le choix et personne pour le seconder dans cette tâche inhumaine. L'effroi le tient entre ses crocs.

— Ils ne reviendront pas, Élie. Jamais. Papa et maman ont été tués par les Allemands... Lucien et Madeleine aussi.

Simon pleure désormais comme un enfant en caressant la tête de son frère, le visage toujours enfoui dans les draps comme s'il refusait de voir, de l'écouter, lui et ses nouvelles effarantes, insensées.

— Désormais, c'est toi et moi, bonhomme. Mais tu peux compter sur moi. Je ne te quitterai jamais. Élie, tu m'entends ?

Élie fait le mort.

— Je m'en doutais, consent-il à lâcher. Je m'en doutais. Je ne suis plus un enfant.

Au bout d'un moment, sa respiration s'apaise et Simon sort. Il tourne dans l'appartement, trouve des nouilles dans la cuisine, quelques fruits dans une assiette toute simple. La vaisselle à filet d'or et les verres en cristal de Bohême de sa mère ne sont plus qu'un souvenir parmi d'autres. Il boit un peu de vin, une attention de l'oncle Maurice. Il songe à appeler chez les Hirsch,

mais la fatigue du voyage et de l'aveu difficile le font renoncer. Tout à ses pensées, il n'a pas vu Élie, qui semble sortir de nulle part.

— Je m'en doutais, Simon. Je le savais parce que tu ne disais rien…

— Élie…

— Je veux retourner chez les Morel. Ici tout est fini…

Et Simon, au cours de cette interminable nuit, de répéter ses explications lacunaires : c'est ici qu'ils vont vivre maintenant, malgré l'aspect inquiétant de l'appartement. Élie demande où sont passés les meubles, les tableaux, la pendule en bronze du vestibule qu'on se transmet depuis la Révolution française… Volés et vendus, sans doute. En revanche, il ne pose pas de questions sur le sort de ses parents, de son frère et de sa sœur. Il sait seulement qu'il ne les reverra pas, comme Marie-Noëlle. Le poids des morts pèse sur ses jeunes épaules. Il se tient voûté, fixe les murs nus et salis de cet appartement qui l'a vu naître, esquisse parfois un chat roux sur un cahier. Il n'entre jamais dans le bureau paternel, ni dans la chambre de ses parents ou celles de Lucien et de Madeleine, comme si ces pièces étaient hantées.

Commence alors pour les frères Mandel une étrange période. Malgré les efforts de Simon pour se rapprocher d'Élie, ils ne font que se croiser. Ils ne se couchent pas aux mêmes heures et dorment très peu. Élie peut rester deux jours entiers sans ouvrir la bouche. Quand il parle, il bégaie tellement que toute conversation est impossible. Seul Simon sort effectuer quelques achats.

Il s'est procuré des outils à la quincaillerie et s'occupe à reconstruire les bibliothèques dévastées du salon.

Tous ces livres envolés… Leurs parents avaient toujours lu avec passion, les classiques, bien entendu, mais aussi Malraux, Gide, Queneau, les poètes surréalistes. Un panthéon éclectique, d'où seul était exclu Céline, à cause de son antisémitisme criminel. Leur père lisait tard dans la nuit et prenait des notes sur un petit carnet qui ne le quittait jamais. *La lecture est une amitié*, répétait-il après Proust. Écrire, disait-il aussi, est comparable à la boxe ou à la course, il faut garder les yeux sur l'objectif, maintenir le rythme et donner tout ce qu'on a… Henri caressait le projet d'écrire un roman sur les francs-maçons, quand il serait à la retraite, qu'ils habiteraient le Cap-Ferret où leurs enfants viendraient leur rendre visite. Férue de littérature étrangère, Marguerite envisageait de traduire en allemand ou en anglais des ouvrages universitaires. Dans leur folie meurtrière, les Allemands en avaient décidé autrement.

Simon ne lâche plus son marteau, le travail manuel l'apaise. Élie lui passe parfois clous et vis, mais se borne le plus souvent à le regarder s'activer. Dans une armoire, il a déniché un mouchoir de sa mère, qu'il sort à tout bout de champ de sa poche pour le humer ou s'essuyer les yeux. Il semble avoir la moitié de son âge tant le chagrin délave son visage. Simon se garde bien de toute remarque. Ils n'ont pas encore revu leur oncle et leur tante, malgré les coups de fil répétés de celle-ci. C'est trop tôt. Ils ont besoin d'apprendre à vivre avec les ombres qui peuplent désormais leur vie.

Parfois, il leur semble entendre respirer leurs absents. Au crépuscule, la tristesse se fait insupportable. Simon incite alors Élie à sortir dans le quartier, souvent en vain. Pourtant l'automne 1946 est majestueux, les arbres hissent leurs fanions jaunes et rouges sur les boulevards et dans les jardins. Ils doivent apprivoiser l'absence, se réconcilier avec la géographie à défaut de l'histoire. Poussés par la brise, des flottilles de bateaux miniatures croisent dans le grand bassin du Luxembourg. Élie refuse de louer un brick, sous prétexte qu'il est trop grand maintenant. Tous deux pensent à Madeleine qui jouait au tennis avec des camarades à quelques mètres de là, ou aux promenades à poney avec Marie-Noëlle dès les prémices du printemps. Ils retournent chez Deyrolles, le cabinet de curiosités de la rue du Bac qui les fascinait enfants. Élie se perd dans les rayonnages et la contemplation des grands fauves empaillés, des insectes, des coquillages. Simon dessine des leçons de choses ou des détails d'anatomie d'après les planches qui font des taches de couleurs sur les murs.

Certains soirs, Élie se montre réfractaire à tout et agressif. Il ne veut ni se laver ni manger. Jouer aux cartes l'ennuie, dessiner le barbe, lire *Le Capitaine Fracasse* ou *Les Aventures de Gulliver* lui demande trop d'efforts.

— Laisse-moi tranquille, je suis fatigué. Je ne comprends pas pourquoi tante Béatrice n'a jamais écrit, n'est jamais venue me voir à Toulouse. Je ne veux pas les revoir.

Dans ces moments-là, il jette par terre tout ce qui lui tombe sous la main. Simon se refuse à le morigéner mais ne sait quelle attitude adopter.

— Alors, maman nous a abandonnés ? lui lance Élie.

Simon hoche la tête d'un air désolé.

— Bien sûr que non, Élie. Elle t'aimait plus que tout.

— Pourquoi elle ne s'est pas enfuie alors ?

Élie peine à se remémorer les traits et la voix de sa mère, qui s'estompent chaque jour un peu plus. Cet oubli insidieux l'afflige, alors il s'en prend à Simon, le seul qui reste, celui qui, devine-t-il, détient toutes les clés d'un passé innommable, innommé.

Pour Lucien, Simon a dit la vérité : mort au combat. Mais comment parler des autres ? Madeleine torturée, leur père et leur mère dans l'enfer d'Auschwitz. Son explication reste sommaire, paresseuse : ils ont été tués par les Allemands. Élie peut-il s'en contenter ? Simon aimerait le réconforter, mais son propre chagrin l'étouffe. Il se rappelle l'adolescent qu'il était à quinze ans, méprisant, frondeur, rebelle à toute autorité. Il aimerait aujourd'hui demander pardon à ses parents pour ces portes claquées, ces bouderies idiotes, ces soirées où l'air se chargeait d'électricité. Surtout, il manque de conseils pour parvenir à protéger Élie de la douleur, l'aider à revenir à la vie, et à lui.

Et puis, il y a autre chose. Ce soir, Simon trouve Élie à genoux dans sa chambre, serrant un objet incongru dans sa main.

— Que fais-tu donc ? demande-t-il doucement.

— Je prie, comme avec maman Jacqueline. Je vais lui écrire. Elle me manque.

— Élie, tu es ici avec moi maintenant. Ça fait bizarre, tu sais, de te voir prier.

— J'aime bien, dit-il d'un ton de défi. Là-bas, je le faisais tous les soirs. D'ailleurs, le curé des Morel disait que je pourrais être prêtre plus tard, si je le voulais assez fort.

— Mais c'est impossible ! lance Simon. Tu n'es pas chrétien, mais juif, malgré ce qu'on t'a mis dans le crâne.

— Je m'en moque ! Maman le voulait aussi puisqu'elle m'a fait baptiser.

— Tu te trompes ! répond Simon en tentant de garder son calme. Maman a demandé un certificat de baptême pour te sauver, pas davantage. Ce papier ne vaut rien. Quant aux Morel, ils n'auraient jamais dû te faire baptiser, ils n'en avaient aucun droit.

— Tu ne peux pas m'en empêcher, rugit Élie en brandissant son chapelet. À Noël, j'aurai une crèche. Et je veux envoyer une carte aux Morel, eux ils ont été gentils avec moi !

Interloqué, Simon bat en retraite. Depuis longtemps, il a perdu pour lui-même toute croyance en un Dieu bienveillant et miséricordieux. S'Il existait, comment avait-Il pu laisser commettre de tels crimes ? La jeunesse juive avait selon lui toutes les raisons de renier l'Éternel, mais il gardait ses opinions pour lui.

Choqué par cette scène, il téléphone à Lionel.

— Je ne sais pas m'y prendre avec lui. C'est comme si je vivais avec un étranger. Élie n'est plus le même, ou si peu… Je n'y arriverai pas, Belette.

— Ça va aller, Simon, rétorque Lionel, toujours positif. Ne le brusque pas. C'est transitoire. C'est un déchirement terrible d'apprendre la mort des siens et de quitter cette famille, comprends-le.

— Tu as raison, mais je n'arrive pas à l'atteindre. C'est dur, tu sais. Il n'y en a que pour eux. Je n'existe pas…

— Vous avez été séparés presque deux ans. À cet âge-là, c'est un gouffre.

— Il veut leur écrire. Ça le calmerait peut-être… Seulement, c'est risqué…

— Écoute, s'ils l'avaient voulu, les Morel t'auraient déjà envoyé les flics. Ils ont accepté ton geste. Laisse Élie écrire une lettre sans en dire trop, juste pour montrer qu'il va bien. Peut-être cela suffira-t-il à le tranquilliser…

28

Au téléphone, Léna se range à l'opinion de Lionel : qu'il laisse donc Élie écrire une carte postale. Leur conversation patine, laborieuse. La voix fêlée et l'accent de Léna bouleversent Simon. Elle lui manque comme jamais et les pauvres mots échangés échouent à apaiser sa soif d'elle. Il la veut à lui, belle et frémissante dans sa robe jaune. Il espérait qu'elle s'inquiéterait davantage pour lui, pour eux, mais elle paraît sereine, presque détachée. Elle est en train de pister un garçon handicapé moteur, qu'elle espère retrouver à Bayonne. Comme il a séjourné dans un hôpital de cette ville, le dénicher ne devrait pas poser trop de difficultés. Elle s'en sort bien, obtient des rendez-vous, explore les pistes. Une fois cette mission terminée, elle viendra à Paris, comme promis.

Simon raccroche, perturbé. Il n'aime ni son ton positif, ni son apparente indifférence, qui lui rappelle celle d'Élie. Elle a demandé à parler au petit et, pour la première fois depuis dix jours, celui-ci s'est déridé. Simon lui a écrit, des lettres sages au début, puis plus

hardies. Elle ne répond guère, à cause de son français hésitant, mais à chaque fois qu'il reconnaît son écriture penchée sur une enveloppe, son cœur bondit. Il l'imagine, mâchouillant un stylo pour trouver les mots, sa bouche entrouverte en une adorable mimique. Les Parisiennes qu'il croise dans la rue lui semblent ordinaires, étriquées, déjà vieillies sous leur maquillage. Il désire Léna et lui en veut en même temps : comment peut-elle continuer loin de lui, comme s'il ne s'était rien passé ?

Ce soir-la, rasséréné par la promesse d'un échange avec les Morel, Élie livre quelques bribes supplémentaires de son histoire. Son passage à l'orphelinat, la faim qui lui donnait des vertiges, les abbés en noir qui se succédaient auprès des garçons, sans que l'on sache toujours leurs noms. Il chantait « Sauvez la France au nom du Sacré-Cœur » et ânonnait des « Je vous salue Marie », comme les autres.

— On m'a dit que, si je travaillais bien, mes parents reviendraient. Alors, j'ai appris mon catéchisme, avec tous les noms compliqués des saints, et j'ai bien retenu mes leçons.

Il se souvient que, dans les dortoirs, on racontait que les Juifs étaient des créatures du diable, empoisonnaient les puits et jetaient des sorts aux nouveau-nés. Un garçon plus savant que les autres assurait même que certains Israélites se faisaient enterrer avec un sac de pierres, au cas où ils croiseraient un chrétien sur le chemin de l'au-delà ! Sidéré par de telles bêtises, Élie avait redoublé d'efforts. Son âme d'enfant se réparait comme elle pouvait. Les siens l'avaient oublié ? Il s'oubliait dans

les prières. La pompe liturgique, les cantiques, le missel le divertissaient, peuplaient sa solitude. Il avait jubilé en devenant enfant de chœur. Le baptême décidé par les Morel avait été son seul moment de bonheur depuis la dislocation de sa famille. Il le libérait d'un fardeau en le faisant entrer dans une communauté où on le reconnaissait, l'acceptait. Plus rien à craindre ou à justifier. Il était Élie Morel, écolier, et cela suffisait. Pour la première fois depuis l'arrestation de son père en 1941, il s'était senti en sécurité. D'une certaine façon, Simon comprend, ne peut rien lui reprocher.

Il emmène finalement Élie chez Maurice et Béatrice. C'est André qui ouvre la porte, un André revigoré, épaissi, qui ne flotte plus dans ses vêtements, mais qui paraît plus âgé que ses vingt-quatre ans. Eugénie et Geneviève se précipitent en piaillant. Curieux de retrouver un bout de sa famille, Élie se laisse cajoler et conduire au salon. Les mains couvertes de farine, la tante Béatrice annonce un festin en dépit des privations : soufflé au fromage, rôti, tarte tatin, le tout accompagné d'une bonne bouteille de vin. Tout ce qu'appréciaient les Mandel quand ils venaient dîner chez les Hirsch. Et Maurice leur sert une entrée théâtrale : chapeau à plumes de faisan, loden de comte anglais, cuissardes brunes… Il est loin, le Maurice hagard du Lutetia ! Les passants rue de Passy se retournent sur son accoutrement mais il s'en moque bien. Il a retrouvé son fils et il peut faire l'original… après tout, c'est un artiste, même si le magasin l'accapare de nouveau. Le mois dernier, il a dû recruter deux vendeuses tant les

clientes s'arrachent lainages, jupes et corsages de bonne facture. Nouvellement importé des États-Unis, le prêt-à-porter fait fureur avec ses choix de modèles et de tissus produits en série.

— Alors, Élie, où vas-tu aller à l'école ?

C'est la cadette qui a posé la question. Elle prépare son bachot, moins pour étudier à la fac que pour y rencontrer de beaux garçons, dans le style de son idole, Gregory Peck. Quant à Eugénie, elle a débuté son école vétérinaire et dorlote les matous du VIIe arrondissement le samedi, dans un cabinet très chic.

— Je ne sais pas encore.

Simon hésite à inscrire Élie en sixième au lycée Buffon où il a lui-même suivi sa scolarité. Il craint l'ambiance dissipée et les bousculades des plus grands. Une école privée ? Trop cher pour leur budget, qu'il essaie de maîtriser avec l'aide de son oncle.

— Pourquoi pas l'École alsacienne ? suggère Béatrice. Ta maman en parlait souvent, en bien. Et puis, les protestants…

Les Hirsch sont persuadés qu'à force d'amour et d'attention, Élie oubliera ses années sombres, les pensionnats, les orphelinats, et même l'intermède avec les Morel. Ils le cajolent, lui resservent de grosses parts de tarte tatin et, ému par ces attentions, Élie se détend. Mais cela ne dure que jusqu'au moment où il entre dans le bureau de son oncle, tendu de velours rouge, et tombe sur une photo dans un cadre en argent : Marguerite à cheval sur la plage du Touquet.

— Je ne veux pas voir ça, hurle-t-il en balayant d'une main l'objet qui se fracasse au sol dans une pluie d'éclats de verre.

Maurice et Simon se sont compris d'un regard : Élie en veut à la terre entière. Il a besoin de temps. Dans ses mauvais rêves, Maurice s'imagine encore son fils mort, là-bas, en Pologne, et les visions des rescapés des camps continuent à le hanter. Plus d'un an après son retour, il arrive encore qu'André dorme par terre dans sa chambre ou sur le sol de la cuisine, incapable de trouver le sommeil dans son lit trop douillet. Irritable, il s'emporte pour des broutilles, plonge dans d'inquiétants accès de colère. Souvent, il découche aussi, préférant la nuit à l'attention ouatée, étouffante, de ses parents. Il marche seul sur les boulevards pour diluer l'effroi qui le prend encore au souvenir du camp. Rien d'étonnant donc à ce qu'Élie multiplie les mouvements d'humeur.

Au moment où Béatrice raccompagne les garçons sur le pas de la porte, Maurice glisse deux billets dans la poche d'Élie.

— Chut, c'est notre secret, glisse-t-il en lui ébouriffant les cheveux.

Élie ne remercie pas plus qu'il n'embrasse les Hirsch. Rue de Chanaleilles, il file dans sa chambre sans un mot pour son frère. Qui fait contre mauvaise fortune bon cœur : pour une première sortie en famille, cela ne s'est pas si mal passé.

À l'École alsacienne, en haut de la rue d'Assas, les Mandel sont vite reçus par le directeur, la rentrée ayant eu lieu le mois précédent. L'homme énumère

complaisamment la liste des glorieux élèves de l'institution : Jean-Baptiste Charcot, fils du grand médecin, créateur de l'Association athlétique alsacienne après l'appel de Pierre de Coubertin pour relancer les jeux Olympiques, disparu en mer en 1936 ; Jean de Brunhoff, le père de Babar ; André Gide. Anouilh y a inscrit ses enfants, lui-même a fréquenté le lycée Chaptal. On peut remplacer par Pierre Louys, Henry de Monfreid… Simon était plus sensible au caractère laïque de l'institution, à sa mixité, rare dans un pays qui l'avait pourtant décrétée dès 1908, à l'importance accordée au dessin, au théâtre, aux voyages d'études. La pédagogie de l'école s'attachait surtout à responsabiliser l'enfant. Eux qui plaçaient le savoir au-dessus de tout, Henri et Marguerite l'auraient sûrement approuvé. Après quelques formalités, le directeur serre longuement la main d'Élie avant de lui faire visiter les lieux. Malgré lui, l'enfant est impressionné par l'ambiance chaleureuse, les salles de classe claires et aérées, la mine sympathique des professeurs croisés dans les couloirs. Ensuite, il faut faire quelques courses : un cartable, des stylos, des cahiers, une blouse, des vêtements.

C'est le cœur rempli d'espoir que Simon accompagne son petit frère le premier jour.

— Sois sage, je viens te chercher à la sortie.

Selon son habitude, Élie tourne les talons sans un mot, se dirige vers le bâtiment de musique et d'arts plastiques. Sur le trottoir, Simon ne peut s'empêcher d'éprouver un léger pincement au cœur. Élie va renouer avec un lieu, l'étude, les camarades, les notes. Et lui ?

L'oncle Maurice lui a proposé une place au magasin, mais comment s'investir dans la vente de prêt-à-porter alors qu'il ne pense qu'au corps trop lointain de Léna. André a repris les cours à la faculté des sciences et en est heureux. Il veut devenir biologiste marin, travailler près de l'océan, sa passion d'enfant, dont l'infinité saura l'apaiser. Simon devrait-il lui aussi s'inscrire en fac ? Il a surtout envie de créer, de construire, de changer le réel. Mais, épuisé par des années de tension, détruit par le sort de sa famille, le recul propice à la réflexion lui manque. Et il doit veiller sur Élie, continuer aussi à s'occuper des enfants manquants, tenir sa promesse à Lionel.

Élie ne raconte rien de sa première journée d'école. Il fait ses devoirs sur la table de la cuisine, comme avant lui Simon et Lucien sous la supervision de Marguerite, cachant derrière son avant-bras ce qu'il écrit sur son cahier. Simon tourne autour de lui, allume la gazinière, lave quelques assiettes, pour se donner une contenance. Étrange, cette vie domestique qui le rassure et l'angoisse à la fois… Son existence se réduira-t-elle désormais à cuisiner pour son frère, le regarder chipoter dans son assiette, avant que chacun se retire dans sa chambre ?

À l'école, malgré l'attention des professeurs informés du sort de la famille Mandel, Élie refuse de se mêler aux autres en classe et dans la cour de récréation. Un jour, il s'éclipse du cours de rythmique. Convoqué par le directeur, Simon apprend qu'on y enseigne le piano. Voir une femme professeur et musicienne, cruel rappel

de tout ce que fut Marguerite, a dû être insupportable pour son petit frère.

Parfois, il rentre la blouse déchirée, le nez en sang.

— C'est l'autre qui a commencé, proteste-t-il quand Simon menace de sévir.

En pure perte, car Élie, comme lui au même âge, se moque bien des punitions. À la fin du premier mois, on dirait même qu'il les cherche. En classe, il lance des boulettes gluantes sur les élèves du premier rang, se noircit les gencives à l'encre pour effrayer les filles, inscrit des insultes à la craie sur le tableau. Rue de Chanaleilles, il brave le nouveau concierge, un homme doux, estropié pendant la Grande Guerre. Simon voit son cadet se muer en petite terreur.

— Élie, tu vas où comme ça ? Ils ne te garderont pas, tu sais. Il y a beaucoup d'élèves qui rêvent d'entrer dans cette école.

Mais ce n'est pas cette attitude frondeuse qui inquiète le plus Simon. S'il s'énerve de voir Élie accumuler les colles, il se rappelle aussi les frasques de sa propre enfance, pas si lointaine, et la joie qu'il prenait aux chahuts, aux affrontements. L'indifférence et la froideur de son cadet l'angoissent davantage. Cajoleries, mises au point et menaces n'y font rien : Élie refuse de retourner chez son oncle et sa tante. Les deux derniers jeudis, il a prétexté une course urgente dans le quartier. Simon a cru qu'il allait retrouver de nouveaux copains, normal pour un garçon de treize ans, et s'en est réjoui. Mais la seconde fois, Simon l'a suivi pour s'en assurer. Élie a pris un bus qui l'a conduit dans le quartier de

Montparnasse, du côté de la rue Froidevaux. Simon l'a vu converser avec le gardien du cimetière et n'a pas été long à comprendre : Élie va en cachette sur la tombe de ses grands-parents. Il n'a pas osé le rejoindre à l'intérieur du cimetière et l'a attendu à la maison.

— Où étais-tu passé, Élie ?

— J'avais un carnet à spirale à acheter. Je suis allé au Bon Marché.

— C'est bien vrai ce mensonge ?

— Quel mensonge ? répond le jeune garçon avec sa perpétuelle moue.

— Je t'ai vu au cimetière du Montparnasse.

Élie se renfrogne et devient cramoisi.

— Élie, tu peux tout me dire. Si tu veux aller au cimetière, je t'accompagne. C'est bon-papa et bonne-maman que tu cherches ?

Paul Mandel et sa femme, qui avaient passé leur vie à la plaine Monceau, reposaient désormais près d'Alfred Dreyfus, dans l'imposant caveau de famille qui évoquait un petit temple grec.

— Je cherchais la tombe de papa, maman et Madeleine, bégaie Élie qui fait peine à voir. Je croyais qu'ils seraient là, à côté d'eux.

Oubliant sa colère, Simon le prend dans ses bras. On ne peut pas lui reprocher d'avoir cru que les parents avaient reçu eux aussi une sépulture. Comment lui expliquer que, happés par la nuit et le brouillard, ils occupaient désormais le ciel de Pologne où ils avaient péri ? Il n'y avait aucun Mandel à côté de leurs grands-parents.

Lucien avait été inhumé en Bretagne où il avait trouvé la mort, et Madeleine, près de Grenoble.

— Nous n'avons pas pu ramener papa et maman, Élie. Personne ne sait où ils se trouvent. Mais on pourrait peut-être mettre une plaque à leurs noms sur la tombe des grands-parents.

Cette nuit-là, Simon entend Élie prier avec ferveur de l'autre côté du couloir, un timbre grêle, une lamentation sans fin. À minuit, n'y tenant plus, il va chercher le garçon et ils finissent la nuit enlacés sous une épaisse couverture, dans une consolation muette.

L'automne se précise, le froid s'installe dans l'appartement et dans leurs cœurs. Simon navigue à vue entre les récifs, dans une tempête permanente. Lui qui se voulait une ancre pour Élie se sent dériver, loin du port d'une existence normale.

29

Un matin, au métro Sèvres-Lecourbe, Simon tombe sur Jacques, le fils du boulanger, frais et radieux.

— Tu as l'air en pleine forme, lui lance-t-il.

— Je suis amoureux, glisse le garçon, rose de plaisir. Une belle fille, Pauline, dactylo dans une boîte d'import-export. On est fiancés !

— Formidable, il faudra que tu me la présentes. Buvons une bière un de ces soirs pour fêter ça.

— Avec joie ! Et toi, comment vas-tu ?

Simon élude l'aspect le plus tragique de son histoire et raconte en quelques phrases l'incroyable retour d'Élie et les difficultés qui en sont ensuivies.

— Je passerai le voir, assure Jacques. Tu devrais l'inscrire à un club de sport. Pourquoi pas au vélo, comme moi ? Je m'entraîne tous les dimanches au bois de Vincennes. Ou alors tu me l'envoies comme apprenti, je te le formerai !

Simon se prend à sourire en imaginant son frère enchaîner les tours de lac avec Jacques ou soulever des sacs de farine au fournil. Cette rencontre lui a fait du bien.

À son retour rue de Chanaleilles, il croit à une apparition dans le halo du lampadaire. Au bas de l'immeuble, une silhouette longue et mince aux cheveux d'un blond d'enfant. Drôle d'enfant, alanguie contre le mur, cigarette aux lèvres… Il se précipite – tant pis pour les voisins, la concierge ou Élie qui le guette peut-être à la fenêtre –, la soulève dans ses bras, fait ployer son cou sous les baisers. Elle le regarde par en dessous, lui sourit timidement. Il sait qu'il a l'air bizarre, les cheveux en désordre, la chemise froissée, mais il s'en moque. Elle reprend le sac qu'elle a posé sur le trottoir et se laisse guider dans le hall. Il se retient de la serrer contre lui, de la manger là, dans l'ascenseur. Il se recoiffe, cherche sa clé, l'observe à la dérobée. Elle porte une blouse violine qu'il ne lui connaît pas au-dessus de son sempiternel pantalon d'homme. Il se sent trembler à la savoir si près de lui. Il n'a même pas entendu le son de sa voix, juste senti la pression de ses doigts maigres sur ses avant-bras, humé son odeur. Il ouvre la porte.

— Élie, Léna est là !

Élie se précipite vers la jeune femme, qui éclate d'un rire délicieux, et c'est tout l'appartement qui semble reprendre vie.

— Comment vas-tu, Élie ? Alors, l'école, raconte…

Incroyable, Élie se met à parler. Les cours de maths et de français, les visites en groupe au Panthéon, à Notre-Dame ou à la Sainte-Chapelle, la casquette du concierge, l'accent alsacien du directeur, les zéros de conduite et l'avertissement récolté en se battant à la récréation avec son voisin. Simon reste bouche bée

devant ce petit miracle. La présence de Léna transfigure Élie, il redevient le garçon qu'il était, espiègle, loquace. La soirée avec Léna et « ses deux hommes », comme elle les appelle affectueusement, se poursuit autour d'un énorme plat de nouilles, à discuter joyeusement de tout et de rien. Vers 22 heures, Élie part se coucher sans faire d'histoires.

Simon installe Léna dans la chambre de Madeleine, par pudeur envers Élie et aussi par respect pour ses parents. Après s'être assuré que son frère s'est endormi, il la rejoint enfin. Le craquement du parquet lui rappelle les escapades nocturnes de Lucien avant la guerre. Son grand frère rentrait à pas de loup de ses rendez-vous galants, mais Marguerite, toujours inquiète et protectrice, l'attendait immanquablement dans la cuisine, à n'importe quelle heure, ce qui le mettait en rage… Un pas, puis deux, et Léna est enfin dans ses bras. Il embrasse son visage de craie, ses paupières battantes, elle gémit vaguement, ils titubent jusqu'au lit. Simon dégrafe fébrilement sa blouse et croit rêver en l'entendant murmurer : « Je t'aime. » Cet aveu redouble son désir, il la renverse avec fureur. À un moment, elle le mord.

Après cette avalanche d'émotions, difficile de la quitter. Il voudrait l'entendre supplier de rester au lit avec elle, mais Léna ne serait pas Léna si elle se réglait sur ses volontés. Alanguie, comblée, ensommeillée par le plaisir, elle ne le retient pas. Simon saute du lit, passe devant la chambre d'Élie, d'où s'échappe un léger ronflement, et se faufile dans la sienne.

Le lendemain commence avec un petit-déjeuner pantagruélique. Léna décapite la brioche achetée par Simon rue de Babylone et la beurre délicatement pour Élie. Tous semblent être convenus de ne pas évoquer la durée de son séjour. Elle est là, c'est suffisant. Pendant les heures de classe, les jeunes gens restent à la maison, s'abstraient du monde, le plient à leurs désirs et à la loi des amants. En fin de journée, ils vont attendre Élie à la sortie de l'école, sur un trottoir engorgé de mères et de nourrices. Parmi tous ces gosses à gibecière, on pourrait les prendre pour des parents ! Simon se laisse aller à rêver d'une vie à trois, mais Léna n'a pas abordé l'avenir. Lui fera-t-elle une place dans sa vie, échangera-t-elle des moments privilégiés pour ce qu'il leur reste d'éternité ? D'autres enfants l'attendent, elle ne décrochera pas de sa mission avant de les avoir retrouvés.

Un matin, après avoir fait le point sur leurs dossiers respectifs, ils vont jouer les touristes en compagnie d'Élie qui ne connaît rien de la capitale. Et pour cause : sous l'Occupation, Marguerite refusait de sortir, effrayée, écœurée aussi, par les uniformes allemands dans les rues. Sous un soleil rare pour un mois de novembre, Simon et Léna l'emmènent sur la tour Eiffel, visiter l'Arc de triomphe, l'atelier de Bourdelle à Montparnasse. On déjeune sur les quais de Seine, non loin du marché aux fleurs, que Simon veut éviter car c'était un des lieux favoris de Madeleine. Léna veut aussi tout découvrir et s'enchante d'un rien. Dans l'après-midi, à la terrasse d'un café des Tuileries où Élie dévore un éclair, elle jette son dévolu sur une corbeille de fruits et

déguste à l'occasion sa première banane. En la voyant croquer la peau, Élie et Simon explosent de rire, tandis qu'elle fait mine de s'indigner pour mieux se réconcilier. Après les soldats, c'est la mode qui défile dans la rue. Sur les Champs-Élysées, nombre de Parisiennes s'inspirent des créations de M. Dior : taille affinée, épaules rondes, hanches marquées. Ébahie par cette parade sophistiquée, Léna se trouve des airs de paysanne polonaise mal dégrossie. Pour se consoler, elle ose quelques emplettes sur les Grands Boulevards, un nouveau corset qui étrangle joliment la taille, une robe corolle qu'elle reprendra sur la machine à coudre de la rue de Chanaleilles.

Certains soirs, Simon confie Élie à la voisine du dessus et emmène Léna écouter du jazz dans les caves de Saint-Germain. La jeune femme s'amuse des zazous attifés de leurs vêtements trop longs, leurs parapluies sous le bras. Simon observe aussi cette jeunesse parisienne. Il sait que certains ont défié les Allemands, portant l'étoile jaune en solidarité avec les Juifs persécutés, mais ne peut s'empêcher de les trouver agaçants, puérils. Lui aime Boris Vian, le jazz, les atmosphères enfumées de la rue de Buci ou de la rue de Lappe. Dans les clubs de la Bastille, il faut se frayer un chemin entre les ouvriers musclés, les bourgeois encanaillés, les belles tarifées et les touristes en goguette. Quand un type éméché s'approche trop près de Léna, Simon sourit en attendant que l'importun s'en aille, bien loin de ses mois de beuveries et de bagarres sur le trottoir. Avec Léna à son bras, il se sent enfin adulte, responsable.

D'ailleurs, ils rentrent avant minuit, car, le lendemain, ils doivent réveiller un Élie toujours grognon à l'idée de rejoindre l'école. Jours tranquilles, félicité des nuits, fusion passionnée… Simon voudrait ne pas en voir la fin. Mais, au bout de deux semaines, Léna refait son sac.

Elle doit se rendre à Ax-les-Thermes, en Ariège, où de nombreux enfants ont tenté pendant la guerre de rallier l'Andorre, puis l'Espagne, en vain. Ils attendent encore, en cet automne 1946, que l'on s'intéresse à eux, qu'on leur donne enfin des nouvelles de leurs familles.

— Tu ne veux pas m'accompagner ? demande-t-elle à Simon.

— Je ne peux pas, j'ai Élie. Et puis la commission a besoin de moi à Paris.

Lionel l'a en effet chargé de superviser les courriers, prendre langue avec les administrations, plaider leur cause en haut lieu et… former d'autres équipes. Plus que jamais, l'effort doit être collectif. Quand un jeune s'arrête, un autre prend le relais. Grâce à Henri, qui exigeait de ses enfants une orthographe irréprochable, la maîtrise des formules de politesse et le sens de la diplomatie, Simon tient son rôle à la perfection lors de ses rencontres avec des préfets, de hauts fonctionnaires et même des ministres, s'il le faut.

La séparation est un déchirement. Pour la première fois, Léna s'accroche à lui comme à une ancre. La voir s'éloigner, c'est déjà commencer à l'attendre. Elle n'a rien promis et il ignore quand il la reverra, mais à peine se sont-ils quittés que Simon commence à lui écrire mentalement et pense à leurs retrouvailles. Cependant,

les télégrammes et le téléphone ne remplacent rien, et c'est d'un pas lourd qu'il remonte vers l'appartement. Morose, Élie y tourne en rond. Même s'il ne l'avoue pas, Léna lui manque aussi. Sans elle, il se referme comme une huître qui garderait la perle de son chagrin. Le garçon souffre d'insomnies et Simon l'entend fureter la nuit de la cuisine au salon, déplacer parfois certains meubles comme s'il cherchait à se réapproprier l'appartement. Parfois il le retrouve même au pied de son propre lit, attendant que Simon se réveille.

— Pourquoi ne dors-tu pas, Élie ? Tu veux une petite place ?

Sans répondre, Élie reste assis sur le plancher, la tête entre les genoux. Simon essaie d'évoquer quelques souvenirs de leurs parents, les jours heureux de la vie d'avant avec Lucien et Madeleine, mais le petit se couvre les oreilles.

— Enfin, Élie, il faut se parler des bons moments, se rappeler les petits bonheurs qu'on a vécus avec ceux qui sont partis. Sinon, c'est comme s'ils étaient morts une seconde fois.

Élie a déjà quitté la chambre. Dans sa classe, il est le seul à avoir perdu ses deux parents, et de cette manière. Il y a bien le fils d'un officier tombé dans la Somme, mais ils ne sont pas copains. Élie est seul, comme Simon, qui s'inquiète de cette solitude partagée, aggravée par cet étrange refus de parler de leurs proches. Un soir, Élie rentre le visage chiffonné, manifestement, il a pleuré. Il claque la porte de sa chambre au nez de Simon qui veut l'interroger.

— Laisse-moi tranquille, j'ai des devoirs.

Ce n'est que le lendemain, devant son Banania, qu'il revient sur l'affaire.

— C'est vrai qu'on a fait du savon avec les Juifs ?

Quelle réponse, sinon une étreinte ? Simon ne sait vers qui se tourner. Sa mère aurait su composer avec ce chagrin, elle aurait biseauté les questions trop tranchantes, trouvé les mots, les images pour lui répondre. Lui se contente d'user les jours, en espérant le retour de Léna.

— Tu ne peux pas continuer ainsi ! lui dit Lionel, passé les voir rue de Chanaleilles.

Avec son franc-parler habituel, il brusque l'apathie de Simon.

— L'appartement est sale et déprimant. Vous ressemblez tous les deux à des endives. C'est mauvais de se vautrer dans sa peine. Dangereux, même.

— Que veux-tu que je fasse ? objecte Simon d'un ton las. J'ai tout essayé.

— Commence déjà par t'inscrire à la fac ! Tu crois que tes parents auraient supporté une telle oisiveté ?

Belette domine toujours Simon par la taille. Si le temps a tissé quelques fils gris dans sa chevelure, il reste un modèle de virilité.

— Impossible. Élie a besoin de moi.

— Mais qui te parle de le délaisser ? Tu prends des cours pas trop loin, et vous vous retrouvez le soir !

Simon demeure silencieux, amorphe, vide depuis le départ de Léna. Un épuisement, comme un engourdissement de l'âme qui l'aspire, le déporte.

— Et puis, tu devrais lui faire rencontrer d'autres enfants dans son cas. Et si tu l'emmenais dans l'une des maisons des EI ? Il verrait qu'il n'est pas le seul à avoir perdu ses parents et qu'on peut néanmoins s'en sortir.

30

Un dimanche de février 1947, Simon et Élie prennent le train pour la première fois depuis leur retour de Cahors. Le souvenir de cette fuite rocambolesque plane entre eux. Élie ne fait aucun commentaire, comme il a accueilli en silence l'annonce de cette excursion dans l'Ouest parisien. La grande bâtisse en bordure de la forêt de Jouy-en-Josas, ouverte en avril 1945, a été l'une des premières à accueillir des enfants juifs dispersés et cachés pendant la guerre, ainsi que de petits déportés. Des onze mille quatre cents enfants de France envoyés dans les camps, deux cent cinquante seulement ont eu la chance de revenir. Nés en France, en Pologne, en Allemagne ou en Turquie, les quatre-vingt-dix enfants de Jouy, âgés de cinq à seize ans, ont tous perdu un père, une mère, souvent les deux. Le parent survivant rencontre souvent de grandes difficultés et choisit de laisser sa progéniture en collectivité dans la semaine, le temps de trouver du travail, récupérer un logement, se refaire une santé. Simon tient fermement la main d'Élie. Cette villa, baptisée

« Les Glycines », lui rappelle ses recherches infructueuses à Toulouse et les hordes d'enfants à l'ancien siège de la Gestapo. Il s'apprête à pousser la porte quand une grappe de garçons, foulard au cou et béret sur la tête, s'éparpille autour d'eux. Malgré le froid, ils sont tous en culotte courte. À l'intérieur, c'est la même chose. Des dizaines d'enfants dans les couloirs, qui discutent, jouent, chahutent.

Ils ont rendez-vous avec un certain Pierrot. Ce résistant de la première heure a voué sa vie aux enfants et ouvert « Les Glycines » pour les petits, puis le château de l'Églantine, pour les grands. Un type sensas, selon Lionel, pourtant avare de compliments. Simon s'imagine un directeur à l'image de celui du lycée Buffon, sec et réglo, quand il entend son prénom, répété d'une voix fluette.

— Simon ! Bonjour, Simon !

Une fillette s'agrippe à sa jambe. C'est Rebecca, la petite Becky, l'enfant martyre dont Simon avait corrigé le bourreau, l'infâme Coulette, à Sylvanès ! Elle a grandi, ses cheveux ont poussé et elle n'est plus aussi maigre. À peine remarque-t-on un œil un peu plus voilé que l'autre, mais elle a l'air heureuse, comme miraculée après les sévices endurés. Il la fait virevolter dans ses bras et l'embrasse sur les deux joues.

— Rebecca ! Quel bonheur de te retrouver ! Tu sembles en pleine forme !

Simon s'apprête à présenter Becky à Élie, quand la petite fille l'entraîne dans l'immense parc pour une partie de cache-cache. Surpris, Élie n'a d'autre choix que

d'y participer. Partout les gosses crient et s'en donnent à cœur joie. Après un goûter pris au réfectoire, Becky les emmène fièrement faire le tour du propriétaire. Les dortoirs, où l'on couche à cinq ou six par chambre, sont pourvus du strict nécessaire : lits en fer, sacs de couchage, armoire. Tous les enfants vont à l'école, à Jouy, ou à Versailles pour les grands. Et l'on donne aussi des cours d'hébreu, d'histoire, des rudiments d'instruction sioniste. Ici, chacun mange, dort, vit avec sa patrouille.

— C'est quoi, une patrouille ? demande Élie.

— C'est un groupe de scouts, répond un grand type au visage ouvert et à l'autorité tranquille. Bonjour, je suis Pierre, le directeur. Mais appelez-moi Pierrot, comme tout le monde.

Les présentations sont vite faites. Né à Strasbourg, Pierrot dirigeait déjà à vingt-deux ans une maison d'enfants juifs à Lautrec dans le Tarn. Dès la fin 1942, ils avaient compris avant les autres que ce genre d'abri pouvait se muer en souricière. Il avait dispersé les enfants, trouvé des fermes d'accueil et envoyé les plus âgés au maquis. Parti parmi les premiers au maquis de Vabre et de La Roque, il avait dû croiser brièvement Simon dans le secteur. Pierrot avait en effet combattu et servi d'interprète lors de la reddition de la garnison allemande de Castres, au moment même où Simon, blessé, s'enfonçait dans le coma. Pas étonnant qu'après la guerre un tel homme soit aux avant-postes de la reconstruction du judaïsme français. Simon est

impressionné par celui dont il connaît la bravoure, l'intelligence, l'engagement.

Pierrot le regarde avec un sourire bienveillant.

— Content de vous revoir sur pied après votre grave blessure, jeune homme, lui dit-il.

Élie, qui ne perd rien de l'échange, semble lui aussi frappé par la personnalité du directeur. Pierrot se penche vers lui et poursuit ses explications :

— Il y a les petites ailes pour les filles, avec Maïa, leur monitrice, que tu vois là-bas. Les louveteaux, c'est les garçons. Chacun porte le surnom qu'il s'est choisi. Si tu entends appeler Cigogne, Aigle, Chamois ou Tigre, ne t'étonne pas, on est chez les scouts !

Laissant les adultes à leur discussion, Élie observe les enfants à l'écart. Simon a eu la riche idée d'emporter des bandes dessinées dans son sac. Quand il sort *Les Pieds nickelés* et *Bibi Fricotin* pour Élie, une nuée de gamins tend la main ! D'abord réticent, Élie se mêle aux autres lecteurs en herbe, commente et mime dans un joyeux brouhaha les aventures des personnages de papier.

— On mène une vie le plus familiale possible, confie Pierrot à Simon en s'éloignant. Bientôt nous aurons cent enfants sous deux toits. Il faut les accueillir, mais aussi leur permettre de grandir, d'étudier, d'oublier leur passé pour aller de l'avant.

— Combien êtes-vous pour vous occuper d'eux ?

— Nous avons les moniteurs, la cuisinière, une lingère, et un renfort de professeurs bénévoles le week-end. Même Léon Blum vient en voisin…

Le grand homme habite en effet tout près et rend souvent visite aux EI, donnant même un coup de main quand il le peut.

— Promenez-vous. Restez avec nous pour le dîner. Et revenez vendredi pour le shabbat. Vous êtes les bienvenus, Élie et toi, quand vous le voulez.

Après une grimace malicieuse, Pierrot rejoint la maison, quelques enfants sur ses talons. Le soleil se couche et, sous la lumière rasante, les moniteurs organisent les derniers jeux avant la toilette et le dîner. Simon éprouve une paix inédite devant ce tableau tendre et bucolique, tandis qu'Élie court et s'agite en tous sens. Au dîner, Rebecca dévore des yeux Simon, assis à côté d'elle. Une courte prière avant le repas, puis chacun plonge dans une assiette de mets simples mais copieux. Devant attraper un train pour Paris, Simon et Élie ne peuvent s'attarder, mais ils promettent de revenir.

— Alors, que penses-tu de cette journée ? demande Simon à son frère.

— Ouais… C'était pas mal. Mais je les trouve un peu jeunes.

Élie a beau faire la fine bouche, Simon note l'œil vif et les joues rouges d'avoir tant joué, sans compter qu'il a mangé de bon appétit.

— Oui, renchérit-il, c'était bien.

Le lendemain, Simon repense à Pierrot, à son charisme, sa force tranquille. Il propose à Élie de retourner à Jouy le week-end suivant, et, cette fois, son frère cache mal son impatience. Ils ont fait provision de

bonbons, de guimauve, de poudre de Coco Boer et lorsqu'ils arrivent, les gosses se précipitent dans les jambes de Simon, s'accrochent à lui, avides d'affection. Entre un jeu de piste, une partie de ballon et une bataille de polochons, la journée passe vite. Élie s'est lié avec un certain Albert qui, à treize ans, en paraît à peine dix. Le soir, après la corvée de patates et un dîner aux frites, ils rentrent tous deux encore plus tard que la dernière fois, épuisés et satisfaits. L'habitude est vite prise : tous les samedis, les frères Mandel achètent quelques douceurs et montent dans le train pour Jouy. Au château, chacun vaque à ses occupations. Simon se fait une joie d'éveiller le sens artistique des enfants. Avec eux, il confectionne des maquettes, dessine, organise des ateliers de marqueterie à base de pâte à sel, de plâtre, de cire ou de papier mâché. Huit à dix petits font cercle autour de lui, attentifs à ses recommandations, pressés de réaliser leurs chefs-d'œuvre. Élie dessine dans son coin, impassible et détaché en apparence, mais bien présent. Quand leurs regards se croisent, Simon est toujours le premier à sourire. Les après-midi ne sont pas toujours aussi studieux. Au château de l'Églantine, le ballon vole parfois dans les vitres, des coups de poing sont échangés. Pas de punitions, jamais de brimades, mais de la discipline, selon les principes édictés par Pierrot et son équipe éducative.

Pourtant, rien n'est facile. Tous ont souffert de la guerre, perdu leurs proches, certains ont même connu les camps. Alors, s'ils rient le jour, ils sanglotent souvent

le soir dans leurs lits. Deux ans après la fin du conflit, beaucoup espèrent encore le retour de leurs parents. Le week-end, on les trouve assis dans l'escalier, massés les uns contre les autres, silencieux, le ventre noué, en attente des dernières nouvelles. Quelle excitation quand une visite s'annonce ! Mais pour un qui retrouve son père ou sa mère, des dizaines d'autres sont déçus, meurtris, révoltés. Et même le retour de l'être aimé peut se révéler délicat.

« Je ne te reconnais pas… Que t'est-il arrivé ? Tu me dégoûtes ! » a hurlé la semaine précédente une adolescente devant un père incapable d'ouvrir la bouche.

L'absence et l'attente ont creusé des gouffres. Certains enfants peinent à l'école, d'autres se renferment sur eux-mêmes ou cherchent par tous les moyens à se faire remarquer. Turbulents, agressifs, ils savent tous qu'une tragédie a frappé leurs familles, que plus rien ne sera jamais comme avant. En parlent-ils entre eux ou avec leurs moniteurs ? Une règle d'airain et tacite régit la maison des EI : ne jamais évoquer la guerre, encore moins la déportation. Un silence que tous les jeunes pensionnaires respectent, même si les horreurs survenues à l'Est hantent les esprits. Par exemple, la rumeur a couru d'éviter les douches, possiblement empoisonnées… Une autre fois, des « grands » se sont procuré des journaux étalant à la une les photos de la découverte des camps. Une fois les moniteurs couchés, ils ont formé un cercle à la lueur d'une lampe de poche, étalé les pages sur un lit et chacun a scruté les images macabres pour tenter de percer le mystère

morbide. Le lendemain, les moniteurs ont remarqué leurs yeux cernés mais n'ont pas posé de questions. Simon en a discuté avec Pierre, sa femme, surnommée Feu follet ou « Feufo », et les moniteurs. Pendant la guerre, certains ont résisté, d'autres ont connu la prison, la plupart se sont cachés. À la veillée des adultes, chacun déroule son histoire, s'interroge sur l'avenir et celui des pensionnaires.

— J'ai du mal avec les grands, reconnaît Simon. Certains me fuient. Je n'arrive pas à les intéresser.

— Ils ont été terrifiés, humiliés, déçus par les adultes, lui rappelle Maïa, la cheftaine. Ce sont des forteresses assiégées, ces enfants. À nous de les aider à baisser la garde.

Le week-end suivant, Simon arrive plus tôt, avec une brassée de baguettes croustillantes pour le petit-déjeuner. Il s'entend bien avec le formidable Pierrot, qui lui rappelle Lucien. À sa grande surprise, il se découvre des talents de pédagogue. Il aime enseigner, découvrir ce qui fait rire les petits, susciter leur intérêt. Il l'avoue facilement : il a autant besoin d'eux qu'eux de lui. Partager du temps avec ces gamins privés de l'essentiel l'apaise. Il entend bien honorer une dette de vie, leur rendre l'enfance heureuse qu'il a vécue avant la guerre. Et puis il y a Becky, qui s'est prise de passion pour lui, qui ne le quitte pas d'une semelle, se love dans ses bras, exige qu'il la porte sur ses épaules. Il aime la sentir près de lui, câline et tendre, et brûle de la présenter à Léna. Oui, à Jouy, Simon se sent utile, perçoit la joie et l'admiration des enfants, sourit

à la métamorphose d'Élie, qui semble apprécier chaque fois davantage son nouvel environnement. Cette mission répare le lien défait entre eux, là où les mots ont échoué.

31

Armé d'un nouveau moral, Simon se décide à franchir le seuil imposant de l'École nationale des beaux-arts, quai Malaquais. Lionel a raison : il doit occuper son esprit et aussi penser à son avenir, à gagner sa vie. Il n'a parlé à personne de son inscription au concours de la prestigieuse pépinière d'artistes et d'architectes, des nuits passées à potasser la « culture gé », l'histoire de l'art, les mathématiques.

Le cœur battant, il pénètre dans la cour symétrique, encadrée par d'élégants immeubles en pierre. Dans le bien nommé « Palais des études », aux murs rouge sang, on lit les noms de Rubens, Palissy, Rembrandt. L'établissement qui s'étend sur plus de deux hectares, face à la Seine, l'impressionne, tout comme l'hôtel particulier et les annexes datant du XVIIe siècle, la grande verrière, les deux escaliers magistraux, les corridors interminables. Et puis, il y a la chapelle. Bibliophile, sa mère lui avait raconté que la reine Margot et Catherine de Médicis avaient réuni les premières collections d'œuvres d'art à Paris dans une bibliothèque au plafond damassé.

Avec son seul bac en poche, alors que le recrutement ultrasélectif n'élit que quelques dizaines de candidats sur huit cents, Simon n'en mène pas large. Une fois sélectionné, on doit choisir son chef d'atelier, un artiste souvent renommé, lui-même recruté par cooptation ou par les anciens élèves. Celui-ci a presque droit de vie et de mort sur les nouveaux disciples dont il exige une soumission absolue pendant leurs six années d'études. Mais Simon n'a rien à perdre, et le professeur qui le reçoit, très grand mais voûté, avec des lunettes sales sur le nez, le met à l'aise.

— Montrez-moi vos travaux, jeune homme.

Et Simon d'ouvrir son encombrant carton à dessin, bourré de portraits de Léna ou d'Élie, d'esquisses de la place Wilson à Toulouse, des huit colonnes de marbre du Capitole qui célèbrent les huit premiers capitouls de la ville, du portail Renaissance de l'église Notre-Dame-de-la-Dalbade, des crayonnés de la Montagne Noire réalisés à l'époque du maquis, jouant sur les contrastes entre les sombres forêts au nord et la végétation méditerranéenne au sud. À ce choix, Simon a ajouté quelques vues de Cahors depuis le mont Saint-Cyr et, pour faire bonne mesure, des natures mortes, céramiques et porcelaines de sa mère, croquées avant qu'elles ne s'estompent dans sa mémoire. L'ensemble fait un peu fourre-tout mais témoigne de sa passion et de sa constance à restituer son quotidien, malgré les événements.

— Hum…, fait le professeur en laissant jouer ses doigts sur le papier.

Simon sent la sueur perler sous l'élégante chemise bleu clair enfilée pour la circonstance.

— Cela fait longtemps que vous vous livrez à cette occupation ?

— Oui. Depuis mes douze ans, monsieur.

Un autre silence.

— Quel âge avez-vous ?

— Vingt-trois ans, monsieur.

— C'est déjà tard, selon nos critères, objecte l'homme aux tempes neigeuses. Nos candidats arrivent à dix-huit ans, après le baccalauréat. Chez nous, les études peuvent durer neuf ans si vous lambinez en chemin…

Simon grimace à son tour. Comment pourrait-il subsister neuf longues années ? Financièrement, il tient grâce au compte bancaire de ses parents, enfin débloqué, et à la vente successive de tous les bijoux de la famille mais ça ne pourra pas durer si longtemps. Et il ne peut dépendre indéfiniment de la générosité de son oncle.

— Mais le concours peut se passer en cinq ans, poursuit le professeur, avec un entretien et un bon dossier de travaux préalables. Ici, nous apprenons la peinture, la sculpture, l'architecture et la gravure depuis 1797. À quoi vous destinez-vous donc, jeune homme ?

Simon ne prend pas le temps de réfléchir, la réponse fuse :

— À l'architecture, monsieur. Je veux construire, édifier, bâtir dans la ville d'aujourd'hui. Pourquoi pas des tours ? La France a besoin de se reconstruire, non ?

Le professeur éclate de rire.

— Vous savez, ici, nous préparons au prix de Rome depuis le XIXe siècle. Il monopolise tous nos efforts puisqu'il permet aux lauréats, après un séjour en Italie, de devenir architectes en chef des bâtiments civils. Et l'on parle plutôt de la conception d'un musée de la Marine, de la rénovation du Panthéon, de palais de l'empire colonial, d'une église de pèlerinage… Tous ces chantiers restent très académiques ! Avant de bâtir, il faut s'imprégner des Grecs, des Romains. L'architecture doit élever l'homme, dans tous les sens du terme. Mais votre fougue me plaît. J'ai vos notes ici, et elles sont bonnes. Je vous inscris donc à mon atelier. À lundi ! Et soyez ponctuel !

Accepté en un quart d'heure à l'École nationale des beaux-arts ! Simon savait que chaque professeur organise son atelier comme il l'entend, mais il n'imaginait pas que ce serait si simple. Euphorique, il explore l'école. Les élèves, des garçons en grande majorité, ont tous l'air si jeunes ! En blouse grise, ils portent nonchalamment sous le bras une espèce d'immense planche à dessin, des équerres et un ustensile en forme de T, pour tracer des angles droits, semble-t-il. Ils se poussent, s'invectivent joyeusement, entrent et sortent de l'amphithéâtre ou de salles aux noms de Melpomène et Foch inscrits au fronton. Les fenêtres cintrées lui rappellent qu'un couvent, celui des Petits-Augustins, a été édifié ici même en 1613. La lumière qui jaillit de la couverture vitrée du Palais des études éclaire l'immense vestibule aux grands escaliers en vis-à-vis. Il découvre la cour dite du Mûrier, un atrium romain où coule une fontaine, puis

visite la bibliothèque, une salle immense au plafond caissonné en losanges où il s'imagine déjà travailler. Il lui tarde de rejoindre ces jeunes gens affairés, à première vue des fils de bourgeois comme lui, souvent débraillés, certains maculés de plâtre ou de peinture. Il brûle de sentir chaque jour l'odeur de craie et de gouache, l'omniprésente fumée de tabac, de partager l'exaltation des élèves. Rentré rue de Chanaleilles, il raconte tout à Élie puis écrit une lettre enthousiaste à Léna. Les frères devront s'organiser, mais ils y arriveront. Pour la première fois depuis qu'ils sont réunis, Simon nourrit un projet. La vie ne le rejette plus. Cette nuit-là, ses cauchemars peuplés d'ombres grises et de wagons de plomb laissent la place à des perspectives, des immeubles à édifier sur les rives du quai Malaquais enrubanné d'argent par la Seine.

Tout s'accorde au mieux. Par l'intermédiaire de la concierge, Simon trouve une mère au foyer, du quartier, ravie d'améliorer l'ordinaire en surveillant Élie le temps que Simon rentre de l'école. Elle leur prépare un plat qu'il réchauffe le soir, avant de passer aux devoirs. Ceux d'Élie d'abord, qui peine en maths, refuse encore souvent d'apprendre ses leçons et gribouille sur ses cahiers. Puis Simon, avec ses cours de maths, résistance des métaux, chimie, histoire de l'art… Il veille jusque tard dans la nuit.

La journée, Simon devient un familier de la salle des torses et moulages, s'essaie à la couleur sur des projets décoratifs à la gouache et à l'encre, peaufine ses modèles antiques au fusain. Incroyable, le nombre de

statues que l'on peut lui faire dessiner ici ! Il apprend à tracer sans relâche une volute, à crayonner des frontons, à placer des triglyphes, ces ornements en relief sur les frises doriques. Il a parfois l'impression de vivre à Rome ou à Athènes plutôt qu'à Paris. Aux Beaux-Arts, on ne badine pas avec les grands classiques. Il fait sien aussi ce nouveau vocabulaire qui se glisse dans toutes les conversations, les nuits de « charrette » dominées par la hâte de finir son boulot, le pané, un châssis recouvert d'une feuille de papier où l'on dessine tour à tour au crayon ou à l'encre de Chine, le « chef-porc », un élève élu par les autres et chargé de la gestion de l'atelier et de l'achat de fournitures… L'atelier le ravit : sous la houlette de Beaudouin, l'un des grands patrons, ils sont cent cinquante à s'activer, anciens et nouveaux mélangés, sur des projets divers. Simon apprend vite, plans, perspectives et frises lui viennent naturellement sous la main. Il a l'esquisse brillante, le crayon sûr, mais il gomme beaucoup et rature sans cesse.

— Du soin, Mandel, du soin ! répètent les professeurs.

On croirait entendre Marguerite devant ses cahiers et Simon sourit presque à ce souvenir.

L'ambiance de l'école le propulse hors du lit tous les matins. Entre deux grands projets, l'atmosphère est à la fête et au bizutage permanent. On s'envoie des bombes à eau comme au lycée, des boulettes de terre glaise ; on savonne régulièrement les échelles dans l'attente qu'un infortuné monte dessus. Le vendredi, certains élèves ayant failli d'une manière ou d'une autre

subissent la punition rituelle : nus comme des vers, ils doivent aller acheter un compas rue de Seine ! En cours, près du grand poêle en forme de colonne, les vêtements ont tendance à valser et Simon assiste à de véritables exploits : s'asseoir fesses à l'air en classe ou aller pisser dans les radiateurs des voitures du quartier ! Ces frasques finissent parfois au commissariat, surtout pendant les fameuses balades du Rougevin, à l'issue du concours annuel éponyme, qui s'achèvent par un immense feu de joie place du Panthéon. Personne ne semble s'en formaliser à l'école et lorsque Simon raconte ses tribulations à Élie, tous deux en pleurent de rire.

— Tu te rends compte ? Ils ont carrément soulevé la voiture d'un prof pour la déposer ailleurs. La tête du propriétaire !

Simon tait les grivoiseries de rigueur et l'ambiance de carabins attisée par les modèles, des femmes de tous âges, certaines belles encore et grasses, qui viennent poser pour les apprentis peintres et sculpteurs. Il se garde de choquer Élie, pudique comme tout le monde à cet âge, mais lui fait voir ses croquis des colonnes de l'Opéra ou du Grand-Palais, pour former son goût. À la différence des autres élèves, il ne s'attarde pas le soir. Les autres s'égaient dans les cafés de la rue Bonaparte ou au cabaret de La Rose rouge à Saint-Germain, se jettent sur un chateaubriand saignant chez Poussineau, rue des Beaux-Arts, quand ils en ont les moyens, draguent éhontément les quelques élèves féminines. Simon, lui, a charge d'âme.

Résistant à l'attrait d'une grasse matinée, il retourne le dimanche à Jouy voir Becky. À chaque visite, Simon se sent davantage attiré par cette enfant attachante. Pour elle, il a confectionné une maison de poupée à trois minuscules étages, cousu un adorable canapé et fabriqué deux chaises pour Lilliputiens, sans oublier la cuisine ! Élie n'a pu réprimer un sourire en l'apercevant.

— Ton premier immeuble ! s'est exclamée Léna au téléphone.

Becky ne lâche plus le jouet, l'apporte au lit avec elle. Elle semble reprendre goût à la vie, mais Simon sait que l'équilibre est fragile. La semaine dernière, tendu comme un arc, Pierrot a téléphoné rue de Chanaleilles, car la petite était introuvable. Simon a aussitôt séché les cours pour la journée et filé comme un fou à Jouy. Aidés des moniteurs, ils l'ont cherchée sous le hangar, à la cave, dans la soupente de la cuisine. Rien ! Ils ont patrouillé dans le parc, inspectant chaque bosquet. Pierrot allait prévenir la gendarmerie quand un moniteur s'est exclamé : « La voilà ! La voilà ! » Elle était mal en point, la robe déchirée, le genou écorché, les mains noires de terre. Mais c'était surtout son visage qui avait bouleversé Simon. Des coulées de larmes avaient laissé des traces blanches sur ses joues salies. Et en un flash, Simon l'avait revue chez ce monstre, attachée comme un animal. Il s'était précipité vers elle, s'était agenouillé à sa hauteur.

— Ma Becky, ma toute belle… Que s'est-il passé ?

L'enfant avait hoqueté contre son torse. Elle s'était apaisée au bout d'un moment mais était restée muette.

Plus tard, lorsque Simon était parvenu à la coucher dans son lit, elle s'était confiée à voix basse :

— J'ai marché le long de la route pour retrouver mes parents. Pourquoi ils ne viennent pas ?

La famille Ledermann avait été prise dans la rafle du Vél' d'Hiv à l'été 1942, on ne l'avait jamais revue. Becky devait la vie à une voisine fleuriste qui l'avait présentée comme sa nièce.

Plus tard, lors du repas réunissant l'équipe des EI, tous s'étaient interrogés : comment une enfant de dix ans a pu échapper à toute surveillance ? La peur s'était lue sur les visages. Pierrot, l'air des mauvais jours, avait donné des consignes tout en réconfortant ses jeunes collaborateurs, un peu dépassés par les événements. Ils n'ont guère plus de vingt ans et leur directeur, juste vingt-sept, chacun tâtonne, improvise. Aucun manuel ne traite des névroses liées à la déportation. C'est un mal inédit, comme sa cause.

— On peut s'attendre à d'autres fugues ? s'était inquiétée une monitrice si juvénile qu'on la confondait avec les pensionnaires les plus âgées.

Certains avaient proposé d'interdire les sorties, d'instituer des tours de garde, mais les frondeurs se feraient une joie de passer entre les mailles du filet. Pierrot préférait insister sur la mission éducative des EI.

— Ici, on ne parque pas les gosses. On ne pratique pas la coercition mais l'éducation. Notre travail consiste à porter ces enfants vers l'avenir, à en faire des adultes responsables. Le scoutisme va nous y aider.

Simon avait acquiescé : les patrouilles, les sorties en forêt, les chants et l'éducation religieuse, autant d'activités essentielles pour cette jeunesse meurtrie. Il s'était souvenu combien les veillées autour du feu, les jamborees, les tâches communes et l'esprit de troupe avaient compté dans sa propre enfance. S'il avait persévéré à l'école, pu se fondre dans un groupe de maquisards et plus tard rechercher méthodiquement son frère, c'était au scoutisme qu'il le devait. Aujourd'hui encore, il y voyait une belle façon d'être utile, d'honorer ses morts. Mais il raisonnait en adulte. Comment ces enfants, dont certains n'avaient pas six ans, pouvaient-ils s'abstraire de leur douleur ? Albert, le copain chétif d'Élie, refusait par exemple de dormir dans sa chambre. Il errait la nuit et les moniteurs le retrouvaient parfois recroquevillé sur le canapé de l'entrée. Il passait son temps à biner des patates, à planter inlassablement tomates et carottes au jardin. Simon aussi l'avait remarqué. Il comptait lui proposer une partie de billes ou de dames, mais Pierre l'en avait dissuadé.

— N'y va pas, Simon. Albert a besoin d'être seul. Il aère sa peine.

32

À chaque visite à Jouy, Simon se sent toujours plus lié à ces enfants, à cette drôle de maison qui tente de faire de ces petites victimes, les hommes et les femmes de demain. Certains samedis, il vient chercher Becky pour qu'elle passe le week-end rue de Chanaleilles. La petite ne lâche pas sa main de tout le voyage. La première fois, elle a promené un regard ébloui sur chaque pièce de l'appartement, avant de poser son baluchon sur le lit de Simon d'un air décidé. Elle dort à côté lui, refusant obstinément d'occuper une autre chambre, au grand soulagement d'Élie. La journée du dimanche est entièrement consacrée aux enfants, avant le retour à Jouy dans la soirée. Élie accepte de partager ses soldats de plomb ou ses précieuses bandes dessinées et se prête aux jeux de la petite. Quand Simon lève les yeux de ses croquis, il s'amuse de voir son frère opérer une poupée avec le plus grand sérieux ou déguster une tasse de thé miniature sur le parquet. Le voilà devenu père de deux enfants ! Que penseraient ses parents de cette vie si domestique ? Qu'en dira Léna ?

Il l'attend en repensant à leurs premières nuits, leur soif inextinguible l'un de l'autre, son sanglot triomphal dans le pli des draps. Il ne vit pleinement que pour leurs retrouvailles. Sans cesse, il remodèle son visage dans l'obscurité, son nez droit, son air d'archange, ses moues de tendresse…

Ce soir, c'est la fête : elle arrive de Pau pour une petite semaine. Fou de bonheur, Simon va acheter ses produits préférés, son parfum, une nouvelle lampe pour le piano, arrange plaids et coussins, dispose des livres près du sofa. Une vraie fée du logis. Il veut lui faire la surprise d'un appartement rafraîchi, occupés par deux enfants, sages et gentils.

Elle sonne enfin. Il ouvre, l'enlace aussitôt, plongeant dans son odeur poivrée.

— Léna… Tu m'as tant manqué.

— Toi aussi…, soupire-t-elle dans son cou.

Emporté par sa passion, Simon ne songe qu'à l'emmener dans la chambre pour lui arracher sa robe d'un blanc virginal et ses fines sandales, mais Élie toussote, gêné. Alors il trompe son désir en lui servant un thé, avec beaucoup de lait et de sucre, et ces biscuits dont elle raffole. Simon a toujours aimé la regarder manger. Elle dévore le tout, avant de s'absorber dans les cahiers que lui présente Élie. Mais au détour d'une phrase, elle s'interrompt. Épuisée par ses voyages, elle s'est endormie sur le sofa ! Simon pose un plaid sur ses jambes et fait signe à Élie de sortir de la pièce. L'amour attendra, les tendres confidences aussi. Au matin, la jeune femme est en pleine forme, vive, énergique et captivante. Elle

lui offre ses lèvres pour mieux se dérober ensuite, une nouvelle facétie. Simon la trouve encore plus singulière que dans son souvenir, avec son front si haut, la blancheur de ses bras, ses curieux sourcils qui semblent étirer son regard. Sa nouvelle coupe de cheveux lui donne un air de féminité tranquille, il brûle de défaire le peigne qui retient sa chevelure, de caresser sa nuque soyeuse. Elle lui raconte ses réussites, ses minuscules échecs, sur le terrain.

En ce printemps 1947, grâce à l'arrivée de nouveaux jeunes motivés, la commission de dépistage a bien avancé. Quatre-vingt-neuf départements ont été visités, cent enfants retrouvés, la plupart placés en collectivité. L'OSE dispose désormais de soixante maisons d'enfants pour les accueillir. Toutefois, pour Lionel et Pierre, les motifs d'inquiétude ne manquent pas : l'Église catholique rechigne à rendre les enfants restant sous sa garde. Ainsi, le père Devaux de Notre-Dame-de-Sion, cet homme formidable qui a caché et sauvé trois cents gosses au péril de sa vie, n'envisage pas de laisser partir la trentaine de gamins qu'il héberge encore.

— C'est de pire en pire, s'emporte Léna. Je localise des enfants dans des pensionnats catholiques et je n'ai même pas le droit de les voir. La dernière fois, on m'a interdit de parler à une gamine sous prétexte qu'elle avait du travail. À Rodez, le couvent a refusé de laisser sortir une fillette parce qu'elle aurait cassé une assiette !

La compassion et l'aide républicaine des premiers mois a peu à peu laissé place à une sorte de méfiance, de silence hostile. Le vent a tourné, l'opinion n'est plus

si favorable aux recherches. Dans *Libération*, un certain Alexis Danan, partisan de l'adoption pure et simple des enfants, a signé un article qui a fait bondir Simon. Aux trop rares parents survivants, il déconseille de chercher à retrouver leur progéniture… « Eux qu'on appelle dorénavant d'un prénom joli, Monique, Michel ou Simon, ont oublié leur patronyme, qui dit le vieux ghetto pouilleux et le pogrom. » Et le sinistre plumitif de conclure : « Si vous n'êtes pas morts, vos enfants sont morts à vous. Tout est consommé, c'est ici la grande dispersion. Ils vous haïraient d'être revenus, vous ne reviendrez pas. » Léna ne décolère pas.

— Tu te rends compte ? Comme si cela ne suffisait pas d'avoir laissé tuer leurs parents, ils veulent aujourd'hui empêcher les survivants de reprendre un semblant de vie normale et les orphelins de retrouver ce qui leur reste de famille !

Simon ne peut que souscrire à ce constat indigné, et Léna enfonce le clou :

— Viens avec moi, continuons le boulot, plaide-t-elle, ses deux mains dans celles de Simon. On a besoin de toi.

— Impossible. J'ai mes cours, Élie, et puis il y a Becky. C'est une petite fille épatante, tu sais. Tu la rencontreras ce week-end.

Léna ne l'écoute pas, ne le regarde même pas dans les yeux.

— Je n'y arrive pas toujours toute seule, il faut m'aider.

— Tu fais du bon travail, proteste Simon. Et la justice nous aide aussi. Les procès se multiplient. Entre le principe de la réunion des familles, les intérêts de l'enfant et le désir d'adoption de certains, c'est compliqué.

— Je me fous de ces arguties juridiques. Ils n'ont pas le droit de m'empêcher de récupérer ces enfants. Tu m'entends ? Pas le droit !

Simon essaie de la calmer, mais elle écume, fait les cent pas dans la pièce.

— Qu'est-ce qu'on devrait faire, selon toi ? demande Simon, qui prévoyait de tout autres réjouissances pour leurs retrouvailles.

— Les enlever ! On n'a qu'à les enlever ! Comme avec ton frère. Mais pour ça, il faut être deux.

Simon secoue la tête.

— C'est complètement dingue ! Impossible ! Dangereux ! Pour Élie, on a eu de la chance. Mais tu nous vois enlever des dizaines d'enfants ? Au bout d'une semaine, toutes les polices de France seraient à nos trousses.

Brusquement, Léna lui fait peur avec ses airs de moujik allumée, ce sang qui empourpre ses joues, ses yeux fous.

Simon cherche à orienter la discussion vers le quotidien des Beaux-Arts, les rigolades, les innombrables calques d'écoles militaires, de temples doriques, du Petit Trianon, la première grande épreuve qui l'attend la semaine suivante – douze heures devant sa planche à dessiner d'immenses compositions. Il dit tout son bonheur à être plongé dans cette effervescence, à découvrir les Grecs, le Bauhaus, Le Corbusier, Frank Lloyd

Wright… Mais Léna s'en contrefiche. Elle en revient toujours aux enfants, des enfants qu'elle compte maintenant kidnapper ! Simon sait bien qu'à défaut d'autre solution, poussés à bout par des familles abusives et malhonnêtes, certains dépisteurs ont capturé des gosses sur le chemin de l'école, au square, dans la rue. Mais c'était moche et répréhensible. Une fois de plus, Léna le déroute, se fait étrangère.

— Comment trouves-tu Élie ? demande-t-il pour changer de nouveau de sujet. Il ne parle plus des Morel, comme si, grâce à Jouy, il avait enfin accepté sa nouvelle vie. Terminées les colères noires ! Au plan spirituel, ça s'arrange aussi. Il ne tripote plus son chapelet et cela fait un bout de temps que je ne l'ai pas retrouvé à genoux devant son lit.

— Tout va bien alors ?

— Si l'on veut, tempère Simon, soulagé de voir Léna s'adoucir. On dirait qu'il se laisse aimer, sans faire le premier pas, ni le second d'ailleurs. Jamais une confidence, jamais un geste tendre. Il s'isole trop souvent.

— Comme toi à son âge, non ?

— Oui, mais c'est différent. Lui, il est lointain, résigné. Parfois, je voudrais le secouer, lui arracher un rire, une remarque sur la famille, le voir prendre parti ou se passionner pour quelque chose… Mais rien.

— On va vérifier ça tout de suite, réplique Léna qui file dans la chambre d'Élie et se met à le chatouiller, lui arrachant des grognements ravis. Arrête de t'inquiéter pour tout, glisse-t-elle à Simon qui l'a suivie. Il va bien, ton frère.

Perplexe, Simon les laisse s'amuser et retourne étudier ses domaines favoris : le design nordique, aussi esthétique que fonctionnel, avec ses couleurs gaies et cette idée du beau à la portée de tous, et les gratte-ciel de Chicago conçus par Mies van der Rohe. Les architectes américains travaillent le verre, l'acier et le béton à l'état brut et il aime ça. Qui aurait imaginé que l'invention d'Elisha Otis en 1853, un ascenseur équipé d'un système de frein de sécurité, allait donner naissance à l'architecture moderne et aux *skyscrapers* ? Il devrait un jour raconter tout cela à Élie.

33

— Tu penses parfois à l'avenir, Léna ?

La question tombe au petit-déjeuner. Élie est déjà parti en classe. Léna porte une chemise blanche de Simon, largement échancrée, elle lui va bien. Cette nuit, ils ont partagé des moments d'une douceur éblouissante. Elle a moins l'air d'un elfe, paraît plus sûre d'elle. Sa timidité semble s'estomper, comme son accent polonais.

— Je n'en sais rien. Pourquoi pas prendre des cours…

— De littérature française ?

Simon connaît son amour pour les livres. À Paris, la jeune femme dépense une partie de son salaire à la librairie polonaise du boulevard Saint-Germain, récemment rouverte, après que les Allemands ont déporté son ancien directeur et détruit le stock. Elle se faisait un devoir de soutenir ce lieu où se retrouvaient les intellectuels en exil de son pays. Elle lisait aussi en français, aidée d'un dictionnaire tout corné qui ne la quittait pas.

— Ah non… Certainement pas !

La vivacité de la réponse surprend Simon.

— Je préférerais des cours de cuisine.

— Toi derrière des fourneaux…

— Oui. J'ai eu tellement faim, toutes ces années. J'imaginais des plats dans ma tête, je retrouvais des recettes de ma *babcia*, comme on appelle les grands-mères chez nous. J'ai même mangé du savon… Alors j'aimerais apprendre à préparer une nourriture saine, jolie, avec les produits d'ici. Tu trouves ça bête ?

— Pas du tout, au contraire. Avec moi pour construire des maisons et toi pour préparer le frichti, nous n'aurions besoin de personne !

Simon propose de l'aider à trouver une bonne école de gastronomie à Paris, cela ne manque pas. Léna acquiesce, mais il lit dans ses yeux qu'elle doute de son choix, qu'elle a lancé une idée comme ça, pour lui faire plaisir plutôt que par véritable conviction. Elle est présente à ses côtés, mais une part d'elle-même est restée en Pologne, ce pays dont on ne revient pas, et elle jette presque toute son énergie sur les routes dans une quête qui devient obsessionnelle. Mais qui est-il pour la juger ? Il se contente de l'aimer tout en bossant comme un damné. En ce printemps 1947, alors que beaucoup d'étudiants pensent déjà aux vacances, Simon a trouvé une combine pour améliorer l'ordinaire : il « fait la place », c'est-à-dire qu'il assiste un architecte qui réclame des mains supplémentaires. Au cabinet Lopez, boulevard Raspail, penchés sur les tables, jusqu'à cent vingt

jeunes gens conçoivent les logements de demain ! Armé de ses carnets de croquis, Simon dessine, colle, assemble les maquettes en cours, élabore un schéma directeur d'aménagement urbain. Il aime sentir la pression monter, travailler au coude à coude, savoir que son boulot donnera naissance à cinq cents appartements modernes, et la paie n'est pas négligeable. Le soir, il retrouve Léna, qui passe ses journées à la commission à démêler de nouveaux cas, envoyer des courriers, discuter avec Lionel et les autres chefs. Là-bas, tout le monde apprécie son engagement, mais Me Elkaïm, l'avocat, a laissé entendre à Simon qu'elle allait parfois trop loin, exaspérait ses interlocuteurs en doutant de leurs compétences ou de leur bonne volonté, piquait des colères soudaines, souvent injustifiées. Croyait-il, ce cher maître, qu'on pouvait contenir ou même seulement influencer une dynamo comme Léna ?

Malgré sa jeunesse et son énergie, Simon sait que lui non plus n'y parviendra pas. Il devra donc l'attendre, en espérant la garder près de lui, car il voudrait vivre avec elle, Élie et Becky. La petite est entrée dans son cœur pour ne plus en sortir. Elle l'appelle parfois papa et, s'il la reprend pour la forme, ce mot lui plaît dans sa bouche. Élie l'a acceptée comme une petite sœur. Il n'évoque jamais la grande, Madeleine, ni Lucien, ni leurs parents, mais il s'anime à l'approche du week-end. Oui, Becky leur est précieuse, leur apporte réconfort et amour, les sauve de leur duo chagrin. Pourquoi ne formeraient-ils pas tous une famille ? En

découvrant la petite fille, Léna a fondu en larmes un coup de foudre réciproque. Depuis, elles sont inséparables, égrenant entre elles des secrets « de filles ». En se promenant au Champ-de-Mars, comme ses parents jadis, Simon ne peut s'empêcher d'espérer. Avec Léna, tout lui paraît possible, même d'élever des gosses qui ont tant souffert.

Un soir, ils dînent avec Paul. Le garçon a bien changé depuis le maquis, il s'est affûté, respire la force virile et l'autorité.

Il en aura besoin dans son nouveau corps : la police parisienne. Sur le pas de la porte, il conseille à Simon, d'« homme à homme » :

— Cette fille-là, ne la laisse pas partir. Elle est sensas !

Peu de temps après, une Léna rayonnante annonce :

— J'ai trouvé ! J'ai trouvé ce que je veux faire.

La lueur dans ses yeux rappelle à Simon le feu qui y brûle quand elle parle des enfants, et cela n'augure rien de bon.

— Je vais partir vivre dans un kibboutz. Imagine, travailler ensemble la terre dans un pays neuf, à construire, un pays à nous...

Léna s'y voit déjà, qui évoque le désert, la mer, les orangers, les jattes de miel. Simon n'entend presque plus sa voix tant le sang bat dans ses tempes.

— Mais, Léna, de quoi parles-tu ? La Palestine... Mon pays, ma vie sont ici. Tu dis n'importe quoi !

Léna part au quart de tour.

— Écoute, Simon, ici le climat est détestable, et je ne parle pas de la pluie ! Deux ans après la guerre, on minimise la souffrance des Juifs. À Montmartre, un chansonnier triomphe en comparant les chambres à gaz à des pouponnières ! Même si tu veux oublier que tu es juif, d'autres trouvent le moyen de te le rappeler dans ton beau pays !

Estomaqué, Simon reste muet et Léna prend ce silence pour un assentiment.

— Et tu pourras travailler là-bas, poursuit-elle. Pour un architecte, quoi de mieux qu'un pays entier à édifier ? Tu pourrais même reconstruire le Temple, si tu voulais… Quant aux orphelins, ce n'est pas ce qui manque en Palestine, tu pourras t'en occuper… Tu nous imagines, Simon, tous les quatre à la mer ? On pourrait être heureux, j'en suis sûre !

— Enfin, Léna, tu débloques ! La Palestine, c'est un rêve, un mirage. Mon avenir est là où mes parents sont nés, là où sont nos racines, à Élie et moi. Le sionisme, c'est bon pour ceux qui n'ont plus de pays.

Il comprend trop tard combien cette remarque blesse Léna, mais il n'a pu la retenir. La Palestine, il sait à peine où c'est, voilà la vérité. Peut-être ce petit territoire constitue-t-il un foyer pour les autres Juifs, mais pas pour les Mandel.

— Et puis, renchérit-il, le voyage est crevant, les conditions épouvantables. Tu le sais bien, avec tous les journaux que tu lis…

Depuis la fin de la Seconde Guerre mondiale, l'Agence juive achète ou loue de vieux rafiots, souvent

des épaves, pour envoyer là-bas des rescapés, femmes, enfants et hommes harassés, et en faire des combattants ou des kibboutzniks. Bravant les Britanniques et les Arabes, hostiles à cette immigration clandestine, ils débarquent à la hâte, de nuit. Ensuite c'est l'installation à l'abri de sacs de sable et d'une tour de guet de fortune, et la création d'un kibboutz qu'il faut arracher de ses propres mains à une terre aride… Léna croit-elle vraiment entraîner Élie et Becky dans cette odyssée ?

— Et encore faut-il accoster, reprend-il. Les bateaux ne sont pas sûrs, on y manque d'eau, de nourriture, de tout… Sauf de rats !

La traversée ressemble à un cauchemar, dix jours à fond de cale. Les Britanniques, avec leur empire au bord de la faillite, interceptent souvent cette marée humaine pour la parquer dans des camps à Chypre et jusqu'à l'île Maurice, sous prétexte de menace à l'ordre public. Les images tournées dans les camps de DP (*Displaced Persons*) depuis 1945 sont terrifiantes : gosses hagards, femmes en hardes ployant sous des ballots, hommes décharnés, hébétés.

— Je m'en fous du confort des bateaux, piaille Léna. Je me doute bien qu'on n'y va pas en première ! Et des rats, j'en ai déjà vu, figure-toi, dans le ghetto.

— Mais c'est dangereux, Léna, très dangereux ! Même si la France donne un coup de main à l'embarquement, une fois à bord, on n'est plus sûr de rien. Les Anglais lancent des bombes, éperonnent les navires, ils veulent stopper cet afflux à tout prix. Regarde ce qui est

arrivé récemment, les marins britanniques ont flingué un passager, et cinquante autres, dont trois femmes, ont sauté à l'eau pour rejoindre la côte palestinienne à la nage. Et tout ça pour finir où ? Dans un camp, à Chypre. Comme les autres !

Sans attendre la fin de la tirade, Léna claque la porte et dévale l'escalier, laissant Simon stupéfait. Ils ont connu bien des disputes depuis Montauban, où elle s'était enfuie toute une journée, en proie à ses divagations, mais jamais, depuis qu'ils sont amants, elle ne l'a planté ainsi en pleine discussion.

D'où lui est venue cette nouvelle toquade ! Vingt-deux bateaux avaient atteint la Palestine, près de huit mille personnes s'y étaient installées, mais la situation évoluait sans cesse et personne ne savait comment les choses allaient tourner. La France restait officiellement neutre : même si l'Intérieur et la DST jouaient la carte prosioniste, il ne fallait pas froisser les alliés anglais !

Chez Simon, la colère et l'anxiété montent. Marre des états d'âme de Léna ! De chef de cuisine à kibboutznik, c'est la championne du grand écart. Il doit sans cesse s'arc-bouter pour la raisonner, juguler ses excès. Pour lui, il n'est pas question de quitter Paris. Ce serait saborder la scolarité d'Élie et l'équilibre fragile de Becky. Mais il existe une autre raison encore, inavouable tant elle semble folle à ses propres oreilles… Et si ses parents revenaient un jour ? Deux ans après la fin de la guerre, malgré tout ce qu'il sait, Simon se prend à espérer un miracle. Peut-être Henri et Marguerite

Mandel sont-ils retenus à l'Est, soignés dans un hôpital, victimes d'amnésie, qu'en savait-il au fond ? Certains jours, la vérité telle qu'elle s'imprime dans ses cauchemars se fait insupportable. Il ne peut plus partager ce fardeau avec Léna : après ses confidences sur la Pologne, elle s'est cadenassée et refuse d'évoquer son ancien pays ou les camps. Elle ne se sent plus fille de l'Est, ni de nulle part. Elle appartient désormais à cette race de pionniers, capables de partir construire un nouveau pays.

Furieux, Simon quitte à son tour l'appartement et se hâte de rejoindre le quai Malaquais, ses statues grecques et ses dorures. Aujourd'hui, le patron vient corriger les esquisses. Il évite à grand-peine une salve de boules puantes dans l'escalier monumental, se fraie un passage parmi ses camarades surexcités. Il a bien préparé ses perspectives, mais la géométrie descriptive lui pose des difficultés. Dans l'atelier aux immenses vitrages et au désordre incroyable, il a l'impression de retrouver une famille. Ils sont une petite bande maintenant, qui travaillent et déjeunent tous les jours ensemble, se chamaillent, se font des blagues. Aujourd'hui, dans la salle Melpomène, on expose des châssis bien alignés, l'heure est à la concentration silencieuse. La grand-messe est célébrée par le patron qui, dans le rôle de Dieu, remet des médailles aux meilleurs à la fin de la visite.

— Mandel ? interroge le chef-porc, un homme massif aux cheveux roux en bataille.

— Présent !

Exaspéré avant même d'avoir débuté, le patron est assis au milieu des élèves. La plupart des directeurs d'atelier sont à la tête d'agences parisiennes renommées, certains acceptent le poste pour la gloriole et le prestigieux prix de Rome, mais superviser le travail d'une centaine d'élèves toutes les trois semaines les ennuie profondément.

Cette fois, Simon a de la chance. Son projet, un ensemble de pavillons et de jardins publics, figure parmi les premiers. Il s'est inspiré des célèbres jardins perses d'Ispahan et sa cité d'émeraude. Un mois en bibliothèque à faire des recherches sur cette ville-jardin de torchis et de brique, ses cours irriguées par des canaux. Avec son crayon numéro 1, il a gribouillé, puis utilisé les calques d'études avant de passer au calque plus épais. Sa lame de rasoir a servi de gomme, il a ensuite affiné son trait, avant de tout faire figurer au propre avec les façades à l'encre de Chine. Il lui a fallu « laver » son ouvrage, passer les différentes teintes. Enfin, il a cloué les châssis sur des traverses en bois, formant d'immenses panneaux. Il pense s'en être pas trop mal tiré. Respectueusement, l'assemblée fait silence. Le chef a toujours l'air absorbé, triturant sa moustache, il examine le travail quelques minutes, puis passe à l'élève suivant, serrant la mâchoire de manière presque imperceptible. On redoute le traditionnel : « Sortez-le », qui sanctionne les projets mal fagotés. Simon ne sait plus quoi penser, il range et réarrange ses outils, tripote

la grille percée qui mesure la taille des crayons dont il ne sépare jamais. À la fin de la journée, quand le jury rend son verdict, il est persuadé d'avoir raté son coup.

— Mandel ? articule le patron d'une voix grave.

— Oui, répond faiblement Simon.

— Première médaille, c'est bien, mon vieux. Continuez !

Simon ferme les yeux et serre les poings, inondé de joie. Il a décroché le premier prix ! Ses camarades le houspillent, le congratulent, le voilà devenu le héros du jour. Porté par l'euphorie ambiante, il entonne une chanson paillarde dans la cour du Mûrier, ce jardin charmant, puis part avec les autres engloutir une saucisse-frites au café du coin.

— Élie ! Élie ! J'ai obtenu la médaille ! Premier !

En entrant dans l'appartement, un parfum de santal lui saute au nez. Léna est rentrée. Elle s'affaire dans la cuisine, les mains dans la farine.

— J'ai tenté un clafoutis. Il faut bien commencer par quelque chose... en cuisine française.

La dispute est oubliée, le tumulte du monde, repoussé. Les amoureux se frôlent, se parlent avec les doigts, dans un battement d'œufs et un roulement de plats. Léna a le nez poudré de farine, Simon, l'estomac lourd d'avoir mangé trop de pâte crue, mais, dans la cuisine, le bonheur revenu embaume.

— On devrait repeindre la cuisine, tu ne trouves pas ? demande Léna, le visage comme éclairé de l'intérieur. Dans une couleur qui claque !

— Oui, on devrait. Mais en attendant, dégustons !

Et il attend qu'Élie gagne sa chambre pour l'emmener dans la sienne. Ils basculent alors sur le lit qui, lui aussi, sent le gâteau.

34

Le répit ne sera que de courte durée, les événements se précipitent. Le 11 juillet 1947, un vieux bateau en bois, le *Président Warfield*, steamer fluvial à trois ponts, lève l'ancre dans le port de Sète avec à son bord 4 554 passagers, des Juifs polonais, hongrois, belges, russes entre autres, dont 1 282 femmes et 1 672 enfants survivants des camps. Officiellement, il fera route vers Alexandrie, mais en réalité sa destination est Tel-Aviv. Tous ces gens ont perdu familles et biens, ils refusent de rentrer dans leurs pays d'origine, la plupart ne disposent d'aucun document légal les autorisant à émigrer en Palestine. Après six jours de traversée dantesque, les Anglais leur barrent la route, leurs destroyers attaquent, éperonnent sept fois le navire, faisant de nombreux blessés. Simon et Léna passent leurs journées à l'écoute de la TSF. Ils vivent la bataille en direct avec le bateau qui tangue, les femmes en couches, les enfants qui hurlent. Les soldats de Sa Majesté, bombes lacrymogènes en main, partent à l'abordage de cet « Auschwitz flottant », comme l'a baptisé un journaliste délicat. À bord, on réplique comme on

peut, avec des jets d'huile et des lances d'arrosage. Léna se ronge les ongles, triture fébrilement une mèche de cheveux. Les nouvelles de l'*Exodus*, comme il se nomme désormais, sont toujours plus terribles : trois morts, cent vingt blessés, dont vingt graves. Le bateau va couler, l'eau envahit la salle des machines. Simon ne tient plus en place, d'autant que parmi les passagers se trouvent des adolescents de Jouy, regroupés sous la houlette de Pierrot, embarqués clandestinement à l'insu de l'Office national des pupilles de la Nation. La situation diplomatique reste confuse. L'Angleterre évacue d'abord les passagers vers Chypre, ils doivent tout abandonner sur le quai de Haïfa ! Vision terrible de sacs, valises, chaussures… « On se croirait à l'entrée des camps », murmurent Simon et Léna en découvrant les photos. Puis Londres fait volte-face et veut renvoyer ce qu'il faut bien appeler ses prisonniers jusqu'en France, puis en Allemagne. On les confine sur des bateaux-cages pour Port-de-Bouc, mais les immigrants refusent de débarquer. Simon et Léna courent de conserve jusqu'au bureau des EI, avenue de Ségur. Pas question de rester les bras croisés à attendre une nouvelle tragédie ! Trois ans à peine après la découverte d'Auschwitz, on demande à des Juifs de tout abandonner de nouveau, on met leur vie, leur santé physique et morale en danger. Le couple distribue des tracts à la sortie du métro, assiste à une réunion où la foule scande sa colère face à l'intransigeance britannique, va écouter Vercors, Aragon et Matisse s'indigner de ce traitement dans des meetings. L'opinion publique française s'émeut, surtout après le déclenchement d'une

grève de la faim décidée à l'unanimité sur l'*Exodus*. Léna veut partir sur-le-champ, trouver un autre bateau.

— J'y arriverai ! Regarde, il y a même des grands-mères à bord !

— Mais, Léna, il y a encore eu des échauffourées à Hambourg, quand les immigrants ont refusé de descendre des navires. Vingt-sept blessés !

— Je ne vais pas rester dans ton lit pendant qu'on se bat pour notre pays !

L'armée britannique est impuissante face à ceux qui souhaitent de toute leur âme rallier la Palestine. Aux policiers qui exigent de connaître leurs identités, les internés répondent par un éclat de rire ou une grimace.

— Qui êtes-vous ?

— Greta Garbo.

— Et vous ?

— Errol Flynn.

On plaisante mais la tension reste palpable. Nourriture, vêtements et soins manquent mais rien ne fera fléchir ces hommes et ces femmes portés par l'énergie du désespoir. Durant l'été, Simon et Léna dévorent la presse, surtout *Paris-Presse*, *Franc-Tireur* et *Le Parisien Libéré*. Ils manifestent, se mobilisent comme ils peuvent, en préparant des vêtements d'hiver pour ceux qu'on menace d'envoyer vers les camps allemands, dans de véritables wagons-prisons… Seuls les week-ends à Jouy arrivent à leur redonner le sourire. Une bonne nouvelle les y attend un samedi. Tous les gosses de la maison embarqués sur l'*Exodus* sont sains et saufs, même si, comme les autres, ils devront repartir vers Chypre. Des

messages dans des boîtes en bois jetées à la mer ont été repêchés par des militaires français et acheminés jusqu'à Jouy. Une fête s'improvise et Simon et Léna dansent, hissent les enfants sur leurs épaules, courent dans le parc, s'essaient même à la hora, cette ronde paysanne que l'on danse en grand cercle fermé. Les notes du violon et du saxophone résonnent jusque tard dans la nuit. Simon se sent revivre, comme toujours lorsque Léna se trouve près de lui. Mais dès le lendemain, elle revient à la charge.

— Simon, nous allons avoir un État, un État à nous. À New York, l'ONU propose enfin de partager la Palestine en deux, un État juif, l'autre arabe. Les frontières sont sinueuses, Jérusalem nous échappe, mais c'est un début. Et je ne vais pas rester là, les bras croisés, à attendre qu'Israël soit créé.

À l'automne 1947, l'ONU a en effet voté le partage de la Palestine. Par trente-trois voix, dont celle des États-Unis et de la France, la résolution 181 et la création de deux États est approuvée. Mais les États arabes, qui y voient une décision arbitraire, votent contre.

— On ne peut compter que sur nous, répète-t-elle. Viens avec moi, notre place est désormais là-bas. J'étouffe en Europe, nous avons le droit de recommencer ailleurs, une vie à nous.

Léna n'ose pas dire que la rue de Chanaleilles a tout d'un mausolée, qu'elle ne s'y sentira jamais chez elle. De son côté, Simon pense inutile de répéter qu'il ne souhaite pas déraciner Élie, qu'il a besoin de l'atmosphère familiale de Jouy. Et puis il y a la vraie famille.

Avec les Hirsch, les liens déjà profonds se sont encore renforcés. Simon emmène souvent Élie et Becky chez eux. Béatrice les accueille avec des cris de joie et ses deux filles les gâtent honteusement. Simon a renoué avec son cousin André qui, après un long passage à vide, reprend goût à la vie. S'éloigner encore, jouer au Juif errant ressemble à une punition.

Léna ne le comprend pas, elle qui n'a jamais réussi à s'intégrer nulle part. Chez les Hirsch, elle est complexée par les manières bourgeoises de tante Béatrice. À table, elle ne desserre pas les dents. Oncle Maurice a bien essayé au début d'évoquer la Pologne avec elle. Grave erreur ! Léna s'est éclipsée, les yeux rougis. Quand il s'est lancé sur la chasse, le polo et la mode, elle l'a regardé, ahurie. Et même si l'oncle et la tante pensent à lui rapporter de menus cadeaux du magasin, des mouchoirs, un joli chapeau, un parapluie, elle reste sur ses gardes. Elle répond souvent à côté ou d'un ton rogue. Dans cet appartement qui respire l'opulence, la peur d'être jugée par la famille de Simon la rend cassante. Il a beau lui répéter que son oncle et sa tante sont heureux de son choix, qu'ils aspirent à les voir heureux ensemble, Léna reste en retrait, en étrangère. Elle semble compter les minutes avant de pouvoir s'enfuir. De plus en plus souvent, Simon et son frère se rendent seuls rue de Passy. Élie décroche peu à peu son masque d'indifférence, son rire fuse dans l'appartement. Et sa voix change. À bientôt quatorze ans, il n'a plus rien d'un enfant souffreteux. Ses muscles se développent, il mange avec appétit, fait du sport. À Jouy, Simon a remarqué que certaines filles

rôdent autour de lui, attirent son attention. La vie paraît enfin sourire aux Mandel, pourquoi risquer de nouveaux bouleversements ?

C'est compter sans l'opiniâtreté de Léna. En cet automne, elle tourne comme un tigresse en cage rue de Chanaleilles. Désormais, d'autres jeunes dépisteurs formés par Lionel s'acquittent des missions sur le terrain. Léna se contente de donner son avis, siège à la réunion de la commission qui étudie de nouveaux dossiers tous les mercredis. Et elle s'ennuie. Les cours de cuisine découverts par Simon près de Mabillon ont fait long feu. Léna l'impétueuse a renversé sa casserole de sauce béchamel sur le sac de la prof, qui s'obstinait à corriger son accent.

— Pour faire une bonne sauce, je n'ai pas besoin de parler comme une Française, si ? a-t-elle expliqué à Simon.

À la sortie de l'École alsacienne, elle attend Élie, l'emmène manger un pain au chocolat au « Luco ». Elle parle de prendre des cours de français, se lancer dans des traductions en polonais, mais n'effectue jamais les démarches nécessaires.

35

Un jour, après une énième dispute particulièrement violente, Simon baisse les bras. Léna ne l'entend plus, ne le comprend pas. Cabossés par le malheur, ils échouent à se réparer ensemble, s'affrontent sur tout. Entrée dans sa vie par effraction, elle l'a bouleversé. Mais il échoue à la garder avec lui à Paris, l'aimer à l'infini dans sa chambre qui donne sur les toits de l'hôpital Laennec. Elle a besoin d'espace, Léna, de liberté et d'idéaux. Alors, sans cris et sans larmes, au moins quand ils se font face, ils conviennent qu'elle partira pour la Palestine et qu'il la rejoindra plus tard. Élie doit terminer son année à l'Alsacienne et lui, obtenir un maximum de points pour valider son diplôme d'architecte. Oui, il quittera Paris, il vivra avec elle sur cette terre inconnue, hostile, puisque c'est son souhait le plus cher, mais pas dans l'immédiat, et sans doute pas pour toujours. Il y a d'autres destinations, l'Amérique, l'Australie… Pourquoi ne pas tenter un nouveau départ, loin des fantômes du passé, sur un autre continent ? Simon laisse Léna dessiner les contours de leur vie future et se réfugie

dans ses cours. Plus la date de son départ en bateau approche, plus l'excitation monte en elle. Elle apprend des rudiments d'hébreu moderne, dévore des revues sur l'agriculture. Elle se voit déjà régner sur une armée de dindes, cajoler des citronniers, faire pousser des fruits au milieu du désert.

— Ah ! Simon, nous allons être heureux, tu vas voir...

Elle parle même d'avoir des enfants, quand ils seront installés. Elle en veut trois, deux garçons, une fille. Élie l'écoute, fasciné, tandis que Simon cherche à graver dans sa mémoire le moindre de ses traits, car il sait qu'il ne la reverra pas avant longtemps. Il la couvre de chemises achetées chez Old England, boulevard des Capucines, le grand magasin préféré de ses parents, et de pantalons en toile de Nîmes qui soulignent le bleu glacé de ses yeux. Il ne vit que pour la nuit, qui passe sur eux, sur sa peau d'albâtre, et son rire tremblé. Ce mois de décembre 1947, ni l'un ni l'autre n'ont envie de sortir, ils restent cloîtrés. Les derniers jours, Becky leur offre de magnifiques dessins qu'ils accrochent au mur. Simon ne tente même plus de la convaincre de renoncer à sa chimère, à son rêve de pionnière, il a trop de respect pour elle... et elle ne céderait pas. Elle avait survécu à tout, enjambé des cadavres, mangé des racines dans la forêt... Une fois qu'elle avait décidé quelque chose, rien ne pouvait l'arrêter. Alors il se contente de la tenir dans ses bras, de sortir ses fusains quand elle dort pour croquer une expression et d'essuyer une larme dans le noir. Se séparer, toujours se séparer, c'est inhumain. Ils ont déjà perdu tous deux tant d'êtres chers ! Tous

mais je dois d'abord apprendre l'hébreu, prendre des cours pour être utile ici... »

Simon lit les missives à Élie en gardant pour lui les passages les plus intimes. Le départ de Léna semble les avoir rapprochés. Malgré la permission de Simon, Élie se prive de parties de foot au Luco avec ses copains de l'école, préférant faire ses devoirs à côté de son grand frère ou le regarder tracer ses perspectives. Le garçon ne reparle jamais de la guerre, comme si elle n'avait pas existé, mais il évoque souvent Léna, leur départ au Moyen-Orient, au début des vacances d'été.

— Regarde, Becky, Léna t'a envoyé un cadeau.

Dans ses lettres, Léna glisse des attentions pour les enfants : un timbre original, une carte postale, une fleur séchée trouvée dans le Néguev. Elle raconte des anecdotes, s'efforce de leur faire partager son émerveillement, dresse le tableau d'un pays libre, que les Anglais quitteront tôt ou tard. L'omniprésence des militaires, les contrôles d'identité, les tirs isolés, l'épistolière glisse vite dessus.

Pourtant, en cette période de Noël 1947, les affrontements augmentent chaque jour en fréquence et en intensité. Des coups de feu éclatent à Jérusalem et les attaques de convois sont légion. Simon s'inquiète. Cent soixante-quinze Arabes, cent cinquante Juifs et quinze Britanniques ont été tués cette année. Tout le monde sent que la guerre couve en Palestine, même si, harcelés par les Anglais, les Juifs manquent d'armes. Mais le plus grand danger vient des attentats à la dynamite. Deux mois après la partition, les enfants de Jérusalem

sont conduits à l'école dans des autobus blindés, des explosions trouent quotidiennement la route qui relie Bab el-Oued à la Ville sainte. Simon a vu les clichés de voitures calcinées, les carcasses abandonnées, il imagine parfois Léna roulant de nuit dans les collines, sautant sur une bombe qui fait se rencontrer la terre et le ciel dans une lueur bleue. Souvenirs du maquis… Il cherche à se rassurer en songeant que Léna ne s'est pas enrôlée dans la guérilla, elle prépare leur vie là-bas et suit les cours de l'école d'infirmières à Tel-Aviv. Lors d'une soirée organisée par les Mahal, ces volontaires venus du monde entier, pour bâtir Israël, anciens des Brigades internationales ou des maquis, elle a pu rencontrer Golda Meir, cette fille d'un menuisier de Kiev devenue femme politique d'envergure. Impressionnée par sa vision et son charisme, Léna est restée toute la nuit à l'écouter. Au petit-déjeuner, entre tomates, concombres et lait caillé, elles ont continué à évoquer l'avenir : la multiplication des victimes, la timide proposition américaine de mettre la Palestine sous tutelle, la détérioration des conditions de sécurité, rien n'empêchera l'existence d'un État, Golda en est persuadée. Même s'il faut se battre.

36

Cet hiver-là, Simon se noie dans le travail pour tuer le temps, faisant « le nègre » pour plusieurs agences d'architecture. Pour la première fois, il affronte l'épreuve maîtresse des Beaux-Arts, un marathon de vingt-quatre heures. Muni de ses crayons et d'une provision de sandwichs, il est « monté en loge », selon le dialecte du quai Malaquais. Une journée et une nuit à suer sur le Vatican, les jardins de Marly, Saint-Pierre de Rome… Il a réussi toutes ses compositions, repartant vidé mais heureux. Il se fond dans cet univers, réalise des maquettes remarquées, brille en peinture comme en sculpture. Parfois il emmène Élie, et l'adolescent ouvre des yeux ronds devant l'agitation régnant à l'école, se passionne pour les cours et l'ambiance joyeuse. Oui, Simon est heureux, et ce bonheur a encore le don de l'étonner. Il commence à imaginer une architecture différente, une fenêtre ouverte sur l'âme, sur le ciel omniprésent. Un rêve d'espaces ouverts, de verre, de nouveaux matériaux, de structures innovantes. Il va bientôt partir pour la Palestine, le pays de cocagne de

Léna. Sa vie s'ouvre enfin devant lui. Comment aurait-il pu imaginer ce destin le jour où il lui a serré la main pour la première fois ? Il se rappelle leurs débuts, le choc de l'étrangeté, le halo de mystère qui entourait la jeune femme. Comment la froide et réservée Léna, qui tranchait avec tout ce qu'il avait connu, avait-elle pu s'immiscer dans son cœur et y prendre toute la place ? Elle avait changé, sa Léna, tant mûri, tant progressé, il en était fier. Il avait besoin d'elle, de son corps, de son sourire auroral. Ô la félicité de leurs nuits ! Simon en rêve, tout comme il songe au jour où il pourra l'épouser. Léna Mandel. Cela sonne bien.

Oui, Simon est heureux, et doublement depuis qu'il est officiellement devenu le père de Becky. Grâce à un dossier bien ficelé et à ses contacts à la commission, l'administration a accédé à sa demande. Rebecca Lederman est désormais légalement sa fille. À l'annonce de cette nouvelle, Becky a sauté dans ses bras, et terminé sa course à bout de souffle, en chahutant avec Élie. Oubliée la prisonnière de Sylvanès défigurée, à l'œil mort. Le meilleur spécialiste de l'Hôtel-Dieu lui a rendu la vue, dix sur dix aux deux yeux. Fait étrange, elle ressemble de plus en plus à Léna. À défaut d'avoir trouvé tous les enfants qu'ils cherchaient, il a offert un avenir à cette petite. À quatre, ils exorciseraient les fantômes, oublieraient la folie des hommes, recommenceraient ailleurs, sauvés par leur amour.

Printemps 1948. Rue de Buci, Simon siffle son quatrième petit noir quand la radio diffuse la nouvelle attendue depuis la veille : l'État d'Israël proclame son

indépendance, de grands drapeaux bleu et blanc flottent désormais sur le pays. À l'antenne, le journaliste décrit la foule dans les rues de Tel-Aviv et de Haïfa, les embrassades, l'allégresse, les tournées générales dans les cafés comme le Lehaïm ou À la vie. On chante « *Hatikva* », l'espérance, un chant écrit en Ukraine au XIXe siècle, devenu l'hymne officiel du sionisme dans les années trente, chant officiel de la résistance du ghetto de Varsovie, dont on dit qu'il sera l'hymne du nouvel État. Les yeux de Simon s'embuent. Après tant de souffrances et d'horreurs, les survivants du plus grand massacre de tous les temps auraient une patrie. Les pierres de Jérusalem, qui avaient vu passer les Perses, les Romains, les Arabes et les Turcs, témoigneraient d'une réalité inimaginable par ses parents : un pays dont nul ne pourrait les chasser. Simon rentre rue de Chanaleilles avec du champagne, il a invité Lionel, Jacques et Pierre à passer. Avec Élie et Becky surexcités, ils boivent à la santé d'Israël, improvisent un pas de danse, finissent à moitié soûls sur le canapé, en songeant à Léna. Se trouve-t-elle déjà au kibboutz ou encore à Tel-Aviv ? Figurera-t-elle sur les premières listes de citoyens israéliens, citoyenne d'un si petit pays, porteur de si grandes espérances ?

Brève euphorie. Dès le lendemain, les armées syrienne, irakienne, égyptienne et transjordanienne envahissent la Palestine. La proclamation de l'État a transformé un conflit larvé en véritable guerre. Encadrée par des officiers britanniques, la Légion arabe fait des ravages. Simon vit de nouveau l'oreille collée à la TSF, dans la ronde incessante des trêves et des attaques. Il voudrait

entendre Léna mais le téléphone fonctionne mal. La dernière fois qu'il a pu lui parler, elle l'a rassuré : elle n'a pas pris les armes, se limite à donner parfois un coup de main. Mais quelque chose dans sa voix l'a trahie.

— Quel est ton rôle exactement ?

— Disons que… je me suis déguisée en vieille dame pour voler des armes dans un dépôt.

— Mais c'est complètement idiot, lâche Simon, excédé par le rire de Léna. Débile et dangereux.

À Paris, il a l'impression d'avoir cent ans, de radoter son inquiétude. Il y avait déjà les attentats, comme celui de la rue Ben-Yehuda à Tel-Aviv, où elle passait tous les jours, qui avait fait cinquante-quatre morts, et voilà qu'elle s'improvisait cambrioleuse ! La tension ambiante et l'exaltation chronique de Léna… un cocktail détonant. Il sait qu'on rafistole des mitraillettes avec du fil de fer, qu'on fourre des bombes dans de vieux sacs, que des fusillades touchent des civils. Sur ce territoire quadrillé telle une immense toile d'araignée, la moindre colline, la plus petite courbe peuvent devenir des pièges.

« *Mon amour,* écrit Léna après cette dispute, *tout le monde ici devient soldat ! Il faut voir cette armée étonnante, Simon, peuplée de jeunes qui n'ont peur de rien. Pas un officier de plus de vingt-cinq ans, tu te rends compte ! Et si les filles combattent peu, elles savent très bien manier le fusil et lancer des grenades. Le pays ne possède pas d'avions de combat, très peu de chars, c'est normal que je participe comme je peux à l'effort collectif ! Mais ne t'inquiète pas : parmi les volontaires, j'ai retrouvé un de tes copains, Nathan, un EI. Il est pilote et effectue*

un travail formidable avec d'autres vétérans de guerre : il atterrit sur n'importe quel terrain éclairé par des lampes à huile. Et, accessoirement, il veille sur moi ! »

Nathan ! Ce type brillant et idéaliste, pilote de formation, devait jeter toutes ses forces dans la bataille, comme il le faisait au maquis. La nostalgie de ce temps-là prend souvent Simon à la gorge. Leur extrême jeunesse à tous, la camaraderie qui régnait… Coincé à Paris, à suivre le conflit à travers les reportages de Joseph Kessel et d'Arthur Koestler, il aimerait parfois se trouver là-bas, auprès de Léna, se battre de nouveau pour une noble cause, avec la même vigueur, la même conviction. Mais Élie et Becky comptent sur lui. Que deviendraient-ils s'il partait pour la Galilée ?

Les missives de Léna se font plus tendres, plus pressantes aussi. Elle y décrit les nuits froides, les camps où l'on apprend à des gosses à manier des explosifs de fortune, les femmes du monde qui servent le frichti dans les cantines des avant-postes, les vieillards sous la seule protection de leurs brassards blancs. Elle lui raconte l'incroyable histoire de la route de Birmanie, construite en un temps record pour éviter Latroun, en territoire arabe, jusqu'alors la seule route vers Jérusalem. Un simple chemin, une piste abandonnée, devenue en quelques jours un moyen d'approvisionner les combattants de Jérusalem. Les ouvriers travaillent jour et nuit pour installer un pipeline et le jeune État a réquisitionné trois cents habitants de Tel-Aviv pour transporter sur leur dos de quoi nourrir la ville.

Il essaie de la soutenir de loin, car ils doivent tenir, chacun d'un côté de la Méditerranée, avant d'être réunis. En dernier ressort, Simon raconte à Léna comment il imagine leur mariage, sur les bords du lac de Tibériade, avec Élie et Becky en garçon et fille d'honneur, Léna en robe blanche, toute simple, des fleurs dans les cheveux, et son cœur se gonfle.

« *Mon Simon,*

« *J'ai enfin réussi à monter à Jérusalem. J'aurais aimé admirer les coupoles, les minarets, les clochers, les dômes, les amandiers en fleur, mais la ville est étranglée, assiégée. Il n'y a ni viande, ni fruits, ni légumes frais et seulement 200 g de pain par jour. Mon rôle consiste à accompagner des jeunes qui forment la majorité des troupes. Ils sont si jeunes, Simon ! C'est comme si Élie allait se battre. Ils ressemblent d'ailleurs à des scouts. Nous avons réussi à faire passer des dizaines de camions bourrés de ravitaillement pour Jérusalem. Tu aurais vu ! Les femmes pleuraient de joie, nous offraient des fleurs, nous embrassaient. Ici, j'ai trouvé une camaraderie, une conviction commune extraordinaire, je me sens enfin utile, à ma place. Je pense à toi. Léna.* »

Simon et Élie passent leur temps libre à lire les journaux, à écouter la radio. Parfois, Maurice et Béatrice se joignent à eux, mais leur oncle naguère si flamboyant est affaibli. On lui a détecté une saleté au pancréas et il n'est plus que l'ombre de lui-même. On dirait désormais son fils, de retour des camps. Simon va lui rendre visite à Cochin et n'aime pas ce qu'il voit. Un être étriqué, gris, à bout de forces. Il pense à sa mère et remercie

le ciel qu'elle n'assiste pas à cette déchéance. La tante Béatrice aussi a changé, s'est rabougrie. Alors Simon entoure ses cousines Eugénie et Geneviève, en espérant leur transmettre un peu de sa force.

37

En juillet, un coup de fil troue la nuit de Simon. Depuis le départ de Léna, il dort mal. Une voix française à l'autre bout sur la ligne qui grésille, on entend mal.

— Simon, c'est Nathan.

Son sang se glace. Pourquoi Nathan l'appelle-t-il d'Israël ?

— C'est à propos de Léna, Simon. Il y a eu un accident…

— Elle est blessée ! Dans quel hôpital se trouve-t-elle ? Je pars tout de suite…

— Non, Simon. Elle a été prise sous le feu dans un village arabe, alors qu'elle conduisait une ambulance sur la route de Birmanie. Un tir d'obus a touché la voiture qui est tombée dans le ravin. Des copains du Mahal se trouvaient dans la Jeep derrière. Ils m'ont téléphoné tout de suite.

— Et tu étais où, toi ?

— Comme d'habitude, sur le terrain d'aviation, prêt à décoller. En ce moment même…

— Mais tu l'as vue ? hurle Simon.

— Les copains y sont allés avec une lampe torche, il n'y avait malheureusement rien à voir. L'ambulance avait pris feu. C'était horrible... Tous les occupants ont péri, carbonisés.

— Ce n'est pas possible, répète Simon, ce n'est pas possible... C'est arrivé quand ?

— Il y a trois jours. Impossible de te prévenir avant. On se bat comme des lions, on transporte mortiers et canons de 65 millimètres par Jeep, à dos de mule et de chameau, je vole dix heures par jour... Je suis désolé, mon vieux.

Simon raccroche comme un automate. Léna... Morte ! Une semaine qu'il converse dans sa tête avec quelqu'un qui n'est plus... Il tombe à genoux, vaincu. Sa Léna prise au piège des flammes. L'image lui brûle les yeux, l'atteint au cœur. La tête dans ses bras, il sanglote. Léna, sa douce Léna, qui avait bravé tous les dangers en Pologne, a trouvé la mort sur cette terre dont elle voulait faire un nouveau berceau. Elle avait tenu sa promesse de ne pas prendre les armes. Sur cette fameuse route, les victimes étaient pourtant nombreuses, les carcasses et les cimetières d'épaves sur les bas-côtés témoignaient de la violence des combats. Elle lui avait obéi, sachant qu'il tremblait pour elle, mais cela n'avait pas suffi. La guerre était venue chercher sa proie. Du garçon instable et révolté qu'il avait été, elle avait fait un jeune homme responsable. Elle l'avait épaulé, écouté, lui avait ouvert des horizons. Il ne veut pas, n'envisage pas de poursuivre sans elle. Il avait perdu déjà tant de monde ! À quel moment a-t-elle fermé ses yeux de

brume ? Il aurait aimé la tenir dans ses bras, recueillir son dernier souffle. Décidément, le malheur s'acharne. La présence de Léna n'aura été qu'un trop court répit. Dans son désespoir, Simon trébuche dans le couloir. Les couteaux de boucher achetés quand elle taquinait l'idée de devenir cuisinière semblent le narguer. Il en saisit un, fixe le tranchant de la lame, applique la pointe contre son ventre, sent le froid de l'acier, suspend son geste absurde. Becky et Élie dorment dans la pièce d'à côté. Pas la peine de les réveiller, ils apprendront la nouvelle bien assez tôt. Vaincu par les larmes, Simon finit par s'endormir sur une chaise. Dans un rêve, la Léna réticente des débuts le visite, puis sa main fine et légère dans la sienne, les pierres de taille dorées de Jérusalem, les collines couvertes d'oliveraies qu'ils pensaient gravir ensemble. Il voudrait ne jamais se réveiller, mais Élie le tire par la manche.

— Pourquoi tu as dormi là ?

Il doit avoir une sale tête. Il retarde le moment de l'aveu en rangeant la table de la cuisine.

— Elle t'a parlé, Léna ?

Depuis sa tendre enfance, Élie, comme Madeleine, lit dans ses silences.

— Tout va bien ?

Simon se retourne et envoie tout valser d'un geste rageur : torchons, serviettes et fourchettes.

— Non, Élie, rien ne va bien. Léna a eu un accident. Elle a été prise dans une embuscade. Elle ne s'en est pas sortie.

38

Simon a l'air d'un possédé, les yeux écarquillés, le front luisant de sueur, les lèvres révulsées en un rictus mauvais. Élie recule, lâche un cri d'animal blessé, et il court s'enfermer dans sa chambre. Simon devrait le suivre pour le consoler, prévenir Lionel et tante Béatrice. Au lieu de cela, il jure contre le sort, contre Léna, contre lui-même qui l'a laissée partir. Il cogne les murs, balance des coups de pied dans la porte de la cuisine. Sa poitrine se déchire comme si son cœur cherchait à s'en libérer. Morte ? C'est impossible… Son image tournoie dans la pièce, sa voix emplit l'espace, sans qu'il puisse l'endiguer. « *L'âme des morts comme une respiration pénètre notre cœur.* » Pourquoi penser à cette phrase de Paul Claudel à cet instant précis ?

Il faut pourtant bien se calmer, retrouver les enfants, songer à leur journée. Informée par Élie, Becky a beaucoup pleuré. Tous deux l'observent, inquiets. Le bloc des petits contre le malheur des grands. Simon n'arrive pas à préparer le repas, il s'excuse, quitte l'appartement, part marcher dans les rues. La porte qui claque fait

sursauter les enfants qui s'interrogent du regard. Élie pose une main rassurante sur celle de Rebecca.

Lionel vient le lendemain. Comme celle de Madeleine, sa présence discrète et rassurante agit tel un baume. Il est au fait des violences qui secouent Israël, les femmes qui se font sauter avec leurs dernières grenades, les blessés qu'il faut opérer sans morphine, les corps déchiquetés des soldats qui arrivent à l'hôpital des Prophètes à Jérusalem, les immigrants peu entraînés tués tous les jours. La mort de Léna n'est malheureusement qu'un épisode tragique de plus. Il laisse Simon exprimer sa douleur, emmène les enfants quand celui-ci réclame un peu de repos. Tante Béatrice téléphone, mais elle ne peut pas venir, Maurice est reparti pour l'hôpital. Cette litanie de malheurs ne s'arrêtera donc jamais…

En ce mois d'août 1948, Simon s'enfonce dans la dépression. Il a emmené les enfants à Étretat voir l'océan, mais il ne se rappelle rien du séjour dans une maison louée, sauf son envie lancinante d'en finir en se jetant du haut de la falaise… Élie le dévisage avec des yeux désemparés, partageant sa peine. Sa vie ressemble à un champ de mines, aux visages des morts de sa famille se juxtapose en permanence celui de Léna. Seuls les imbéciles croient que l'on s'habitue… Le deuil n'est ni une épreuve ni un concours. On n'en sort pas premier, juste infirme à vie. Simon voudrait parler de Léna, mais peut à peine prononcer son prénom. L'été est interminable. Certains jours, bon à rien, il laisse les enfants jouer seuls dans le jardin ou dévorer la série des Arsène Lupin, dont le trésor serait caché non loin, à

l'Aiguille creuse. Ils dînent de sandwichs tous les jours, Élie emmène parfois Becky manger une crêpe. Simon scrute les cieux changeants, se demande où trouver Léna. Disparu, son amour. Élevée dans la religion, athée après la guerre, quel paradis a-t-elle rejoint ? Sa tombe s'élève au milieu des nuages maintenant et il reste seul ici-bas, perdu dans un chagrin trop grand pour lui.

39

Le retour à la maison est sinistre, comme s'ils étaient tous trois avalés par un abîme de tristesse. Les cours n'ont pas encore repris et Élie et Becky s'ennuient en silence, chacun tourne en rond en évitant les autres. À Cochin, l'oncle Maurice a rendu son dernier soupir, Simon lui tenait la main. C'est un mort de plus, mais cette fois dans la douceur ineffable d'un au revoir. Dévastées, Eugénie et Geneviève se cramponnent à leur mère, à moins que ce ne soit l'inverse.

Au retour de l'enterrement, après plusieurs nuits d'insomnie, une certitude se fait jour chez Simon : il ne peut rester dans cette ville, dans ce pays, où trop de souvenirs l'enchaînent. Léna partie, il n'y arrivera pas. Et après tout, il était question de s'en aller, il peut emmener les enfants où bon lui semble. Sauf en Israël, il croirait voir Léna partout. L'Italie ? L'architecture est certes admirable, mais il ne connaît pas la langue.

Tout à coup, la vision de gratte-ciel américains dont il a étudié les formes après les cours s'impose : le Flatiron Building, haut de quatre-vingt-sept mètres, le hall Art

déco du Chrysler Building, le futur siège des Nations unies dont on parle tant. New York apparaît comme la ville idéale pour ceux qui ont tout perdu en Europe. Là-bas, dans cette cité du vertige et de l'éternelle fuite en avant dont il a lu les descriptions par Henry Roth, Scott Fitzgerald ou Ezra Pound, il pourra peut-être se réinventer. Où qu'elle soit, Léna approuverait son choix, elle qui ignorait la peur, les hésitations, les faux-semblants, elle qui fonçait, à l'intuition.

Une fois sa décision prise, tout va très vite. Il avertit l'école des Beaux-Arts, qui lui octroie généreusement une partie de son diplôme. Quelques coups de fil plus tard, Simon est inscrit à l'université Columbia dans le nord de Manhattan, pour les cours complémentaires. Il vend le reste des actions de son père et met en vente l'appartement familial pour financer leur installation. Un richissime Bordelais en tombe amoureux et propose une somme énorme en liquide. Simon inspire profondément, puis accepte. Signer chez le notaire est une épreuve supplémentaire. Cet appartement représente la seule sépulture de ses parents, le lieu de son bonheur perdu, de l'amour avec Léna. Ici il a ri, chahuté avec ses frères et sa sœur, pleuré sa famille disparue. Se séparer de cet endroit, c'est quitter son passé, son enfance. Quelques jours passent encore et il est déjà temps de dire au revoir à Béatrice, à André, aux cousines. Élie semble le plus perturbé. Les embrassades n'en finissent pas, les larmes se mêlent. C'est promis, Geneviève et Eugénie viendront les voir. Geneviève trouvera peut-être son Gregory Peck là-bas.

Tante Béatrice a tenu à constituer un trousseau pour les petits, comme s'ils partaient pour le Far West. Elle en est restée aux cow-boys et aux Indiens, malgré les explications de Simon sur la frénésie créatrice de Manhattan, la majesté des ponts de Brooklyn et de Williamsburg, le raffinement des imposants *brownstones* dans le West Side. Il admiré tellement de photos de cette Amérique triomphante, cette « magnifique catastrophe » décrite par Le Corbusier, qu'il s'y voit déjà.

Becky oublie sa poupée préférée dans l'appartement, elle doit remonter la chercher et cela les met en retard. Renfrogné, Élie a « mal au cœur » et tire sa tête des mauvais jours. Simon n'arrive pas à ranger leurs valises dans le taxi et engueule presque le chauffeur. Heureusement, la route est dégagée jusqu'à Orly. Mais au moment de franchir les portes de l'aéroport, Élie se fige, refusant d'avancer.

— Qu'est-ce qu'il y a, Élie ? Viens, on y va.

— Non. Qu'est-ce qu'on va faire là-bas ? Je veux retourner chez les Morel !

Simon sent monter la colère, la somme de ces nuits blanches, un autre cauchemar qui n'en finit pas. Toujours ces Morel entre eux… Élie n'est plus un enfant qu'on peut porter ou obliger à marcher. Simon le fait asseoir par terre et lui murmure à l'oreille :

— Je sais que tu as déjà beaucoup encaissé, mais je te promets que ça ira mieux là-bas. On recommence de zéro, on t'inscrira au lycée français de New York, tu vas te faire des amis.

Le discours qu'il servait aux enfants qu'il retrouvait avec Léna. Elle ne le quitte jamais…

— Je ne veux pas de nouveaux amis, regimbe Élie, j'ai déjà ceux de Jouy-en-Josas. Et puis j'ai peur de monter dans l'avion…

— Pour moi aussi, c'est la première fois. Mais il ne peut rien nous arriver, on en a vu d'autres, toi et moi. Viens… Ce voyage, c'est une chance.

Après un temps qui paraît infini, bousculé par la foule qui s'impatiente, Élie daigne se relever. Une fois dans l'avion, sa ceinture de sécurité attachée, il se laisse gagner par l'excitation de son premier vol. Simon, lui, éprouve le contrecoup de ce qui vient de se passer. Il a le droit d'emmener deux enfants à l'autre bout du monde, mais est-ce une si bonne idée de les exiler encore après tant de difficultés ? Élie a l'air de lui en vouloir, et Rebecca, perdue dans un siège trop grand pour elle, semble résignée. Comment vont-ils vivre ce grand changement ?

L'arrivée à New York est à la fois belle et rude. Les enfants se dévissent le cou pour regarder passer les Cadillac et admirer les buildings dont les sommets tutoient le ciel d'un bleu incroyable. Une chaleur moite les cueille dès leur sortie du métro. Le Village, où Simon a loué un studio par le biais de l'école, fume tel un chaudron sale bouillonnant d'énergie. La pièce où ils vont vivre ressemble à un cagibi. Leurs voisins sont des Italiens, des Noirs, des Porto-Ricains profitant de la suppression des quotas d'immigration.

Simon se lie vite d'amitié avec Grace, une vieille dame obèse qui n'est pas sortie de chez elle depuis quatre ans ! Elle garde les enfants, surveille les devoirs et leur prépare des empanadas, ces succulents chaussons fourrés de viande ou de fromage qu'il distribue en guise de dîner. Les premières semaines passent dans une frénésie d'achats pour leur installation. Il faut réparer la fuite dans la salle de bains, faire la chasse aux cafards qui colonisent la cuisine. Le soir, on voit passer des rats sous les fenêtres. New York est sale, très sale. Simon court sans arrêt entre le lycée d'Élie, l'école de Becky et l'université. Les cours de Columbia, si différents de ceux des Beaux-Arts, le déconcertent. Ici on apprend la technique, non le dessin d'imitation, et l'on parle budget, prix de revient des matériaux, aléas climatiques, environnement, ergonomie... Il découvre comment les gratte-ciel de Manhattan résistent aux séismes et aux vents, grâce à leurs fondations prises dans le schiste, une pierre extrêmement résistante. Dans cette ville fantasmagorique, il marche sans fin, sans but, explorant l'île, détaillant les nouvelles constructions qui semblent sortir de terre chaque jour. La ville est divisée en plus de deux mille blocs, il a de quoi faire ! Il pousse souvent jusqu'à Battery Park, prend le ferry pour le plaisir de voir émerger les tours de Manhattan qui semblent s'avancer sur l'eau, en poussant devant elles des immeubles en brique rouge plus petits et bien serrés. À Soho, il s'éprend des *cast-iron buildings* avec leurs armatures de fonte, particulièrement le Haughwout à l'angle de Broadway, un palais presque vénitien aux

frises colorées, le premier à être classé monument historique dans le quartier. À la différence de Paris où tout est caché, soustrait au regard, New York s'expose, s'offre à l'œil des passants, semble y puiser de la force pour gravir encore un échelon dans la démesure. Mois après mois, le jeune homme se familiarise avec ce labyrinthe, trouve son chemin dans les canyons urbains. Mais la nuit, dans la rumeur chronique de la rue et le vacarme d'un clan de hobos alcoolisés, il retrouve Léna et sa peau si chaude. Son amour avait survécu aux noirs desseins des nazis pour s'envoler en fumée sur la terre d'Israël… Il ne s'en remettra jamais, et ne le souhaite pas. Ces souvenirs la gardent contre lui, la maintiennent vivante encore quelques heures. Le matin le trouve souvent épuisé, d'autant que Becky continue à se glisser dans son lit, après des cauchemars qui la laissent en sueur.

— Tu n'as pas cours ce matin, Élie ?

— Je me suis réveillé trop tard, grince l'adolescent.

Simon soupire. Depuis leur arrivée à New York, leurs relations sont redevenues difficiles. Le garçon introverti et timide à Paris, presque prostré à son arrivée, a pris de l'assurance outre-Atlantique, lestée d'une bonne dose d'agressivité. Il répond à son frère, envoie promener ses professeurs, refuse d'apprendre l'anglais. Il triche régulièrement, sèche l'école, jusqu'à son renvoi du lycée français où Simon l'avait inscrit. Sa nouvelle école américaine lui plaît encore moins et il prend l'habitude de traîner près du Washington Square Park avec des jeunes

qui boivent de la bière et fument de l'herbe sous le nez des passants.

— Écoute, c'est la troisième fois ce mois-ci, lui reproche Simon, découragé.

Becky, elle, s'adapte plus aisément à l'*American way of life*, adore son école miniature avec ses fresques colorées, sa maîtresse d'une bonne humeur quasi suspecte, les balades à Central Park pour nourrir les écureuils et admirer cormorans à aigrette ou merles d'Amérique au cou orangé.

— Et puis arrête de te prendre pour papa ! lui jette Élie, furieux.

Une fois de plus déraciné, arraché à sa tante, ses cousines, la rue de Chanaleilles, les week-ends à Jouy-en-Josas, Élie n'a plus que cette phrase à la bouche. Le ton monte vite. Simon a beau faire preuve de patience en souvenir de certaines scènes homériques avec leur père, il se heurte souvent à une porte claquée, à des remarques sèches et définitives. Il doit composer avec le proviseur du lycée qui le convoque régulièrement, exaspéré par l'attitude du jeune Frenchie. Peut-être Élie a-t-il raison. Après tout, il n'est que son frère, pas son père ; chargé de famille, mais incapable d'imposer un respect qu'il n'est pas sûr de mériter. Simon se décide à demander les conseils d'un psychologue, la nouvelle profession new-yorkaise à la mode au début des années cinquante. On cherche à le rassurer : Élie traverse une période de révolte compréhensible pour un enfant qui a déjà vécu tant de ruptures et de moments difficiles. Sa colère, ses angoisses, ses insomnies, sa propension

à s'isoler ne sont que des paravents, des tentatives de faire la paix avec son passé. Avec beaucoup d'attention, un peu de diplomatie et de nombreuses séances, les choses s'arrangeront... Simon sort du cabinet écumant, et surtout soulagé... de cent dollars. Cela fait cher le lieu commun.

Un jour, Élie manque de mettre le feu à l'appartement en jouant avec des briquets.

— Tu es fou, on aurait pu y rester ! hurle Simon. Pourquoi ne peux-tu pas te trouver des copains et sortir avec eux ?

Élie hausse les épaules.

— Parce que tu crois que ces gosses m'intéressent ? Avec leurs grandes dents blanches et leurs corps nourris aux corn flakes ? Je n'ai rien de commun avec eux. Les Allemands ne sont pas venus chercher leurs parents...

Simon ne trouve rien à répondre. Les garçons qu'Élie côtoyait à l'école n'avaient en effet connu ni la peur ni l'exil. Ils s'intéressaient plus au base-ball et aux rendez-vous avec les filles le samedi soir qu'aux affaires du monde. Mais Simon espérait que leur optimisme outrancier, leur enthousiasme presque impudent, cette foi très américaine en leurs forces, en leurs désirs, déteindraient un jour sur son frère.

Cependant le psy avait vu juste. Après quelques années tumultueuses, un panel de copains tous plus catastrophiques les uns que les autres, un vol plané spectaculaire à vélo qui s'était soldé par un traumatisme crânien et douze points de suture sur le bras, Élie avait

fini par mûrir. Il avait rencontré une fille de Brooklyn, qui n'était pas pour rien dans cette métamorphose, et avec laquelle les choses devenaient sérieuses. Ses résultats scolaires s'amélioraient et il parlait désormais un anglais presque *fluent*. Il se passionnait pour les bandes dessinées américaines, écoutait Eddy Cochran, Gene Vincent et bien sûr le King à fond dans sa chambre. Dans leur nouvel appartement sur West Side, un peu plus grand, et surtout éloigné des tentations du Village, ses rapports avec son frère s'étaient radoucis.

De son côté, Simon, avait trouvé du travail assez vite, d'abord comme petite main dans une modeste agence qui l'avait initié aux codes d'urbanisme de la ville. Depuis 1916, la hauteur réglementée des immeubles obligeait les architectes à dessiner des bâtiments en retrait, pourvus de gradins, afin d'empêcher que les rues soient privées de lumière et d'air. Il a beaucoup appris, fabriqué des dizaines de maquettes, et surtout on lui avait vite fait confiance. Contrairement aux Français, les Américains accordaient moins de crédit à l'expérience et à l'académisme qu'à la fougue, la jeunesse, l'esprit d'initiative. Or Simon n'en manquait pas.

L'érection du Seagram Building resterait pour lui une expérience extraordinaire. Comme disait le grand Mies van der Rohe, « il fallait atteindre l'ampleur des cathédrales gothiques » sur Park Avenue, avec rien de moins que mille quatre cent cinquante tonnes de bronze. Émerveillé, Simon accourait tous les matins pour voir ce parallélépipède aux proportions parfaites de couleur bronze prendre forme.

En 1962, sur le campus de Columbia, il avait eu la chance de rencontrer Walter Gropius, le père du Bauhaus, et le célèbre architecte l'avait engagé comme assistant pour le Pan Am Building, l'un des plus grands immeubles de bureaux du monde, avec ses cinquante-neuf étages sur Park Avenue au-dessus de Grand Central, pas de décorations inutiles, de vastes surfaces et surtout une terrasse pourvue d'un héliport – une première pour la ville. Toute la magie de New York, qui consistait à produire en continu des images à partir de la réalité, se reproduisait à l'infini. Après ces deux chefs-d'œuvre, Simon a eu le choix. Comme directeur de projet pour le Whitney Museum en 1966, dans le West Side, avec sa structure en porte-à-faux et ses fenêtres bizarres, et le New York State Theater, au Lincoln Center, avec Philip Johnson, comme associé, ce qui lui avait valu plusieurs récompenses. Désormais, on se l'arrachait et il déclinait beaucoup de propositions, de demandes de devis, d'argent. Il se refusait à dessiner des meubles ou des bijoux comme la plupart de ses collègues, pour se concentrer sur l'essentiel, des tours, des campus et même un musée en Californie, constitué de cubes orange superposés. Ouvrir sa propre agence lui avait procuré une grande fierté, maintenant il choisissait les projets, imposait ses règles d'harmonie et de simplicité, ainsi que son matériau favori, le verre, dans lequel il cherchait encore des fragments de son ancienne vie. Il aurait aimé construire sa propre maison quelque part dans les Catskill, mais le temps lui manquait. Il courait toute la journée et rentrait le soir à la maison pour

dîner avec Élie et Rebecca. Depuis le temps où elle affublait ses poupées d'un chiffon artistiquement découpé et fabriquait des chapeaux biscornus dans sa chambre, la jeune fille aimait la mode. Se souvenait-elle plus ou moins consciemment que sa mère avait été couturière ? À dix-huit ans, grâce à Simon, elle avait pu intégrer la fameuse Saint Martins School of Art à Londres. Ses silhouettes colorées et gaies, vêtues de minijupes prune et vertes et de chaussettes qui grimpaient haut firent sensation au défilé de fin d'année. On la compara même à l'Anglaise Mary Quant, qui faisait remonter les ourlets et filait des coups de ciseaux dans l'ordre établi. *Glamour* et *Vogue* publièrent des articles louangeurs sur son style, ses robes pop et ses petites vestes cintrées. Elle put bientôt ouvrir une boutique, puis deux, qui marchaient bien. Sensible à l'air du temps, elle recruta des mannequins filiformes à la Twiggy, la Londonienne la plus cool du moment, et finit par collaborer avec Mary Quant qui avait ouvert trois cent vingt boutiques aux États-Unis. Mais Becky lorgnait du côté de la France et des robes en vinyle de Cardin ; elle rêvait de créer une tenue pour Jackie Kennedy, convertie à la mode hexagonale par Oleg Cassini, un aristocrate fils d'un diplomate français et d'une comtesse italienne, son couturier attitré.

Enfin, après avoir été livreur de pizzas, documentaliste, vendeur de chaussures et même plombier, sans doute l'un des pires de tout Manhattan, Élie avait surpris tout le monde en entamant à vingt ans des études de psychologie. Cela avait du sens : après tout, son

enfance lui avait été confisquée, il avait vu partir ses parents, son frère, sa sœur. Une part de lui était restée rue de Chanaleilles et des années d'analyse lui avaient permis de démêler les fils de son cauchemar personnel. Depuis, il voulait aider les autres et s'intéresser à d'autres enfances meurtries, comme celles qu'il avait rencontrées à Jouy-en-Josas. Les Mandel n'avaient d'ailleurs jamais coupé le lien avec cette maison d'enfants dont ils s'étaient occupés si longtemps. Si Jouy avait fermé en 1948, d'autres, comme le refuge de Neuilly, le foyer de La Varenne ou de Taverny, continuaient à abriter des orphelins déboussolés, leur offrant un logement pour leur permettre de suivre des études et de se lancer dans la vie active. Même si certains avaient par la suite connu des difficultés d'adaptation, même si la mélancolie et la solitude les rattrapaient pour une nuit ou pour un mois, Simon restait persuadé que ces maisons avaient représenté une chance. Les orphelins avaient pu garder des relations affectives avec des adultes, voir la vie reprendre le dessus. Des amitiés indéfectibles s'étaient nouées, parfois même un peu plus – on avait célébré des mariages entre anciens résidents…

L'opinion publique était restée assez indifférente à leur sort, à l'exception de quelques affaires comme celle de 1953, le cas de deux petits Juifs allemands, Robert et Gérald Finaly. Cachés dans une crèche municipale à Grenoble pendant la guerre, ils n'avaient jamais revu leurs parents, disparus en déportation. Après le conflit, leur tante vivant en Israël voulut les récupérer, mais se heurta au refus d'Antoinette Brun, la directrice de la

crèche. Cette vieille fille peu amène les fit baptiser en 1948 et refusa âprement de les rendre en se répandant dans la presse : « Vous avez le toupet de les réclamer, jamais vous ne verrez les petits ! »

Le procès dura cinq ans, puis les enfants disparurent en Espagne en février 1953. L'arrestation de sept prêtres impliqués dans ce qu'il fallait bien appeler un enlèvement mit le feu aux poudres. L'Église finit par plier, les petits furent remis à leur tante au mois de juin, huit ans après la fin des hostilités... Simon, qui suivait les rebondissements de cet incroyable fait divers, en avait été bouleversé. Sauver des enfants pendant la guerre ne donnait à personne le droit de se les approprier ensuite. Il avait bien fait de quitter cette France-là, même si son pays lui manquait encore souvent.

Encore plus radical, Élie rejetait en bloc la nation qui avait livré son père à l'ennemi, car c'était bien un policier français qui s'était présenté en décembre 1941 avec les Allemands pour arrêter Henri ! L'antijudaïsme chrétien encore si virulent dans l'hexagone après la guerre le dégoûtait. Dans une volte-face qui avait laissé Simon pantois, il était redevenu pieux et juif. Il retissait ainsi les liens avec son passé, réaffirmait son identité aux yeux du monde et surtout de lui-même, fréquentait la synagogue tous les vendredis, avait épousé la fille de Brooklyn et élevait ses trois fils dans la tradition. Privé de modèle parental – il se souvenait très peu d'Henri et de Marguerite –, il se débrouillait plutôt bien, forçant l'admiration de son aîné. Qui aurait cru que le gamin

révolté de Paris deviendrait un jour un respectable père de famille de Newark ?

En ce printemps 1967, Simon Mandel s'estime heureux, en harmonie avec lui-même, il a retrouvé équilibre et sérénité. La guerre annoncée en Israël le préoccupe malgré tout et rouvre la malle aux souvenirs, en même temps qu'une cicatrice : la mort atroce de Léna dans une ambulance en feu en 1948. Élie parle désormais haut et fort, et c'est l'histoire qui se met à bégayer. Une fois de plus, le jeune État est encerclé par les nations arabes qui veulent le détruire. La diplomatie a encore échoué. Israël s'est tourné vers ses plus proches alliés, les États-Unis et la France, mais, préoccupés par le Viet-nam, les premiers n'ont pas réagi. L'ONU non plus, cela devient une habitude. Le fameux téléphone rouge sert pour la première fois entre la Maison-Blanche et le Kremlin, mais Johnson et Brejnev n'ont aucune solution à proposer. Comme d'autres Juifs français, Simon craint qu'Israël ne soit écrasé par la puissante armée de Nasser. À Paris, trente mille manifestants se sont massés devant l'ambassade d'Israël, et la veille, dans la nuit du 5 au 6 juin, alors que se préparait l'attaque contre l'Égypte, des centaines d'automobilistes ont fait résonner la capitale de coups de klaxon en signe de soutien au jeune État.

Ce jour-là, Simon doit rejoindre Élie et Becky au consulat d'Israël. Très remonté, Élie se dit prêt à s'engager et à en découdre physiquement. Simon s'en amuse : le jeune homme a une telle aversion pour le sang qu'il refuse de toucher à la dinde de Thanksgiving.

Végétarien à ses heures, il pratique le yoga avec un ascétisme surprenant. Il n'est vraiment pas fait pour le combat, mais peut-être Becky et lui pourront-ils trier vivres et vêtements, lever des fonds, coller des enveloppes, donner des coups de fil, bref, se montrer utiles en ces jours cruciaux.

Aujourd'hui, New York resplendit. Tout en marchant, Simon déploie ses fameuses antennes visuelles et olfactives, le gris du granit, le jaune des taxis, le rose du ciel, le poudroiement du pollen dans l'air urbain… Fraîchement lavés, les trottoirs reflètent les falaises des immeubles tendues vers le ciel. Une foule électrisée se presse vers le métro, enjambant les bouches d'aération qui donnent à la ville un côté onirique.

Simon sourit largement. Devant l'immeuble où flotte le drapeau d'Israël, il aperçoit le crâne déjà un peu dégarni d'Élie. À trente-trois ans, son frère vit mal ce début de calvitie, d'autant que Simon qui en a dix de plus possède encore une belle tignasse et une coupe qui le font paraître presque plus jeune que lui. Ravissante dans une robe rose, Becky, avec ses airs de petit page, teint et lèvres pâles, yeux très maquillés comme le veut la mode, parle à l'oreille de celui qu'elle considère comme son frère. Comme ils sont beaux tous les deux ! Simon se félicite d'avoir consacré son existence à ces deux enfants meurtris par la vie. Ils s'embrassent à l'européenne, n'ayant jamais pu se résoudre aux *hugs* à l'américaine, ces accolades un brin artificielles. Pénétrer dans le consulat est compliqué, toute la ville semble s'y être donné rendez-vous. On joue des coudes, la

sécurité est débordée, Simon ne lâche pas la main de Becky, comme lorsqu'elle était petite. On s'apostrophe en anglais, en yiddish, en hébreu, en français. Simon se fraie un passage jusqu'aux tables d'accueil, prend un numéro, s'apprête à se retourner pour voir où en sont Élie et Becky, quand son regard est attiré par une silhouette. Une femme svelte, de dos, habillée classiquement, les cheveux relevés en chignon, une nuque frêle… Quelque chose le retient, le fige, le sidère. Ce long cou, ces mèches qui s'échappent gracieusement, cette allure de girafe. Becky ne comprend pas pourquoi le grand Simon s'appuie soudain sur son épaule, chancelant dans le hall surpeuplé.

Tout à coup, la femme se retourne. Un visage de chat, des pommettes hautes, un teint nacré où le temps a laissé quelques griffures, mais rien qui puisse empêcher Simon de pousser ce qu'il croit être un cri et qui n'est qu'un balbutiement.

— Léna !

Elle se tient devant lui, soudain livide, les lèvres tremblantes. Elle n'a pas tellement changé depuis le jour où il l'a vue pour la première fois, à Paris, rue de Téhéran, vingt-deux ans plus tôt.

— Simon.

La même voix. Ils s'effleurent la main devant Élie et Becky, médusés.

Plus tard, Léna racontera qu'après l'attaque de l'ambulance, une vieille femme arabe chrétienne l'avait découverte inconsciente. L'aïeule était retournée au village d'Abou-Gosh pour chercher un âne, puis avait hissé la

jeune femme aux jambes brisées sur l'animal. Elle l'avait soignée chez elle et remise sur pied. Il avait fallu trois mois pour que la jeune femme, muette et traumatisée, sorte de sa torpeur. Aux soldats auxquels on l'avait amenée quand elle avait repris assez de forces, elle n'avait rien pu dire. Vêtue d'une djellaba, sans papiers, brûlée au torse et sur les épaules, Léna avait oublié jusqu'à son nom. Les autorités israéliennes, toujours en guerre en cette fin 1948, avaient d'autres préoccupations que d'essayer de lui rendre son identité. La jeune femme était restée sept semaines dans le nouvel hôpital Tel HaShomer de Tel-Aviv, le temps que cicatrisent ses blessures, déjà bien soignées au village par des décoctions de plantes médicinales. Quand l'amnésie s'était progressivement dissipée et qu'on avait pu l'identifier, elle avait tout de suite demandé à écrire en France. Mais, pour une raison qu'elle ne s'expliquait pas, les lettres lui revenaient avec la mention « N'habite plus à l'adresse indiquée ». Pas non plus de réponse du côté des Hirsch – après la mort de Maurice, Béatrice s'était réfugiée, comme pendant la guerre, dans le petit village de Bernay-en-Brie. La maison de Jouy n'existait plus. Aucune trace de Simon nulle part. Léna avait cru mourir une nouvelle fois, songé à revenir à Paris pour chercher Simon, mais, pendant longtemps, elle s'était sentie trop faible pour cela. Elle s'était peu à peu habituée à sa vie en Israël. Sa santé était restée précaire et elle avait passé les concours de l'administration israélienne, une façon pour elle de se sentir en sécurité. Elle n'avait jamais rien oublié, ne s'était pas mariée.

Pour l'heure, d'un geste large et fier, Simon lui désigne Élie et Becky. Ils ne l'ont pas oubliée, elle non plus. Plus tard, il lui dira son désespoir et son besoin de fuir la France et ses souvenirs. Mais, à cette seconde, leurs doigts se touchant à peine, ils se contentent de se regarder, stupéfaits, bouleversés. Les années s'effacent, les gens dans le hall aussi. Ils ont de nouveau vingt ans et la vie devant eux.

Postface

La commission de dépistage qui a servi d'inspiration à cette histoire a continué à travailler jusqu'en mars 1949. Une centaine d'enfants ont pu être retrouvés, grâce à un travail d'enquête minutieux. À ce jour, on ignore encore le nombre de ceux qui n'ont pu être retrouvés.

Remerciements

Au cours de mes recherches, j'ai eu la chance de rencontrer des êtres d'exception qui, par la richesse de leurs expériences et de leurs souvenirs, la bienveillance de leur accueil, leur patience et leur disponibilité, m'ont permis de nourrir ce roman.

En premier lieu, Pierre Kauffmann, dit Pierrot, chef historique des Éclaireurs israélites de France (EIF), qui participa à l'attaque du train de Mazamet et fut après guerre un de ceux qui reconstruisirent la communauté juive, en dirigeant entre autres la maison d'enfants de Jouy-en-Josas. Il a fait revivre avec passion tous ces événements pour moi. Disparu en septembre 2013, à l'âge de quatre-vingt-treize ans, Pierrot nous manque.

Liliane Klein, cheftaine éclaireuse, résistante de la Sixième, le réseau clandestin des EIF, m'a raconté ses activités de « faussaire » et la façon dont, inlassablement, elle a caché des enfants juifs dans des familles à la campagne.

Viviane Dimermanas, dite Maïa, cheftaine et agente de liaison durant la guerre, dirigea Les Glycines à Jouy-en-Josas, et en fit revivre l'atmosphère si particulière.

Frida Wattenberg, gaulliste de la première heure, hébergeait et équipait à Toulouse les adolescents en fuite vers l'Espagne et, dès la fin du conflit, devint une dépisteuse. Ses exemples d'enfants retrouvés m'ont été précieux.

Armand Morgenstern, Théo Bormann, Robert Abelanski et Marcel Djourno m'ont raconté leur enfance volée mais aussi leurs moments de bonheur dans la maison des EIF de Jouy-en-Josas.

Je remercie les historiens. Tout d'abord Katy Hazan, responsable du service Archives et Histoire de l'OSE (Œuvre de secours aux enfants) qui, la première, m'a parlé de la recherche d'enfants juifs après la guerre, éveillant ainsi ma curiosité.

Monique Lise Cohen, dont le chemin d'écriture a commencé lorsqu'elle a découvert dans la cave de la maison familiale les archives de l'Organisation juive de combat que son père, Joseph Georges Cohen, combattant de l'OJC, avait préservées, m'a guidée sans relâche dans le Toulouse de la résistance juive.

Sylvie Bernay et Catherine Poujol, historiennes, m'ont expliqué les complexités des relations judéo-chrétiennes qui, après la guerre, en étaient encore aux balbutiements.

Hubert Strouk, passionnant professeur agrégé d'histoire-géographie et coordinateur régional pour le Sud-Ouest du Mémorial de la Shoah m'a aidée à comprendre la situation toute particulière de Toulouse, terre d'exil et ville-refuge pendant la guerre.

Je remercie Karen Taïeb, directrice des archives, et Ariel Sion, directrice de la bibliothèque du Mémorial de la Shoah, qui m'ont permis d'explorer les archives, avec gentillesse et efficacité.

Enfin, Michel Autheman, architecte fou de New York et ancien des Beaux-Arts, a fait revivre pour moi les années d'après-guerre de cette école si prestigieuse.

Bibliographie

— Jean-Jacques Bernard, *Le Camp de la mort lente. Compiègne, 1941-1942*, Albin Michel, 1944.

— Sylvie Bernay, *L'Église de France face à la persécution des juifs, 1940-1944*, CNRS, 2012.

— Hélène Berr, *Journal : 1942-1944*, Tallandier, 2007.

— Pierre Bertaux, *Libération de Toulouse et de sa région*, Hachette Littérature, 1973.

— Ariane Bois, « *La résistance juive organisée en France* », mémoire d'études approfondies d'histoire, sous la direction de Raoul Girardet, Sciences-Po, 1984

— Georges Brandstatter, *Résistants juifs, 1940-1945*, Jourdan, 2013.

— Michael Burns, *Histoire d'une famille française, les Dreyfus*, Fayard, 1994.

— Jean-Louis Cohen, *L'Architecture du futur depuis 1889*, Phaidon, 2012.

— Monique Lise Cohen, *D'une parole d'amour à la naissance des archives : mémoires de la Seconde Guerre mondiale*, Books on demand, 2014 ; et, avec Jean-Louis Dufour, dir., *Les Juifs dans la Résistance*, Tirésias, 2001.

— José Cubero, « La Résistance à Toulouse et dans la région 4 », *Sud-Ouest*, 2005.
— Jacques Derogy, *100 000 Juifs à la mer*, Stock, 1973.
— Robert Gamzon, *Les Eaux claires. Journal 1940-1944*, Éditions des EIF, 1981.
— Georges Garel, *Le Sauvetage des enfants juifs par l'OSE*, Le Manuscrit, 2012.
— Katy Hazan, *Les Orphelins de la Shoah. Les maisons de l'espoir (1944-1960)*, Les Belles Lettres, 2000 ; et *Rire le jour, pleurer la nuit. Les enfants juifs cachés dans la Creuse pendant la guerre (1939-1944)*, Calmann-Lévy, 2014.
— Vincent Jaury, dir., *Le New York des écrivains*, Stock, 2013.
— Anny Latour, *La Résistance juive en France. 1940-1944*, Stock, 1970.
— Bernard Lévi, *X bis, un juif à l'École polytechnique, mémoires, 1939-1945*, Calmann-Lévy, 2005.
— Patrick Modiano, *Dora Bruder*, Gallimard, 1997.
— Léon Poliakov, *L'Auberge des musiciens. Mémoires*, Mazarine, 1981.
— Catherine Poujol, *Les Enfants cachés. L'affaire Finaly (1945-1953)*, Berg International, 2006 ; et *L'Église de France et les enfants juifs. Des missions vaticanes à l'affaire Finaly (1944-1953)*, PUF, 2013.
— Maurice Rajsfus, *N'oublie pas le petit Jésus ! L'Église catholique et les enfants juifs*, Manya, 1994.
— Jean-Michel Vecchiet, *L'Épopée de l'*Exodus, Actes Sud, 2008.
— Pierre Vidal-Naquet, *Mémoires*, Seuil, 2007 ; Points Poche, 2007.

— Nathalie Zajde, dir., *Qui sont les enfants cachés ? Penser avec les grands témoins*, Odile Jacob, 2014.
— *Lendemains, journal des enfants de l'OSE (1946-1948)*, Amicale des anciens et sympathisants de l'OSE, 2012.
— « Les Éclaireurs israélites de France dans la guerre », *Revue d'histoire de la Shoah*, n° 161, sept.-déc. 1997.
— *Lignes de vie, 18 écrivains disent leur rapport à la poésie*, L'Atelier imaginaire, Le Castor Astral, 2015.

Éditions Belfond
12, avenue d'Italie
75013 Paris

Canada :
Interforum Canada, Inc.
1055, bd René-Lévesque-Est
Bureau 1100
Montréal, Québec, H2L 4S5

ISBN : 978-2-7144-7104-8

MIXTE
Papier issu de
sources responsables
FSC® C003309

Composé par Nord Compo Multimédia
7, rue de Fives, 59650 Villeneuve-d'Ascq

Imprimé en France
par JOUVE, 1, rue Docteur Sauvé, 53100 MAYENNE
en décembre 2015

Numéro d'impression : 2292906P
Dépôt légal : janvier 2016